新しい野間宏

戦後文学の旗手が問うたもの

尾西康充

藤原書店

新しい野間宏

目次

第3章 人民戦線運動と《近代主義批判》
――日本とドイツの戦後文学の視点から――

第4章 「顔の中の赤い月」論――復員兵の苦悩

本書は二〇二三年一一月二五日に逝去した母寿永子に捧げる。

新しい野間宏

戦後文学の旗手が問うたもの

凡例

一　括弧の使い分けは左の通りである。
「　」　作品、引用、紙誌名等
『　』　引用・参考文献名、及び野間宏の連作『青年の環』
《　》　強調

一　注は該当語の右に（1）、（2）、……で示し、巻末においた。

一　引用文中、今日では使用しない差別的な言葉が含まれているが、当時の社会背景を知るために、学術的な観点から、原文のまま使用した。

はじめに——人間の危機への問題意識

戦後の日本社会に警鐘を鳴らしてきた野間宏（一九一五—九一）は、一九八六年四月二六日に発生したチェルノブイリ原子力発電所での大事故を目の当たりにして、現代を「病める地球の時代」と定義し、現代の文明が深刻な危機に瀕しているとしたうえで、その危機の根幹に三つの問題が存在していると分析した(1)。

第一は核に関する問題である。核兵器や核実験、そして核産業にみられるような大工業生産の巨大な進展が原因となった環境破壊と汚染は目を背けることのできない状況になっている。

第二は、化石燃料が枯渇するなかで、その代替となる原子力の安全性が不確かなものとなったことにより、エネルギーと資源の確保が喫緊の課題になっている。

第三は、南半球では食糧不足で餓死者が多数出ているが、人口増加が現在のスピードで進むと、今後は地球の各地域で食糧問題が発生する可能性がある。

野間はこのような状況を、親鸞が生きていた鎌倉時代前期の〝末法の時代〟になぞらえた。しかし、野間の指摘から三〇年以上経っても、これらの問題は解決されるどころか、むしろ混迷を深めている。二〇二二年二月、ロシアがウクライナに軍事侵攻したことによって、ウクライナの原子力発電所が攻撃されて再び大事故の危険が高まるとともに、ロシアは戦術核兵器の使用を仄めかしている。世界中で石油とガス、穀物の価格が高騰し、アフリカ諸国は一層飢餓におちいっているのである。

戦争と飢饉に加えて新型コロナウイルス感染症、気候変動を考えれば、二一世紀の現在もまた五濁悪世の時代――教え自体は残っていても、もはや正しく行じる者や証《さとり》を得る者が存在しない末法の世といえるのではないか。斎藤幸平は『人新世の「資本論」』(集英社、二〇二〇年)のなかで「持続可能で公正な社会を目指すなら、帝国的生活様式や生態学的帝国主義に挑まないといけない」と訴え、「収奪に対する現実の抵抗実践」に着目した。(2) 斎藤の言葉を借りて表現すれば、野間の文学を貫くものは、現実社会に対峙する自己の主体を確立し、抵抗活動を実践する試みであったといえる。野間の場合、それを文学作品の創作において具体化させたのが「全体小説」の構想であった。

「全体小説」とは、社会的・生理的・心理的なものの統一的把握が試みられた作品のことで、「巨大な現実」と等価であるとともに、ある意味で現実を超越する「巨大な虚構の全体」であるとされる。そこでは作品に登場する人物と、登場人物に「欠如している人間の全体」との間の衝突や闘いを通じて「自由」が獲得されてゆくプロセスが描き出される。「全体小説」におけるテーマとは、野間自身によれば、「人物の自由が真の自由か否かを示す、さまざまな誤差発見の結構、構想の中軸に結晶される迷路であり、誤差発見のすすめられるなかで見出される構成、構図のうちにとじこめられている迷路を行くときに必要とする糸巻のようなもの」という。(3)

作家はこの全体小説を創造する時、自分自身を現実の全体と小説の全体の間に置き、その巨大な二つの世界に自分を挟ませて身動きならない状態に自分を保持し、いまにもその間に挟まれてつぶされるかと思える自身の自由を、その間からすりぬけさせて、小説のなか、作品のテーマの迷路のなかに押し入れ、そこに仕掛けられている時限爆弾装置ともいうべきもののなかを歩ませ、またそのなかに備えられた数多くの暗いどんづまりに行きつかせて、ようやくにしてその出口を発見させ、さらにそのなかにつくられている針の孔のように細いく、ぐ、り、穴などを通過させて、ついにテーマの迷路のなかを通り抜け、その終結点へと出て行かせることになるのです。この時作家の自由はまた同時に各人物の自由のなかを通過するわけであって、作家は、各人物がその欠如している人間の全体へと自分を越えて行くのにつれて、作家として、欠如している全体へと自分を越えて行くことになるでしょう。(4)

自分が「欠如」している存在であることを認識し、現実社会の「全体」との葛藤のなかで「自由」に目覚めてゆくプロセスこそ、登場人物のみならず、作品世界を創造している作家自身にとっても、自己の実存につながる道を拓く。野間は、自己存在の「欠如」と「欠如している全体」とを結びつけるような《象徴的欠如（symbolic lack）》を「穴」と呼び、作品を読み解く重要な暗喩として繰り返し使っている。そもそも、自己の欲望が満たされることが自由だと考えている限り、個人と全体との衝突は終わらない。精神分析学によれば、人間が集団生活を送るためには、ある種の罪悪感をもって自己の欲望を断念し、「法」の象徴化機能を内面に取り入れることが必要とされるのであるが、野間が提示する「全体小説」という「構想の虚の世界」は、そのような主体化とは異なるプロセスを提示する。すなわち、それは「実践による現実の世界の把握がつみ重ねられていて、作家が自分と自分の置かれている状況そのものである現実を越えて行くところに得ることのできる自由」によって支えられているものである。(5) 野間のいう「自由」とは、国家や共同体を成り立たせているような《象徴的秩序（symbolic order）》を内面化して獲得されるものではない。つねに違和感を持って自己と社会との関係性をズラしながら、客観的にとらえ直そうとする絶えざる営み、「暗い絵」の深見進介の言葉でいえば「科学的な操作による自己完成の追究の努力の堆積」のなかに見出される、本来の意味における「自己の絶対性」に通じるものだといえる。

《象徴的秩序》とは何か。それを端的にいえば、社会規範を意味する言語の世界と表現できる。それは個人の身体を管理して自動的に精神を支配し、自発的に「法」の秩序に従うように規律訓練（disciplin）するものである。個人を自発的に隷従する状況におくことによってはじめて国家の統治装置、共同体の管理機能が稼働するようになる。だが、このような国家や共同体の支配に対抗しようとして立ち上がった組織体系のなかにも、権力との闘争が激しさを増せば増すほど厳格なイデオロギーが立ち現れてくる。それは野間の場合、絶対主義的天皇制を打倒し、寄生地主制や財閥の支配を解体するなどのブルジョア民主主義革命を起こして、それを社会主義革命に転化させようとした《党》を意味した。だがその思想のラジカルさ故に、公権力によって〝非合法〟の烙印を押され、戦前には獄死者を出すなど、無産主義運動の実践は困難を極めることになった。

いかなる犠牲を払っても権力との闘争をつづける正しさに、人びとの多くは魅了されるのだが、その一方で、もし《象徴的秩序》自体に〝誤り〟が生じた場合には、それにどう対応すればよいのか、という疑問が生じる。国家や共同体による支配に抵抗するために装填されるはずのイデオロギーが、その本来の役割を忘れ、批判不可能な組織の規約として物象化し、人間を疎外しはじめる。そもそも規範とは、個人と組織との共同契約のうえに成立し、その合意のもとで変更可能なものであったはずなのだが、処罰への不安という心的抑圧が加わることによって、本来あったその関係が隠蔽される。その結果、自己は社会形成の主体から降格し、組織内の権威ある者への絶対的服従と、自分より弱い立場にある者への攻撃性とを共存させた役割適応者――「権威主義的パーソナリティ」――になり下がってしまうのである。

野間が抱いていた違和感は、非合法の学生団体に関わっていた深見が「ここより他にはない」と思いながらも、「やはり俺の道はここから離れていると考える」と表現した心理的葛藤と同質のものであり、そのジレンマを突破する出口を見出そうとする試みは、「暗い絵」から『青年の環』に至るまで、野間の作家生涯を貫く大切なテーマとなった。

＊　　＊　　＊

もっとも、このような問題意識は、野間と同じように、一九五〇年代の《党》分裂を体験した歴史学者の網野善彦にも共通する。五〇年問題とは、国際的権威によってその正しさがたしかめられてきた《党》が、ひとたび国際諸機関から否定されると、逆にその不確かさが露呈し、自己の存在根拠をみずから再定義する必要に迫られたことを意味した。東京大学文学部の学友会の委員であった網野は、民主主義学生同盟が発足すると、その副委員長兼組織部長を務め、学業を放り出してオルグ活動に専念していた。大学卒業後は、常民文化研究所に勤務し、マルクス主義の歴史学研究会の運動に参加した。ソ連や中国による大国覇権主義によって日本共産党が分裂し、非合法におかれた一九五二年、網野は学生たちが毛沢東路線に沿って革命根拠地を構築する山村工作隊への「督戦隊みたいな役割」をしていたというのだが(6)、その活動が原因で命を落とした学生がいたことから、網野は自分が「戦後の〝戦争犯罪〟」の「戦犯」であったという自責の念にかられることになったのである(7)。

他方野間は、党分裂が回復した日本共産党第六回全国協議会(一九五五年七月)の後、戦後日本の民主主義的な文学団体であった新日本文学会を分裂させた「人民文学」作家グループに向かって、「民主主義文学運動の分裂をすすめたその最初の政治責任をとるべき人間は誰なのか」と問いかけた。そしてただちに批判の刃を翻して、新日本文学会のなかにも「民主主義文学運動の分裂をひきおこす状態をみちびいたその政治的責任をとるべきは誰なのか」と追及したのである。このとき野間は、多くの未解決の問題を抱えつつも、「ほんとうに労働者階級の立場にたった、日本の多くの人々、全民衆と深く結びついた文学」を目指す「人類の立場」を唱えはじめたのである。(8)

野間は党派的立場をこえて「人類の立場」からの運動を推し進めようとしたのだが、綱領と規約を整備して再出発した新たな《党》との間で軋轢をもたらすことになった。日本共産党を一九六四年一〇月に除名された経緯を振り返りながら、野間は、これから自分が目指すべき課題は「現代の人間の悪行一切をじっと見つめ、現代の悪行から自由になり、現代そのもののうちから現代をつきぬける方法をその日本人の悪行の大系のうちから引き出すものでなければならない」と語ったのである。(9)

このように、みずからの行為を含めて現代日本社会の「悪行」を総括してとらえようとした野間は、在家念仏信者の家に生まれたことに眼を向けて、「マルクス主義と親鸞の交点」を探究するようになる。具体的には、服部之総や河田光夫といった歴史学者たちの研究成果を学び、親鸞が貧しい農民や被差別民と交わりながら専修念仏門の教えを広めていった事実に眼を開かれる。

尾末奎司は、野間の主要な作品群を貫くテーマに関して、つぎのように説明している。

最近、服部・親鸞を受け継ぐ河田光夫は、その「親鸞と被差別民」を主題とする一連の論作において、中世における「悪人」という語彙が、実態としての「屠沽の下類」すなわち被差別民をその中心に含み、その「悪人」と現実に結合し、「悪人」の内に「人類的存在」を見出すに至った親鸞の生と思想のありようを、緻密な実証によって明らかにしつつあるが、田口吉喜の横に『真空地帯』の木谷利一郎も並べて、野間文学の中の「悪人」の系譜の持つ意味の重要性をあらためて考察する必要があるだろう。[10]

河田の学説は、親鸞思想の根源には「屠沽の下類」への注視があったとし、親鸞が「悪人」の概念を、個々の被差別民から「末法の煩悩具足の凡夫」へと普遍化させていったとする。もっとも、近年の歴史学では、「屠沽の下類」は社会的実体としての被差別民ではなく、当時の穢悪観や差別感の象徴的な比喩表現であったとする見方も出されている。[11] だが野間は、このような河田の学説を吸収しながら、「人類的存在」の立場から、曇りのない眼で「悪人」をとらえ直そうとしたのである。〝悪〟は何故悪とされるのか、逆に〝善〟は何故善なのか、と。

* * *

野間の「悪人」の系譜は、社会形成のプロセスにおいて、国家や共同体が設定した虚構の合理的な原則にもとづいて人びとが選別され、そこから排除するために〝悪〟として有標化されたものではなく、あえて社会秩序から逸脱して行動する〝悪〟——合理的な原則では説明できないものを意味していたのである。たとえば「真空地帯」の木谷利一郎一等兵は、陸軍刑務所に服役したことのある札付きの兵隊であったが、彼は自己の身体に満ちた暴力を発揮することによって、軍規と軍法会議によって規律訓練された軍隊組織を打ち砕こうとする。そこでは《象徴的秩序》を根底から揺るがし、それを解体させるような《暴発する生命力》が描き出されたのである。

他方、『青年の環』に登場する活動家の島崎や麻石たちは、部落差別という日本社会に根強く残った支配関係を打破するために、人びとを組織して闘争する。人間を物象化し疎外するものに対して異議を唱え、社会形成のための能動的な主体を取り戻す闘いを繰り広げたのである。『青年の環』では、「部落のなかから生まれてくる反社会性」と呼ばれる本源的な闇を抱えた田口吉喜が登場し、大道出泉によって短銃で殺される場面が描かれる。田口は出自を隠して生きている人びとを恐喝し金品を得ていたのだが、大道は矢花正行に向かって、彼が「部落のなかから生まれてくる反社会性」と表現した「その暗いものを徹底して知っているのか。俺にはどうも、あぶないという気がするのやがな」と警鐘を鳴らす。さらに大道は、それら「反社会性を逆に梃子にして、運動を展開するということを考えぬ限り、それは真の力を発揮しえんやろう」と語る。この場合の「反社会性」には、人間存在にとって本質的な「反社会性」と、資本主義社会に対する「反社会性」との二つが含まれている。大道によれば、「部落運動」の具体的な実践のなかで前者と後者を分離し、後者の「反社会性」、すなわち「資本主義社会を乗り越えて行く重要な要素を、毒としてそのなかにふくんでいる」ものを「梃子」にして社会革命を起こしたいのだという。『青年の環』は、大道が彼独自の「腐敗の哲学」に目覚めて自分が「欠如」している存在であることを認識し、本質的な「反社会性」を内在させた田口を銃殺すると同時に、差別を生み出す原因の一つである資本主義社会の矛盾を克服する可能性を「部落運動」に託すことによって、真の「自由」に目覚めてゆくプロセスが描かれていたのである。――もっとも、このような野間の小説とは矛盾するかのように、その後の「部落運動」の展開のなかで、生活環境や経済格差を是正する闘争において目覚ましい多くの成果を上げながらも、人間存在にとって本質的な「反社会性」をみずから克服することが不徹底であったために、いくつかの望ましくない問題が生じてしまった事実は否めない。

エネルギーに満ちた〝悪〟の表象は、中世史学のパラダイムチェンジを果たした網野が意欲的に論説を展開した分野であった。網野によれば〝悪〟とは、平安後期において「粗野で荒々しく、人の力ではたやすく統御し難い行為」と結びつけて使われていた。たとえば漁撈や狩猟などの殺生、濫妨や狼藉、殺人、博打や双六、商売や金融によって利益を得る行為や〝穢れ〟――非人・犬神人・山臥・河原者――などであったが、一三世紀後半以降、宋銭の大量な流入によって「貨幣の魔力は社会を広くとらえ、「悪」と結びついた荒々しい力を社会の表面に噴出」させるようになったという。社会の転換期において、親鸞や一遍は、悪の世界に肯定的な評価を与え、商工業者や金融業者、さらに被差別民や博打、遊女まで支持者を拡げ、後醍醐天皇は北条氏の強権政治に反発する商人や金融業者、廻船人のネットワークを組織して「建武の新政」――内裏には商人や非人と呼ばれた人びとが出入りした――を導いたとするのである。(12)

「よしあしの文字をもしらぬひとはみな／まことのこころなりけるを／善悪の字しりがおは／おおそらごとのかたちなり」(『正像末和讃』)という親鸞の言葉は、生死罪濁の群萌に向って無分別智の証を明らかにしたメッセージであったように、野間の文学は、日本社会が戦争や敗戦後の混乱、東西冷戦といった社会の転換期ともいうべき大きな危機に瀕するたびに、それまで自明としてきた価値観に疑問を呈し、人間存在の意義を根本的に問い直さざるを得なかった事実と深く結びついているのであった。

本書では、野間の代表的な文学作品を読み解きながら、野間がその作家生涯をかけて目指した理想を明らかにしたい。

第1章

「暗い絵」論（1）

——「暗い穴」の意味

1　《象徴的去勢》

日中戦争から敗戦後までの日本社会を知識人層の青年の視点から描き出したのが「暗い絵」(「黄蜂」第一～三号、一九四六年四、八、一〇月)である。言論の自由が制限され、共産主義思想が治安当局による弾圧の対象になった時代、大学生の間に治安維持法の犠牲者が多数出た。ある者は獄死し、ある者は転向して生き延びた。その痛ましい体験をもとにして、野間宏は数々の小説を創作したのである。野間の小説に共通する特徴は、歴史の客観的必然性に従って革命運動が昂揚して最後にプロレタリア革命が成就するという発展史観ではなく、一連の運動のなかで犠牲になった人びとの「名もなき無意味な痕跡だけを残すすべてのものの視点」に立脚していることにある[1]。

スラヴォイ・ジジェクは、スターリンの進化主義的な「勝者」の視点による革命史ではなく、進化の連続性が断たれる「鬱滞」の瞬間から歴史を構成する、ベンヤミンの「最後の審判」の視点を評価する。

だからこそ、ベンヤミンにとって、革命とは革命の連続の中に書き込まれる現象ではなく、むしろ、そこで連続が断たれる「鬱滞」の瞬間であり、その瞬間に、先行する歴史の構成、すなわち勝者たちの歴史の構成が打ち消され、革命の成功を通して遡行的に、すべての仕損じられた行為が、そして支配的テキストの中で空虚な痕跡として機能する過去の失敗した試みのすべてが「解き放たれ」その価値を受け取ることになるのである。(2)

日中戦争勃発前後の左翼学生運動を作品のテーマにした「暗い絵」は、非合法運動にかかわって獄死する学生たちの姿がきわめて印象的に描き出される。永杉英作は大学を卒業する直前に検挙され、非転向を声明して一年余り勾留されて獄死した。大学を出てすぐに応召した羽山純一は出征中に逮捕され、飛行機で内地に送還された後、陸軍刑務所で獄死した。二人の獄死を聞いた木山省吾は「永杉英作等の弔い合戦を決意し、太平洋戦争の勃発直後、ビラ撒きの役割を引き受け、三日間潜伏していて直ぐに検挙され、後獄死した」とされる。彼らに比して深見進介は、友人の死を悼みながらも転向して釈放され、軍需会社に就職して戦後まで生き延びる。大阪大空襲で焼失したブリューゲルの画集に青春時代の記憶を重ねながら、全国の高等学校を追放されたり、処分を喰らったりした者たちが京都帝国大学に集まって、滝川事件以来消え去ろうとしていた左翼勢力が勢いを取り戻した時代――「暗い花ざかり」――の目撃者として、思想弾圧によって断ち切られた友人たちの短い生命の輝きを語りつぐのであった。

だが、深見の主観が色濃く反映されたその内容は、弾圧と戦争を生き延びた深見の現在の位置から遡及して再構成された過去の記憶であった。永杉と羽山の「弔い合戦」を企てて検挙され、獄死したという木山の行動は、実は、木山が獄死したことを知った深見が後からその意味を付与したものである。

確かにその後の結果から考えて見れば、木山省吾の言葉は細部に於ける誤りはあったが、全体的に見るとき当っていたのである。あるいは彼の取った方法は誤りであったかも知れない。しかし彼は、決意通り決行した、如何にもそれは泡のように消え去ったのであるが。

ここでは「誤り」という言葉が二回使われている。「細部に於ける誤り」、「彼の取った方法は誤り」とは具体的に何であったのか、深見は説明していない。深見が三名の友人たちの獄死を知ったのは「ずっと後になって」、すなわち「三年余りの兵隊生活を終えて内地に帰還してから」のことで、彼らの事件を聞いたとき「《いよいよ、やったな。》と思い、如何なる力をもってしても変えがたい彼等の意志を感じ」たという。

彼には彼等の行動が間違いであるとは考えられなかった。しかしまた彼は、彼等の行動に深い底から、心と体をゆすられるように感じながら彼自身が間違っていたとも考えなかった。

ここでは歯切れの悪い表現が二回繰り返されている。「彼らの行動」も「彼自身」の行動もいずれも間違いではなかったとするのだが、獄死した彼らとは対照的に、検挙された深見は「転向して出獄し、生活費を得るため軍需会社に務めた」。その歯切れの悪さの背景には、非転向を貫いて獄死した友人たちに対する後ろめたさとは矛盾するかのように、自分が転向して生き延びることを選んだことにも正当な評価が与えられるべきではないか、というメッセージが隠されているように感じられる。

＊　＊　＊

「暗い絵」のなかには、「或る時神戸の全国評議会に属する労働者出身の革命運動家の一人」が羽山に向かって、「ほんとうの偉大な革命家はやはり労働層から出ると思うね、インテリからではないぜ」と揶揄する。すると、羽山は「いや、そりゃ、一概には言えませんよ。これまでの日本の革命運動はすべてインテリが主体だったんですからね」といって知識人学生の立場を擁護するというエピソードが紹介される。また、学生共済会の合法主義者小泉清は「日本は未だナロードニキの段階にも達していない」とし、「日本には人民の友というようなたといその地盤がプチ・ブルジョアであろうと、農民の独自性の立場から立ち上ってきた動きさえないのだからね」と発言する。彼の意見に対して羽山は「しかし、そのナロードニキは旧ナロードニキなんで、ナロードニキ自体後にはナロードニキそのもののうちで腐敗して行くんだよ」と巧みなロジックを駆使して反論を企てるのであった。

だが永杉や羽山たちは、知識人学生の過剰な自負心ばかりが目立ち、頭のなかにある理論だけが先行している。労働者や農民と連帯してプロレタリア人民革命を実現するにはどのようにすればよいのか、実のところ、その具体的な計画がないのであった。第一次近衛文麿内閣が一九三八年一一月三日に発表した東亜新秩序建設声明を発端に「国内体制を強力にしめ上げて来る」ことが予想されたにもかかわらず、永杉は「ところが一体俺達には何がある。何もありゃしない。バラバラな離れ離れの一つ一つの意識だけがある」と語ったうえで、労働者と知識人が連帯した「人民戦線は破れるよ」とさえ断言していたのである。

知識人学生の過大な自負心がみられることは、「足で稼ぐ癖」を持っているという農民組合のオルグ赤松三男を例外として、小泉たちの合法グループにも永杉たちの非合法グループにも共通する。小泉たちの「哀れな学生達の自尊心を点綴した食堂の奥の間の風景」として、「青年の集りに特有の各自が各自の独自性を相手に認めさせようとする工夫、それに伴う心理的抵抗、および精神の焦燥が暗い電灯の下でひしめいていた」と描かれている。他方、永杉を批判する木山の言葉にも、学生の間での「価値評価の低さを、いつも気にしながらその侮辱に打ちひしがれ、何かの折にその価値評価を覆そうとする彼の反抗」が感じられたとある。これらの心理的な反抗は、《抵抗（Widerstand）》と呼ばれる心的メカニズムのことで、規範を掌る超自我の下位体系に位置づけられる理想化された自己像、すなわち《理想自我（Idealich）》へ一体化することへの抵抗を意味しているのだが、それは学生集団における強い同調傾向に対する一種の反動であったともいえる。

《象徴的去勢》とは、言語の使用を通じて、モノと身体との直接的な関係が失われ、意味に満ちた言葉の象徴的な世界というレベルで、主体が自己を獲得するプロセスを指す。「暗い絵」冒頭に紹介されたブリューゲルの絵に描かれた《穴》――「漏斗形の穴」が大地の所々に、「爬虫類のような尾をつけた人間」の股間に開いているというイメージは、一体何を意味しているのだろうか。作品全体を通して読者に暗鬱な印象を与えつづける「暗い穴」の意味を、《象徴的去勢》の理論を手がかりにして考えてみたい。

2 「仕方のない正しさ」

深見進介によれば、「尾のある人間」が股間の「暗い穴」を凝視しているのは、「圧しつぶされた生命がただ何処か最後の一局部で生きている、こうした暗い不潔な醜い部分にのみ生きているのをその不潔な部分が羞恥している」ようにみえるという。「暗い穴」は、専制政治下のオランダ農民の「人間の自覚の形」であったと解釈されるのだが、深見にとっては、ブリューゲルが描いた一六世紀の農民にとどまらず、一九三〇年代の天皇制絶対主義下の日本社会を生きている「俺達の魂そのもの」であった。

深見は、永杉英作、羽山純一、木山省吾の非合法活動の学生グループに接すると、「やはり俺の来るべき処、俺の居るべき処はこの他にはないという風な感じ」になる。しかし永杉のあまりに急進的な考え――「日支の衝突を日本の支配階級の最後的な危機」と判断し、「プロレタリア革命への転化の傾向を持つブルジョア民主主義革命」が「二年以内」に到来するという見解を聴くと、「や

は り俺の道はここから離れている」と思わざるを得ない。深見は、永杉たちに対する違和感の原因が自分の「政治認識の能力の不足」にあることを自覚しながらも、「政治的に解決点を導き出し得ない故に暗い眼かくしのようなものを施された彼の心が心の暗闇の中で悶える悶え」が生じているのを認めないわけにはいかなかったのである。

しかし彼にはその違いを言葉に出して言うことは出来ないし、また文章にして示すことも出来ないのである。その眼かくしをされた心が触れる熱い暗い抵抗のようなもののある部分を信じながら、彼は彼の心を日本の心の尖端であると感じるのである。そして誰かにはやくこの心を示したい、この心の言葉を誰かに伝えたいと思うのである。

自己の感情を言葉にできない葛藤、そこに介在していたのは、言語による《象徴的秩序》に回収されない《現実的なもの（Réel）》であったのではないか。ここでいう《現実的なもの》とは、ラカンの精神分析学で使用される、常に意味の外側に存在し、言葉によっては語ることのできないものという概念である。すなわち、このとき彼らの脳裏に現前していたのは、最高刑が死刑と厳罰化された治安維持法第一条第一項――「国体」変革の罪――による獄死の恐怖であった。永杉たちが絶対視するコミンテルンの「三二年テーゼ」は、帝国主義戦争および警察的天皇制反対、労農政府樹立に向けた人民革命をスローガンにしていた。〝絶対主義的天皇制を打倒せよ〟というミッションを掲げることは、「国体ヲ変革スルコトヲ目的トシテ結社ヲ組織」した者たちは死刑に処すと厳罰化された治安維持法の格好の標的になったのであった。深見は、合法主義者として「自己を卑下している」小泉清を思い浮かべながら、「しかしこの俺が捕われたらどうだろう。俺はテロには弱い。きっと持ち応えられまい。死ぬかも知れんなあ」と告白していた。このとき深見が抱いていた、獄死をもたらす思想運動に対する「熱い暗い抵抗のようなもの」とは、プロレタリア国際主義にもとづいて超越的な視点に立つコミンテルンの「三二年テーゼ」という《象徴的秩序》に対する《転移抵抗（Übertrangungswiderstand）》であったといえるだろう。

野間宏の友人小野義彦は、滝川事件を発端に盛り上がった学生運動を継承し、学友会の民主化や、学部別の三〇をこえる研究会の組織化、「文化の擁護」と「自由の防衛」を謳った「学生評論」創刊など、京大左翼学生グループのリーダーとして積極的に活動していた。さらに、野間を通じて知遇を得た羽山善治や堀川一知、矢野笹雄たち阪神間の労働者グループと接触を持ち、治安当局による弾圧を警戒しながら、広範な大衆運動を展開しようとしていた。「特高月報」（昭和一八年六月分）では、「昭和十年頃京大文学部学生野間宏、小野義彦等は左翼文化グループを組織し、学内活動を展開しつゝあり」とされ、「学生側メンバーは卒業後もグループを解体せず野間、小野、羽山、菊地等にて緊密なる連絡の下に人民戦線運動其他に関する相互啓蒙を図りたり」とある。

京大ケルンのメンバーであった永島孝雄は、三・一五事件による刑期一〇年を非転向で満期出獄した春日庄次郎を中心とした日本共産主義者団のオルグ竹中恒三郎から、人民戦線は〝反革命的日和見主義にすぎない〟、〝解党主義者＝メンシェヴィキ的左翼合法主義者の裏切り者だ〟といわれて団への協力を執拗に迫られた。その結果、永島は学生の指導者たちを説き伏せ、最終的に京大ケルンを地下活動に引き入れたのであった。ここでいう京大ケルンとは、永島や布施杜生――労農弁護士布施辰治の三男――たちが結成した非合法の学生思想団体のことであった。彼らの間では絶対に党などという名称を使わないことにしていたことから、誰が言うともなくドイツ語でケルンという呼び名を使うようになった。日本共産主義者団を支持しても、その下部組織ではない。従って命令には無条件で従わないという申し合わせがあったとされる。

永島とは違って小野義彦は、党再建を目的とする日本共産主義者団の「大衆運動から遊離した街頭的なセクト主義」に反対していたのだが、その彼でさえ、「当時はこのテーゼは絶対正しいという信念が一般的」で根本的に疑ったことはなかったという。[3]「暗い絵」に登場する合法主義者小泉清もまた、合法／非合法の路線の違いはあっても、その信念に関しては共有しており、社会主義革命そのものを否定しているわけではなかった。ただ、ブルジョアジーの勢力は依然として「鞏固」であるため、「日支の衝突」が「日本の支配階級の危機」にはならない、学生が蹶起するのは時期尚早だと考えていたのであった。

コミンテルンの「三二年テーゼ」を前にした知識人学生たちのたじろぎ。〝共産党員は殺してもかまわない〟とさえ考えていた特高警察の捜査官による苛酷極まる拷問は、築地警察署内の留置場における小林多喜二の虐殺死のように、死という《現実的なもの》を活動家たちにみせつけることになった。[4]「暗い絵」のなかでブリューゲルの絵に投影された《穴》のイメージは、「三二年テーゼ」におけるコミンテルンという国際的権威の絶対的な正しさへの信仰によっては回収することのできない、活動家個人の死という《現実的なもの》を意味していたのではないか。知識人学生にとっては、獄死の恐怖は到底言語化できるものではなかったのである。「覚悟をきめた」永杉でさえ、深見からみれば「あいつの性格ではその覚悟の要求するものに堪えられないかも知れないと感じて来ている。それであせっている、というところだ」とされているのであった。

深見は「自己完成の追究の道をこの日本に打ち立てるということ」を目指していた。それは「科学的な操作による自己完成の追究の努力の堆積」によって示される「日本の心の尖端」であった。おそらく深見のいう「自己完成の追究の道」は、貧困にあえぐ人びとを社会の桎梏から解放するだけではなく、エゴの自己保存欲求、すなわち弾圧による死の恐怖から学生たちを解き放ち、生き延びることを意味していたのであろう。その二つの課題を達成するためには、眼前の社会現実に対するたゆみない研究による科学的な革命理論を、自分たちの手で編みださなければならなかったのである。

非合法学生グループの木山の眼からみれば、「永杉のなかには、自分の絶対性が動いていない」ようにみえた。自他ともに「頭脳的存在」と認めている永杉には、難解なテーゼを日本社会の現実に整合させてとらえる「理解力」はあっても、日本の特殊的な現実をふまえながら労農主体の民主社会を構想する「創造力」はないように感じられたのである。このような永杉の特徴は日本の知識人の典型ともいえるのだが、彼らは日本の社会現実を変革する科学的理論をみずから構築することはできなかったのである。深見のいう「仕方のない正しさ」とは、自分たちの言葉を持たず、獄死という《現実的なもの》に脅かされながらも、絶対的な正しさの前に跪拝せざるを得なかった知識人学生の葛藤を意味していたのである。「暗い絵」は、ブリューゲルの絵に一九三〇年代の知識人学生の自画像を投影しながら、深見が「俺達の体の中にも、あんな風に穴が開いているんではないかな」と語った「あんな暗い不潔な穴の形をしたような魂」、すなわち彼らが主体化するのにともなった《象徴的去勢》——政治と性——を巧みに表現していたのである。

3　京大ケルン

京大ケルンの成立時期には異説があるものの、野間宏の日記をめくれば、「暗い絵」で描かれた夜の印象的なイメージは、一九三五年一〇月二一日の記述にその原型があったことが分かる。

俺にはまたわからない。何もわからない。自分をたて直すだけだ。自分をたて直す。それだけ。根底をつくる。自分をつくり直さなければ、何事もできないということをやっと知った。俺の如き、おく病なものに何ができるというのだ。
今日のように夜の美しいのは、生れて始てだ。四方一面、星がちらばっている。そして、星も決して、みにくくもなければ、センチメンタルでもない。四方に拡るあの花火のように空を蔽っている。星雲が塊り、河のような層が走っている。空が充実し、重いのだ。空全体が底光りに光って、どこまでも底光りに光って、重いのだ。

空一ぱいの星だ。俺の心だ、と歩きながら思った。

「自分をたて直すだけだ」という言葉は、「暗い絵」全編に通奏低音として響く、「自己完成の追究の道をこの日本に打ち立てるということ」という深見進介の意志に重なる。「暗い絵」の最後にある「あの空の星々の運行のみが、あの高みから、宇宙の全力をもって俺の背骨を支えてくれるところに帰ってきたのである」という表現は、戦前の知識人学生が教養の糧にしたカント哲学の定言命法——我が上なる星の輝く空と我が内なる道徳法則——を含意し、永杉たちの影響力に支配されず、生きる目的とその方法をみずから確立するという意志の自律性を指していたのである。このとき深見は共産主義思想に強く惹かれながらも、死刑を覚悟して非合法活動に従事できるのか、その究極の選択に葛藤があったのである。

一九三八年九月一三日に日本共産主義者団全国一斉検挙がおこなわれたのにつづいて、同月二七日には京大ケルンの布施杜生、野口俊夫、椋梨實が治安維持法違反の容疑で検挙される。同じ京大ケルンのメンバーでも、すでに小野義彦は兵役に就き、永島孝雄は第二次「学生評論」事件で検挙され、七月一三日に起訴されていた（コミンテルン・党・各目遂）。永島はメンバーをまもるために訊問されても口を割らず、布施たちも彼のことを一切話さなかったので、京大ケルン事件に関する特高警察の調書には、実際に京大ケルンを非合法舞台に導いた永島の名前はまったく登場せず、布施が首謀者とされている。なお永島は、非転向のために二審で懲役三年の実刑を科され、大阪堺刑務所に服役する。服役中の一九四二年一〇月に結核が重症となって仮釈放となるのだが、釈放直後の一〇月九日に京都市北区の富田病院で死去した。事実上の獄死であったといえよう。

司法省刑事局「思想研究資料」特輯第六七号（一九三九年一一月）の佐藤欽一検事による報告書「日本共産主義者団」には、京大ケルンの「特筆的活動」として「京都西陣方面の労働者及出征兵士遺家族百数十戸の調査を為し団をして反戦文書の「流込み」を為さしめた事」があげられている。(5) 彼らは学外に出て実際に反戦運動を展開していたのである。

「特高月報」（昭和一二年一二月分）によれば、一九三七年一二月中旬、布施は日本共産主義者団の寺村大治郎を通じて、京都地方の責任者であった竹中恒三郎と連絡し、学友会の諸会合を通じて協力者を探していた。学内の文化団体、学友会同窓会、研究会の代表を誘って「全学的組織としての民主的中央部」を結成するとともに、布施・野口・椋梨・柳原正元による京大ケルンを構成し、検挙に至るまでに約三〇回のケルン会議を開催して、京大学生運動の指導に当たったたという。

ところが「特高月報」（同右）には、「然るに全学的民主的中央部の活動が意想外に進展せず、一時は全く行詰の状態に直面」していたとある。深見進介や学生共済会のメンバーのように、非合法活動への参加にためらう学生が多かったのである。その窮状を打破するために、一九三八年六月下旬、オルグ竹中が出席してケルン会議を開き、「民主的中央部」に代えて学友会対策会議および研究会合同委員会を設置し、新たな体制で活動をはじめたのだが、それからわずか三カ月で弾圧を受けて運動は潰えてしまう。このときもはや運動の担い手となる学生は存在しなかったのである。

4 布施杜生のこと

京大ケルン事件で京都山科刑務所に勾留された布施杜生は、一九三九年三月三日に起訴(党・団・各目遂)され、翌四〇年八月に京都地方裁判所で懲役二年執行猶予五年の有罪判決が出された。この後京都帝大に復学した布施には、日本共産主義者団の関係者であった松本歳枝との結婚問題が生じる。指導教員の田辺元に結婚を反対されて京都帝大を退学し東京に居を移して、一時は電気新聞社に勤務するが、四二年九月二一日に再び検挙される。

「特高月報」(昭和一八年三月分)の「日本共産主義者団批判的再建集団取調状況」には、このとき布施以外にも西田勲、水口昌司、越川正啓、巖谷篤信が検挙されたとある。この調書によれば、布施は釈放後も「転向する事なく」、出所後ただちにかつての非合法活動の同志野口・柳原・西田と連絡し「数十回に亘る会合協議」をおこなった。彼らは「団の壊滅は公式主義運動の誤謬に其の原因があること」や「其の組織機構に於て研究部門の欠如せること」などと日本共産主義者団の運動を総括したうえで、それらの弱点を克服するために(1)「日本共産党に対しては其の儘研究機関に合流すること」、（2）「マルクス主義の抽象性を克服すること」、（3）「共産主義運動の日本に於ける具体化を図ること」、（4）「共産主義運動に関する民衆の教師的役割を担ふこと」の四項目を決議して、四一年五月に「日本共産主義者団批判的再建集団」を結成するに至ったという。

検挙歴のあるかつての仲間たちと共謀し、〝批判的〟にではあるにせよ、布施たちが日本共産主義者団を再建しようとしたというのは、共産主義運動を根絶やしにしようと考えていた治安当局による捏造であった可能性がある。その一方で、この調書には彼らがなお「三十二年テーゼに規定せられたる二段革命論の正当性を承認し、「独占資本への闘争として適正なる配分を要求すること即ち独占一般の廃止」を綱領として採用」していたとある。半封建主義的な絶対主義的天皇制を打倒し、寄生地主制や財閥支配を解体するブルジョア民主主義革命を起こした後、それを社会主義革命に転化させるとする二段階革命論は、日本資本主義論争の〝講座派〟と呼ばれる経済学者たち（野呂栄太郎、山田盛太郎、平野義太郎）が唱えたものであった。さらに「三二年テーゼ」は、日本社会において《革命的決戦》が切迫しているとし、中国侵略戦争を支持した社会民主主義勢力の誤りを指摘し、彼らをファシズム勢力と同列においたうえで、「社会ファシズム」との闘争を特別に強調した。このような「社会ファシズム論」にみられるセクト主義は、人民戦線への戦術転換を遅らせたことで、戦前の革命運動にネガティブな影響を与えたのである。

この調書を読む限り、布施たちにとってコミンテルンの「三二年テーゼ」の権威は、依然として疑う余地のないものであったとされ、天皇制撤廃に関する態度は一旦措いて考えたとしても、その権威を認める以上は、治安当局から非転向と判断されてもやむをえなかったのである。

もっとも小野義彦によれば、〝講座派〟の理論書は学生たちの間で「バイブル視」されていたものの、そこでは「天皇制との闘いは強調されているけれども、資本との闘いがさっぱり規定されていないのではないか、昭和以来の独占資本の強化とそれに対する闘い、その戦略戦術問題が取り上げられていないのではないか」と感じられていたという(6)。布施たちは、あくまでも知識人という自己規定にもとづきながら、〝独占資本との闘争〟という未解決の課題の研究に専心しようとしていたのだと推測できる。地に足をつけた形で抵抗を続けようとした布施の姿勢について、並木洋之は「すでにこの時、「転向」時代の後の困難な時期にそれでもなお実践的な抵抗の道を模索しようとする者としての、形式的な「転向」／「非転向」観を突き抜けた視点を布施杜生は持っていたということができる」と指摘している(7)。

布施は一九四二年九月二一日に再び検挙され、翌四三年七月三〇日に起訴(京都左翼グループ関係、コミンテルン・党・各目遂)される。同月に大阪陸軍歩兵三七連隊歩兵砲中隊の事務室書記を務めていた野間も、思想憲兵によって京都帝大時代の人民戦線運動に連座して治安維持法違反の容疑で逮捕される。治安当局は過去現在を問わず、左翼学生運動に携わった活動家を根こそぎ検挙しようとしていたのである。

一九四四年二月四日、布施は京都拘置所の独房で、栄養失調と肺結核によって衰弱死する。共産主義思想に殉じた死であったといえよう。「暗い絵」では、「ただ旗を揚げ、旗の位置を示すだけで」

逮捕される木山省吾は、深見進介によって「あの黒い暗いブリューゲルの穴のような魂、あの穴のような人々の魂を救う泥まみれのキリスト」であったと表現されている。野間にとっても、獄死した布施は死してなお不滅の存在であった。「布施杜生のこと」(『短歌主潮』第一巻第二号、一九四八年九月)の末尾で野間は「僕の前には布施杜生がいる。そして僕のなかに生きている彼の魂と共に僕は生きなければならない」と追悼するのであった。

5　獄死という《現実的なもの》

戦後を生きる野間の前には、永島孝雄や布施杜生たちの獄死という事実が厳然として存在していた。深見進介の「言葉に出して言うことは出来ないし、また文章にして示すことも出来ない」という、永杉英作たちとの違いからもたらされた「心の暗闇の中で悶える悶え」とは、永杉や木山省吾の発言にみられる「社会ファシズム論」への違和感以上に、コミンテルンという《象徴的なもの(le symbolique)》によっては回収されない、獄死という《現実的なもの》をのぞきみることによって生じた、言葉にできない死の恐怖であったといえるのではないか。

地下活動に入った永杉たちであれ、学生共済会委員の小泉清たちであれ、また「自己完成の追究の道」を打ち立てようとした深見であれ、どれほど運動の戦術が異なっていたとしても最終的にはみな、治安維持法による弾圧を免れなかった。警保局保安課「思想問題に就て」(一九三九年六月)

によれば、「如何に運動が合法的に展開さるゝとも、その意図する所がコミンテルンの新方針の実践たり、又は共産主義革命に大衆を動員せんとするにある以上、断乎として之が剿滅を期す」とある。「剿滅を期す」とされた過酷な弾圧によって、四〇年前後には日本共産党は完全に壊滅状態にあった。司法当局は、もはや党自体存在していないと考えている以上、思想犯に対しては、党の目的遂行罪を適用することはできず、その実在を認めているコミンテルンの目的遂行罪によって処分するという方針に転じていた。

皮肉にも、活動家にとっても司法当局にとっても、不可視のコミンテルンは絶対的な権威を有した《象徴的な他者》――《象徴的秩序》を成り立たせ、〈禁止〉や〈法〉を機能させるものとして現前していたのである。荻野富士夫によれば、思想検事の影響が強かった戦前の裁判所では、日本共産党関係の判決書式が確定していたという。「コミンテルン」は、「世界「プロレタリアート」の独裁に依る世界共産主義社会の実現を標榜し、世界革命の一環として我国に於ては革命手段に依り国体を変革し、私有財産制度を否認し、「プロレタリアート」の独裁を通じて共産主義社会の実現を目的とする結社」であり、「日本共産党」は、「其の日本支部として其の目的たる事項を実行せんとする結社」とされていたというのである（『治安維持法の「現場」』、二〇二一年五月、六花出版）。

深見は「日本人は、いや日本の学生達はあまりにも生命を粗末にする。あまりにも自己を保持しない。それ故、何ものか偉大なものが生れようとしながら生れずに終ってしまったのである」と嘆いたが、野間宏自身、エゴの自己保存欲求に従って生きざるを得なかった。

野間における転向は、彼の手帳に「わが身を忘れる勿れ、昭十八・十二・十六日を忘れる勿れ。この日を忘れることは、お前が、自己の全身を忘れることであり、自己の中の、隠された力を、忘れ去ることである」（一九四四年五月二三日）という記述のあることから、軍法会議の公判中に転向を表明したことが推測される。その結果、野間は実刑を免れて、懲役四年執行猶予五年という判決になったのである。ここで野間が何度も忘れてはならないと自戒しているのは、執行猶予で釈放され原隊復帰してからの手帳に、「独房に於ける心情をとりもどす必要あり、あの純粋な、一途に母を思い、自己を思い、戦友を思うた心。思うことの純粋。強い思いの底に国土がある」（同年五月二日）と記しているように、帝国日本という新たな《象徴的秩序》を内面化した転向の主体を起動しようとしていたことを意味する。野間は再び野戦に出たいという希望を持ち、「新しい体験によつて、再び自己が形成される日をまつのみである」（『手帳』、五月八日）とさえ考えていたのである。

一九四三年一二月二八日に原隊復帰した後の野間は、翌四四年四月一〇日上等兵に進級し、召集解除になった同年一〇月二五日兵長に任命されている（『補充兵手牒、軍隊手牒』）。当時兵長は兵としての階級の最上位であった。軍法会議に付されながらもその後順調に進級した軍歴は、非転向のために軍籍を剥奪された小野義彦のケースとは対照的である。オーストラリアのタニンバル島に出征していた小野は、思想憲兵によって逮捕され、飛行機で内地に送還された後、軍法会議で懲役五年の実刑判決を受けて敗戦の年の一〇月まで堺、豊多摩、宮城刑務所を転々としたのであった。渡辺広士編『野間宏研究』（一九七六年三月、筑摩書房）収録の「野間宏年譜」には「部隊が再度南方へ移動するにあたって、監視上の理由で召集解除となった」とあるが、『補充兵手牒。軍隊手牒』には、なぜ召集解除になったのか、その具体的な理由は記されていない。ちなみに大阪歩兵第三七連隊はスマトラ島の南方作戦に参加するため、四三年九月二二日に臨時動員下令が出されていた。

このような野間の生き方は非転向を貫いた友人たちには説明のつかないものであったにちがいない。一九四〇年、野間は未決監に勾留されていた布施への差し入れを担当し、「僕の順番が来るかも知れないと恐れながら、彼の差入れを最後まではたすことができた」というのだが、野間と布施との間には、《すれ違い》《出会いそこない》がたしかに存在していたのである（「布施杜生のこと」）。彼らが《出会いなおし》をするために、野間が自分の生き方を泉下の友人たちに伝えることを目的に「暗い絵」が書かれたのではなかったのか。

野間にとって、文学的才能に恵まれていた布施に対する親近感は、深見と木山が京都の街並みを「互いに恋人のように肩をくっつけて寄りそいながら」眺め、「互いの心の内にある重い苦しみがまるで交互に交換され、深見進介の苦しみは木山省吾の中に、木山省吾の苦しみは深見進介の中に位置を移しかえて在る」という描写になって示されている。深見にとって木山は鏡像的他者――自己のイメージを重ねることのできる《想像的なもの（l'imaginaire）》であった。

獄死した友人との《すれ違い》《出会いそこない》を「殉教者と生き残り、英雄と目撃者の分岐」と表現し、「沈黙から表現への、つまりメッセージを伝えるという責任完遂に向けての深見の移行」を指摘したのは、コーネル大学の日本文学研究者ブレット・ド・バリ・ニーであった(8)。

6　《自由》と《隷従》をめぐるジレンマ

野間宏は過去を振り返って、人民戦線が〞日和見主義〞と揶揄されたことを「日本の共産主義者のなかに、人民戦線を理解することの出来ない要素があったということ」を指摘した。[9] 広範な大衆を獲得してゆくという統一戦線の考え方は、布施も感じていたような、かつての「公式主義運動の誤謬」を克服するには必要なものであった。野間は「私の文学も、このような過去の敗北におわった人民戦線を一つの土台としているのだから、今後新しく豊かな統一戦線を日本につくり上げてゆく、そのただ中にあって、はじめてさらに、広い地点にでてゆくことができるだろう」と抱負を語った。[10]

コミンテルンによる「三二年テーゼ」は、戦後になってもなお、獄中から解放された党員を中心にして崇拝の対象であった。野間と同じ第一次戦後派作家の椎名麟三は、「思想はせいぜい便所の落とし紙になる位だ」（「深夜の酒宴」）といってのけたが、野間は作家となってもその呪縛から解き放たれることはなかった。「暗い絵」では、下宿の親父が「頸の長いものは体は華奢だって言うから」と深見進介の身体的特徴に言及しているが、それはとりもなおさず、ブリューゲルの絵に描かれた「長い頸と足をもった醜い首吊人」のイメージに重なる。自己の行動に正当化な評価が与えられるべきだと思いながらも、野間が決して拭いきれなかった自己処罰の衝動がそこに投影されていたのである。さきにみたように、永杉英作と羽山純一のために木山省吾がなしとげたとされた「弔い合戦」は、深見によって後から意味を付与されたものであったことを指摘しておいたが、それは深見の欲望を木山に、野間の欲望を布施に引き受けさせたものであったといえるのではないか。その無意識下には、非合法活動に進む決断を躊躇する深見が「こうした考えの最後に到達する死の問題の所まで来て、自己の消滅を承認することは出来ないと考えるのである」という自己保存の欲求が抑圧されていたのである。

だが、そもそもプロレタリア人民革命には《自由》と《隷従》をめぐるジレンマが内在しているのではないだろうか。なぜなら「資本主義的自由を最後まで追っていくと、それは結局隷従の形態そのものに反転する。そして、われわれがもし資本主義的な自発的隷従からの離脱を望むのであれば、われわれの自由の主張は、自由とは反対の形態、〈大義〉への自発的献身という形態をとる必要がある」（ジジェク『真昼の盗人のように[11]』）と考えられるからである。資本主義経済に生きる個人は、自由に消費行動ができるかのような錯覚を与えられるものの、やがてはその財貨は収奪され自由が奪われてしまう。ところが、その矛盾を克服しようとして参加した革命運動でも「〈大義〉への自発的献身」という、自由とはまるで正反対であるような態度が強いられることになる。そこでも絶対的な正しさを追求するためにはいかなる自己犠牲も進んで払うことが求められるというジレンマが生じるのである。しかも「暗い絵」の時代、そのジレンマの果てには獄死が待ち受けていたのであった。

第2章 「暗い絵」論（2）
——《第三の途》と戦中日記にみる無意識の罪責感

1　「学生評論」

「学生評論」は一九三六年五月に創刊された。三三年の滝川事件以降反動化していた大学当局に対し、京都帝国大学の学生は非合法グループを結成し、非合法新聞「自治会ニュース」を発行して抵抗していた。しかし三四年九月二〇日自治会メンバーが一斉検挙される。これを契機に戦術を合法舞台に転換し、文化部の予算増額要求などの学友会改革運動の一環として、各学部に専門別研究会が設けられた。出身高校別の代表者会議が確立され、全学的に普及する雑誌を求める声が高まる。永島孝雄や藤谷俊雄、関原利夫、姉歯仁郎、西田勲たちの奔走によって、「単に京大のみの学内雑誌にとどめず、全関西さらに全日本の学生の自主的総合雑誌」を標榜する「学生評論」が誕生したのである。この雑誌にかかわった小野義彦によれば、「学生評論」は「押よせるファッショ化の波に抗して智識と文化と自由をまもるため広汎な学生や智識層を結合することを使命」にしていたという。[1]反戦反ファシズムの方針を掲げた雑誌ではあったのだが、同誌第八号（一九三七年四月）巻頭言には、つぎのような表現がある。

吾々にして、若しも真にファッシズムを防遏せんと欲する者であるならば、最早それに対して徒に反撥するような態度をとるべきでないことは、明らかであらう。反って、それを真に克服する道は、会々その内に語られている所の、真理の片鱗を吾が物と為し、之を逆捻的に（ad hominem）用いることの側にあらねばならないのだ。古い自由主義者や、また旧套依然たる左翼公式主義者流に、吾々は敢てこのことを言ふ。――時代の欲求に対して、もっと敏感であれ！汲々として絶えず自己を掘り下げよ！　時代の後方から前方に向って遠吠えする様な愚は、最早止められねばならない。

「逆捻的に（ad hominem）」という言葉は、普段使わない表現である。ラテン語の〈ad hominem〉の意味は、「（議論または反応の）支持する立場よりもむしろ人に向けられる」（*Oxford English Dictionary*）である。言い換えれば、「意見の内容に反論するのではなく、それを主張した人の個性や信念を攻撃するという論点すり替えの論法」を指すとされる。

ここでは言葉の厳密な意味よりも巻頭言が意味するもの、すなわち「左翼公式主義」はいうまでもなく、たとえ合法的な「自由主義」であっても、現今のファシズムに対しては「徒に反撥するような態度をとるべきでない」という悲痛な叫びに耳を傾けることが必要であろう。一九三五年に美濃部達吉の天皇機関説が不当に排撃されたとき、もはや法理論上の解釈が問われることはなく、個人主義や自由主義、民主主義など、機関説の立脚する世界観が《国体》に反するものだと論断された。「絶対主義の下における合理主義・民主々義の最後の合法的拠点であった機関説にさえ有罪を宣告することができたならば、あとは雑草をなぎ払うほどの困難もない」という言論弾圧の危機が

到来していたのである。(2)

日中戦争勃発後の一九三七年八月一三日、京都府警特高課は、文学雑誌「リアル」の同人四名を検挙した。治安当局による恣意的な解釈を可能にした治安維持法の目的遂行罪が最初に適用された事件となって、これによって「進歩的運動は合法運動の形態をもってしては遂行することを、ほとんど不可能にさせられた」のである。(3)この後「世界文化」をはじめ「土曜日」、「同志社派」、「学生評論」など進歩的文化運動を目指す京都の雑誌関係者が続けて検挙された事件は、「京都人民戦線派事件」と呼ばれている。

野間宏の「暗い絵」は、野間が京都帝大文学部仏文科に在籍した一九三五年から三八年までの間、さらに限定すれば三七年一一月中旬が作中時間である。作品内の視点人物である深見進介は、レーニン『何をなすべきか』を信奉する永杉英作、木山省吾、羽山純一のグループに対して、「やはり俺の来るべき処、俺の居るべき処はこの他にはない」と感じる。しかしそこに落ち着くことができず、「自己完成の追究の道をこの日本に打ち立てる」こと以外に「生きる道はない」と思う。深見はそれを「科学的な操作による自己完成の追究の努力の堆積」と呼ぶ。永杉たちの道を「仕方のない正しさ」だと認めつつも、「やはり俺の道はここから離れている」と考えざるを得ないのであった。

このような深見の思考をふまえ、本多秋五は「暗い絵」の主題を《自己完成の努力の肯定》とした。それは「社会的責任のまっただなかで、共産主義の学説を学んだ青年知識人が、内外ともに最悪の日に、背教者にも殉教者にもならぬ新しい道——あるか無きかのその新しい道の探求に通じる

もの」であったと論じたのである。(4)

野間が往時を回想した「「暗い絵」の背景——人民戦線ノート」（戦後版「学生評論」第四号、一九五〇年二月）によれば、彼は党再建を目標とする永島や布施たちのグループではなく、「労働者の人民戦線の側」に立っていたという。「真理の片鱗を吾が物と為し」ながら「逆捻的に用いる」という葛藤を抱えて生きるのか、あるいは眼前に横たわる隘路を切り拓いて「背教者にも殉教者にもならぬ新しい道」を進むのか。絶望的な状況におかれた青年知識人の苦悩をたどりながら、「暗い絵」に投影された無意識の罪責感の内実を検討してみよう。

2　生産力理論と《第三の途》

野間宏が執筆した「軍法会議とその後」（「新日本文学」第一一巻第九号、一九五六年九月）によれば、彼は一九四〇年には「私が思想的に動揺していた」のだが、翌四一年には「その動揺からぬけ出てきていた」のだという。それは具体的にいかなる「動揺」であったのだろうか。そしてその「動揺」からどのようにして抜け出したのだろうか。

川崎造船所の切削工《ミーリング》で日本労働組合全国評議会（全評）に属していた矢野笹雄は、野間の小学校以来の友人であった旋盤工の羽山善治とともに、神戸人民戦線グループのリーダーとして活躍していた。矢野は三六年一二月五日検挙され、懲役三年の実刑判決を受けて大阪刑務所に服役する。四〇年四月に出獄して資本論研究会に参加するが、九月には阪神党再建グループの一員として検挙される。その後一一月に釈放され、四一年五月下旬、矢野が野間や羽山との連絡を回復して大阪に移住し、「尖鋭なる党的活動の展開を主張」したとある。[5] 彼の出獄後の危険な言動を察知して、野間と羽山は「其の危険性を指摘し、『戦時社会政策の推進』『合法場面に於ける活動』『巧妙に擬装せる文化運動』の範囲に止むべき事を説得」したという。そして彼ら三名は「風早八十二、窪川鶴次郎、岩上順一、相川春喜等の著作をテキストに研究会をもった」とされるのである（「特高月報」昭和一八年六月分）。

ちなみに、羽山は矢野とともに一九三六年一二月に検挙されていたが、四〇年六月に起訴猶予で釈放され、大阪市役所に勤めていた野間の紹介によって浪速区経済更生会書記に就いた。しかし治安当局は、かつて阪神間の労働者と京都の大学生が連携した人民戦線運動の時期にまで遡って捜査をおこない、矢野と羽山は四二年九月に特高警察によって検挙され、兵役に就いていた野間は翌四三年七月に思想憲兵によって検挙されることになる。

一九三〇年代後半から四〇年代前半にかけて、マルクス経済学者風早八十二と大河内一男による生産力理論は、思想弾圧を受けて自由を奪われていた左派知識人たちにとって、それまでとは異なる方法で社会変革を試みようとする社会政策理論であった。その一方、新体制運動を中心とする総力戦体制への参画を前提としていたために、左派知識人の転向を正当化し、翼賛体制を支える理論にマルクス主義社会科学を変質させたとの批判が戦後になって加えられた。思想の科学研究会による共同研究『転向』では、自由主義者の転向として採り上げられた。鶴見俊輔によれば、生産力理論が盛んに論じられた翼賛体制の時代は、「国民的規模における、なしくずし集団転向の時代」で、「各人各様の生活歴にふさわしい独自の擬装転向の形態」が産み出されていたとされる。(6)

風早や大河内の唱えた生産力理論とは、利潤率の維持を目的とする総資本の論理に従って、生産力を伸展させるために必要な社会構造の合理的改造を進めるものであった。戦争完遂のためには、労働者を精神主義的に叱咤するのではなく、彼らの労働条件を向上させることが必要であるとする主張は、マルキシズム的言論が封殺された時代において、マルキシズムに代わる新たな政治批判の手法とされた。総力戦体制下、生産力の観点から政府の非合理性を批判するという理論であったが、それは同時に「マルクス主義者の擬装抵抗の方式」（高畠通敏）、あるいは「マルクス主義の転向形態としての生産力理論」（栗原幸夫）でもあった。(7)

風早によれば、日本共産党が壊滅した後のコミュニストの運動は《党を再建する》、あるいは《合法的左翼政党に依拠する》、《新たな情勢に適応した革新的な運動を形成する》という三つのグループに分類できるという。風早自身はその三番目のグループ、すなわち生産力の発展を阻害している前資本主義的な劣悪な労働条件を改革し、個別的企業内での労働者の自主性を回復させる立場に属した。風早の『労働の理論と政策』（一九三八年一〇月、時潮社）では、当時一般に膾炙されるようになった「第三の途」という風早独特の主張が展開される。

折しも、世界史的な日支事変は勃発し、対内的にも強力統制経済の体制が見る〳〵樹立された。労働及び農民戦線にも大なる異変があった。多くのインテリゲンツィヤは不意を打たれ、この新事態に対処する術を知らず、或る者は自己を官僚機構の構成分子に転化し、又多くのものは単に拱手傍観した。然し、第三の途はないものであらうか。戦線の勇士と同じ決意に立つとき、インテリゲンツィヤは国民の有力な批判的要素としてのその独自の積極的な役割を持つことも可能ではなからうか。時局に内在する諸矛盾を科学の照明にかけ、困難な時局に巨大な前進を約束することは出来ないものであらうか。(8)

知識人にとって、日中戦争勃発という「新事態」に対処する「第三の途」とは何か。風早によれば、労働者が組合を解消して産業報国会に集結し、大政翼賛会運動のなかで自主性を獲得する手助けをすることである。国民の諸階層の意向を体現した「国民的世話役」を「国民的自主組織への産婆役たるもの」として設け、この「国民的世話役」が中心となった「指導的国民組織」を組織することによって産業報国運動の転換を図るのだという。だが高畠通敏が指摘したように、「国民的世話役」とは「オルグ」に、「指導的国民組織」とは「統一戦線委員会」に読み換えられるとともに、風早が要請する「国民的指導政党」とは「近衛新党」に置き換えられるものであった。すなわち風早の主張は、反ファッショ人民戦線戦術とも翼賛運動の理論とも解釈可能な「擬装転向の理論」であったのである。その両義的な意味合いは、つぎのような主張に顕著にみられる。

固より産業報国会運動自体を過大に評価することは、それの無視もしくは過小評価に準じて正しくない。この運動はあくまで官僚、半官僚の大衆獲得運動の一つの形態である。すなわち大衆獲得のための官僚的形態であるに過ぎない。したがつて、かくの如き形態を従業員大衆の自発性取得の契機として摑むことは、木に拠つて魚を求むるに等しく、形式論理から云つてそれ自体矛盾を含んでゐることを承知しておかねばならない。だが、木に拠つて魚を求めることを知るもののみが、この矛盾を突破しうるのである。(9)

ここにみられるのは、官製あるいは半官製の「大衆獲得運動」を「従業員大衆の自発性取得の契機」に転用できるとする詭弁である。

だが実は、かつてのマルクス主義経済学者風早が翼賛運動の渦のなかに身を投じていったのと同じプロセスが、人民戦線グループに共感を示していた野間にもみられるのである。中村福治によれば、野間の立場は「風早八十二の生産力理論の亜流的形態」であったという。

野間らは人民戦線運動敗北後の困難な中、運動再建の手がかりがつかめない状況下に、経済更生会こそが人民戦線的組織であると考え、それが皇民運動、日本建設協会と結合し、それらの国家主義団体の活動の一環に組み込まれ、高度国防国家を部落で支える機関に〝上昇転化〟

してもなおかつ人民戦線的形態であると思いこんでいるのである。(10)

中村は、野間もまた「両義性」を抱えていたと指摘する。そのことは「思想をこの日本の歴史と現実のなかで自立的に生かそうとするかぎり、その場はつねに両義的であり、そこでの思想の担い手の選択は、けっして論理だけで決定されるものではない」とする栗原幸夫の主張にも通じる。(11)栗原によれば、「抵抗のための擬装が、なぜ積極的な協力になってしまったのかという問題は、たんに生産力理論だけではなく、戦争中すべての擬装転向者がつき当たらなければならない問題であった」という。(12)

3 「統一戦線とファシスト大衆組織」

野間宏は関根弘との間で繰り広げられた〝狼が来た論争〟(一九五四年)――「インテリゲンチャの間に騒ぎを起こすだけでは社会全体の危機意識を高めることにはならない」という関根の発言をめぐる一連の論争――を通じてみずから「戦争中の自分の誤り」を明らかにしている。「気で病む狼――関根弘にこたえる」(「文學界」第一〇巻第三号、一九五六年三月)のなかで、野間はそれをつぎのように説明している。

それは私が昭和十五年夏頃から昭和十六年春頃まで、転向者が中心になってつくった右翼団体に参加していたという事実で、そして当時コンミニスト・グループの友人と人民戦線派の友人から批判と忠告を受けていたという事実である。

ここで野間が言及しているのは、野間が日本建設協会大阪支部に参加していたことであった。日本建設協会は、国体精神の下に協同主義社会建設を目指して国内改革を実現しようという日本国体研究所から転向者グループが分離して、一九四〇年二月に設立された。この協会には、全国水平社から分裂して「部落厚生皇民運動」をはじめた松田喜一・野崎清二・朝田善之助・北原泰作などの《転向左翼》が参加していた。野間によれば、日本建設協会に参加したことについて、「もちろん私はこの誤りの姿をひろく明らかにしようとして、以前から小説を計画していたが、ついに今日まで実現することが出来ていない。私はむしろそれをひきのばしさえしているのだ」という。戦争協力をここで認めたのかと思いきや、関根が野間の発言に言及すると、すぐに野間は「狼は消えた――プラグマチスト・関根弘批判」（「文學界」第一〇巻第五号、一九五六年五月）を執筆し、「私は転向して右翼団体に参加したなどということは全くない。当時私が右翼団体に参加した誤りというのは組織的な誤りなのである」と反論した。野間によれば、「コンミニスト・グループの友人の批判というのは私がそのような団体に参加するとすれば、その団体内にフラクションをつくらなければならないということだった」という。

野間は「転向して右翼団体に参加」したのかどうか。この問題を考えるにあたって、一九三五年八月のコミンテルン第七回大会がそれまでのセクト的極左方針から転換して人民戦線戦術を採択していたことに留意しておく必要がある。反戦反ファシズムを訴えたゲロルギ・ディミトロフの報告は、遅くとも一九三六年春には、在米共産主義グループによって邦訳され、コンサイス紙質の薄い紙に印刷されたものが海員グループによって輸入され、神戸の書店金星社に届けられていたとされる。[13]コミンテルンの方針転換に沿って、日本における人民戦線戦術の展開を指導した野坂参三と山本懸蔵の「日本の共産主義者への手紙」も三六年二月に発表されていた。コミンテルン第七回大会では、ディミトロフは「統一戦線とファシスト大衆組織」について、つぎのように報告している。

ファシズムは、労働者から彼ら自身の合法組織を奪いさった。ファシズムは、彼らにファシスト組織をおしつけ、大衆はやむをえず、あるいは一部は自発的にそのなかに入っている。ファシズムのこの大衆組織は、そこでわれわれが大衆とまじわるわれわれの合法的または半合法的な活動舞台でありうるし、またそうでなければならない。それらの組織は、われわれにとって、大衆の日常的利益をまもるための合法的または半合法的な出発点となりうるし、またならなければならない。これらの可能性を利用するために、共産主義者は、大衆との結びつきを目的として、ファシスト大衆組織内の選挙制のポストを手に入れるようにつとめなければならない。そのさい、そうしたたぐいの活動は革命的労働者にふさわしくない、沽券にかかわるなどという偏見は、さらりとすてさるべきである。

たとえば、ドイツにはいわゆる「工場世話役」の制度がある。だが、われわれがこれらの組織でファシストにポストの独占をゆるさなければならないいわれがどこにあろう？

（中略）

同志諸君、諸君はトロイア攻略の昔話をおぼえておられるであろう。トロイアは、難攻不落の城壁で攻撃軍をよせつけなかった。そしてすでにすくなからぬ犠牲をはらっていた攻撃軍は、有名なトロイアの木馬をつかって敵の心臓部に侵入するまでは、勝利を得ることができなかった。

われわれ革命的労働者は、首切人の人垣をきずいて人民をふせいでいるわれわれの敵ファシストにたいしても、同じような戦術をもちいることを遠慮する必要はない、と私は思う(14)。

ディミトロフによれば、共産主義者は「ファシスト大衆組織」に入り込み、選挙によって任命されるポスト、たとえば「工場世話役」――風早の「国民的世話役」を連想させる――を積極的に手に入れなければならない。共産主義運動が非合法化された状況下、「革命的労働者」には「トロイの木馬」のような擬装戦法が求められるというのである。

野間は当時、自分が参加していた右翼運動について布施杜生に意見を求める機会があった。布施は一九三八年九月京大ケルン関係者とともに治安維持法違反の容疑で検挙され、四〇年七月執行猶予判決を受けて出獄していた。布施は野間の相談に対して「それはいけない、それはあやまっている」と批判し、「できるだけ早くそこから出るように」と忠告した。しかしつぎに会ったときには、布施はすっかり意見を変え、自分が偽装転向して出獄していたことを打ち明けて、自分も右翼組織に入れてほしいと告げる。野間は、このような布施の態度の急変の背景には、「上部団体の決定」があることを直観した。しかし布施は四二年九月再逮捕され、翌四三年二月京都拘置所内の独房で獄死してしまう。戦後になって野間は「あの時布施杜生をこちらに引取って、私たちの中に入れないにしても、私たちの近くにとどまれるようにしていたならば、結局逮捕されるにしろ、逮捕時期はずっとあとになり、あるいは生き残ることも可能だったのではないかとまことに残念な気持がした」と回想することになる。[15]偽装転向と右翼組織への加入とは、活動家を生き延びさせるだけでなく、対立する陣営に潜入する戦術として認められていたことが分かる。

4 自己矛盾

一九四〇年八月に開催された部落厚生皇民運動の第一回全国会議に、野間宏は浪速区経済更生会中堅幹部養成講習会講師という肩書で、来賓として出席している。部落皇民運動とは何か。野崎清二編『部落厚生皇民運動の実践指針』(一九四〇年六月)の冒頭には、部落厚生皇民運動全国協議会準備会による「宣言」がおかれている。

この「宣言」によれば、日中戦争勃発という「未曾有」の「国家的危機を超克して聖戦目的を完遂」するためには、「日本国民が真に国体精神を体得し、国民生活のあらゆる領域に於ける一切の反国体的矛盾を克服して力強き挙国一致の新しき国家体制を樹立しなければならない」。振り返ってみれば、従来の部落解放運動には「その精神と方法に決定的誤謬」があった。「所謂部落問題の解決」は「従来の自由主義的乃至階級主義的運動によつて招来されるものではなく又政治的経済的諸矛盾を累増せしめつつある資本主義的体制の埒内に於ては望み得べくもない」。「部落民」の「真の解放」とは「人格の独立と尊厳とを基調とする国民一体化の実現であり、それは日本国体の尊厳そのもの丶中に、国体精神の昂揚と国民生活の協同体的建設の中に、実現されることを明確に識らねばならない」というのである。

だが、この表現にも詭弁がみられる。「挙国一致」体制を確立するには「一切の反国体的矛盾」を克服しなければならないというのだが、その直前まで自分たちは全国水平社に所属していたのではなかったのか。にもかかわらず、国民対立の原因が「報復的糾弾」を基本方針としている全国水平社にあると非難し、「国民一体化」のためには全国水平社を解消しなければならないとするのである。しかし彼らの主張とは逆に、軍隊組織内での差別は絶えることなく存在し、「部落民」の戦時動員を加速させるだけの結果になってしまったのである。

ところで戦後になって、民主主義を標榜する文学者たちに戦争協力の過去があったことを吉本隆明や武井昭夫が激しく追及した。彼らと歩調を合わせるように、桶谷秀昭は「暗い絵」を批判して

「なぜ野間宏は、戦後、戦争中の自己を対象化し、てきけつする出発点に立ったときに、エゴの醜悪にたえるという作業を、現実の曇りない直視からはじめなかったのか」と指摘した。桶谷によれば、「戦後文学のにない手たちが、戦時下の革命運動と転向、また兵営や野戦で体験した人間の醜悪さを、どれだけ自己を社会的現実や限界状況に疎外せずに凝視しえたかの度合」が重要なのであって[16]、野間が「深見進介の漠とした人民戦線思想の内部の検討をおこたり、おのれのエゴイズムを自己の存在の底部にまで掘りすすめようとしなかった」と厳しく批判したのである[17]。

他方、作品構造の観点から「暗い絵」における野間の「隠蔽」を非難したのは、小澤勝美であった。

しかし、最後の場面で深見進介の「仕方のない正しさ」を「しゃんとさせる決意」の表明は、かつて私が感動を以て読んだことを今日撤回しなければならないほど、トリックに支えられた誤魔化しの表現であり、作中のプロットの時間を操作しすり替えることによって、永杉や木山の客観的には自殺行為である「旗を立てる」(ビラをまく)行為を美化し、その敗北(死)に深見が慟哭することで、深見の転向が隠蔽されるという構造をもっていることが分かった[18]。

右の引用で「作中のプロットの時間を操作しすり替える」とされているのは、永杉英作と羽山純一、木山省吾の獄死に続いて深見進介が転向した過去が深見によって回想される《戦後》の部分と、作品最後の「仕方のない正しさ」を「しやんと直さなければ」と深見が決意する《戦中》の部分とが、本来の時間軸からみれば入れ替わっていることである。小澤によれば、木山の死を慟哭する深見に共感した読者は「見事に「暗い絵」の持つ本質的な問題追究を避けてしまった野間宏の誤魔化しとトリックに引っかかったといってよい」という。[19]

そのアクロバチックなすり替えにより、一九四六年の文学的出発に当たって、野間宏は、戦中からの非転向派に好意的なポーズを取り、それに実際は同調しなかった自己の転向を曖昧化し隠蔽することで、一方では宮本百合子の好意的発言（新日本文学会第二回大会の一般報告）を得、一方では平野謙や本多秋五（近代文学派）の評価をかちとったと言えるだろう。[20]

右の引用の最後のところ、野間が平野謙や本多秋五からの評価を得たという指摘は、「象徴詩と革命運動」との「独創的な結合」に「野間の出発点」があると考えた平野の見解を指している。[21] 平野によれば、野間は革命運動に参加したものの、「野間と「京大ケルン」の革命的学生との決定的な相違点は、フランス・サンボリスムを中心とする野間の「芸術による人間認識」という一点であった」とする。[22] 文学作品の芸術的価値を重視する見方は、プロレタリア文学における政治の優位性が人間性軽視をもたらしていたとする、彼ら《近代文学派》の文学観に通底するものであった。

政治主義、あるいは芸術主義のどちらに与するのか、学生時代の野間はその判断に苦慮していたというのが実情であろう。京都帝大文学部の学生であった一九三六年の日記には、「私は富士や桑原に対して、社会性（共産主義）をはげしくとき、併し、羽山さんに対しては、芸術の立場をまもる、態度をとっている。これは、二種の使い分けと考えるのか」（八月二六日）と書いている。芸術側の友人富士正晴・桑原（竹之内）静雄と、政治側の同志羽山善治との間で、野間は決断をためらっていた。このためらいは、これ以後も決して解消されることがなかったと思われる。

そもそも野間が関わっていた学生運動が「革命運動」といえるものであったのか、それを疑問視する意見もある。いやむしろ野間自身は、「私は積極的に学生運動に参加したとはいえない」とし、「学生評論」に投稿した四〇枚ほどの小説が掲載されないまま返却されたのは、「マルクス主義の理論と自分の作品とを一つのものにすることができなかった」からだと回想しているのであった（「青春放浪」、「読売新聞」一九六二年三月二七日）。永島孝雄や布施杜生たちの日本共産党再建を目指すグループは、非合法舞台に踏み込んだ「革命運動」であったといえるが、「学生評論」の活動に関しては、「終始一貫して、「文化の擁護」が学生の思想的自立の中心テーマとして提唱されていたし、安易な政治的プロパガンダの場所などではなかった」とされるのである。[23] 実際に「学生評論」事件で一九三八年六月に検挙された藤谷俊雄は、「これらは戦争とファシズム下のインテリゲンチャの抵抗であったので、客観的には「革命運動」と評価されるようなものではなかった」と指摘している。[24]

5　《穴》のイメージ

「暗い絵」冒頭に紹介されるブリューゲルの絵画集から、深見進介は「奇妙な、正当さを欠いた、絶望的な快楽に伴うごとき印象、そしてまた、そうした暗い快楽の深い穴の中で無益に呻きもがいているとも言えるような印象の集まり」を感じとった。深見が見入るブリューゲルの絵には、「爬虫類のような尾をつけた人間」、「蛙の水かきの皮を五本の指にもった人間」、「ひとでのように幾本もの足を体中にはやしている人間」、「人間の足をつけて歩いている魚」たちが描かれている。

「爬虫類のような尾をつけた人間」は、「股をひろげて腰を下し尖った口の中から汚れた唾液をはきかけている。その股のあいだには、やはりあの大地に開いているのと同じ漏斗形の穴がぽかりと開いていて、その性器が、性器の言葉があるとすれば、その言葉でしゃべっている」ようにみえた。

単なる空虚であるはずの穴が言葉を話している、去勢されたはずの性器が自我を代理して語っているというカオスのなかに異形の人間たちが棲息している。ブリューゲルは「当時の支配者スペイン王フィリップ二世の専制政治に対する嘲笑」を形象化したのだが、異様な生態は、絵画に見入る深見の心象が投影されたものでもあった。

これらの化物を支えている精神の中には人間の矮小な姿の中に閉じこめられて燃えている深い

愛があり、貧困に対する痛烈な憤怒がある。無智と愚昧と冷酷に対する反抗がある。そしてそれらが苦悩の上に強い姿となって、烈しい形をとって、姿を現わしている。そして、ここには群衆への、集団への、民衆への強い執着がある。人々は集団以外としては現われない。祭りの夜の、風景の中の点描としての、むれた蛙のような人間の集りとしての、髑髏をつけた人間どもの群としての、犬をつれた猟人がかえって行く農村の営みの中の人々の群れとしての、集団以外としてはあらわれない。そして、ここには民衆の最後の武器である笑いと諷刺があるのである。

深見にとって、ブリューゲルの絵画に描かれた農民たちは、革命運動に参加した学生グループの陰画《ネガ》であった。それが「人々は集団以外としては現われない」と表現されている意味である。木山に向かって深見は「俺はね、あの暗い厭な形をした穴が、あの当時の、絶対専制政治下の人間の自由だったんだと思うんやがね」という。「あの穴が何か訴えたげにしながら言葉をもたない」のは、それが専制的な政治体制によって著しく制限された自由でしかなかったからである。

「暗い絵」には、深見が「資本論や労働者階級の状態など、こういう種類の書物を読みながら俺は何も知らないのだとその後もこの時のことを考えて思うことがあった」とある。野間は学生時代の日記に、「私にはプロレタリアートが感ぜられない、どうしてだ、どうしてだ」(一九三五年一〇月六日)、「私にはプロレタリアートがつかめていない」(一〇月一一日)と焦燥感を書き残していたのである。プロレタリアートの解放を叫びながら、プロレタリアートの生活の内実が把握できないというのは、彼ら知識人学生にとっての軛であったといえよう。

6 戦中日記

米軍の大阪大空襲によって、ブリューゲルの絵画集は焼けてしまう。野間宏はその瞬間を印象的に描き出している。五七五文字を費やして書かれた長い一文のなかに、「暗い絵」の小説テーマが象徴化されて表現されている。

この写真版の絵画集が、油脂焼夷弾の飛び火を浴びて、綴り合わされた絵の一枚一枚が、流れる黒い液体のような炎の中に焦げてはがれながら燃えていった時、この絵の中のひとでのような人間、犬の顔をつけた人間、尾をつけた裸の人間、あの暗い爛れたような穴を大事そうに股の間にもっている人間達が大きな如何なる力をもってしてもとどめえない火災のあついほてりの中で、すでに紙の下に廻った小さい炎のために次々と火あぶりにされ、その汚い厭な正視し得ぬような肉体を焦がし、醜い体を火のためにさらに醜く痙攣させるかのように歪めて、しばらくは燃えて行く紙の火の中に明らかな形で姿を現わし、焦げる紙の上にあぶり出しの字のように黒々と線をつけ、そしてやがてそれらの体も火となって消えていった時、大阪全市は南の空から北の空へかけて、燃える炎であかあかと明らみ、急速な生命の危険をつたえる重い脅かすような響きを拡げながら、空を押し渡る機械の嵐が、幾千という巨大な鈍い光を湛えた重い翼の幾重もの重なりが、炎の明るみの中に次第に大きな大阪市の全景をくっきり表わしてくる街の上に濛々とこめた火災を越えて過ぎ渡ってゆき、この空の中を押し移ってゆく、限りないモートルと大きな機械の重みに圧しひしがれながら消えてゆく、奇怪な穴を持った人間共のうめきが、何処かその炎の中から聞こえたかも知れないのである。

ブリューゲルの絵画に描かれた異形の人たちのなかには、「尾をつけた裸の人間」、「爬虫類のような尾をつけた人間」の姿が含まれていた。このような異形の人間イメージの原型は、一九三五年一二月七日の日記にある「人々はみな尾をたれている」という表現にみられるのではないか。一般的には、「尾」は男性の性器、「穴」は女性の性器の象徴とされるが、《尾》と《穴》という組み合わせは、「すべてを生殖器にむすびつけて考える男。」／「君、これなら、何にもつかめてないやないか。」／「そうか、Mだけつかめてるいうんやろ。」／「穴があいているのや、穴や、それが我や。」と記されて、男性である野間に「穴」が開いているとされる。男性である自分の身体に「穴」が開いているとするのは、通常は孤独の感情、あるいはコンプレックスによる強烈な自己否定か、性欲の異常な亢進による性倒錯を意味するのである。

野間の日記に登場する「M」とは、富士正晴の妹光子のことで、野間は彼女に恋愛感情を抱くとともに性的対象としてみずからの性欲の昂進を抑えられなかった。たとえば一九三六年一月四日の日記には、「何かが、俺の中に穴をあけている」と書かれている。ここで記されているのは、その日、煙草を吸った三人の女性が目の前を通り過ぎ、「猥な言葉」をかけ「性交」を申し込もうと思ったのだが、実際にはそれをすることができなかった。「私の生殖器」を「下部」に感じながら「私は、なぜか、さびしかった。私をたたくもの、私をのがれさるもの。私を、それ（光子［君］）が、穴をあけることによって、私のその状態を責めていたのだ」というのである。野間にとって光子は、自我を孤独におちいらせる存在であったとともに、「私の、私の性慾をジュスティフィエンしてくれるもの。私はこれをはなさない」と、性欲動を「備給（Besetzung）」する対象でもあった。野間にとって光子は、《尾》のある男性に《穴》を開ける、すなわち他の女性への性的関心を禁じつつ、彼女への激しい性的欲望によって自我を空っぽにさせてしまう存在であったのである。《尾のある人間》のイメージの原型は、暗い性衝動を秘めた二〇歳の野間自身の姿であったといえよう。

＊　　＊　　＊

一九四五年三月一三日深夜から一四日未明にかけての約三時間半にわたって、グアム米軍基地から飛来したB29二七四機が大阪市街地に焼夷弾を投下した。このときの主な標的は浪速区とされ、浪速区に隣接する西成区にも被害が及んだ。西成区北部はほぼ全焼、南部にも多くの着弾があって全焼した地域があった。野間が勤労課に勤務していた国光製鎖鋼業株式会社は、西成区に所在していた。

その時、或る軍需工場の一部門の責任者の位置にあった彼は特設防護団のいかめしい服装を着けて、この画集の置かれている部屋に移ってゆく炎を地面に立てた長い鳶口に寄りかかるようにして、苦しげに眺めていたが、すぐ消火作業のために団員を指揮する位置に走り去りながら、そのひとでのような足をもった人間達が、暗い闇の中で燃え上り焼け焦げるのを思うと、彼の心の中を何か震えおののくような感情が走り、彼の顔は鉄帽の下で、ちょうどその絵の中の人間の焼け爛れてゆくときの苦しげな表情を、赤々と燃える火に映えて示したのである。

二四九文字を費やして書かれた右の一文には、深見の心境が描き出されている。ここで注意したいのは、このときの空襲によって犠牲になった大阪市民（死者三、九八七名、行方不明者六七八名）を嘆くのではなく、画集のなかの「ひとでのような足をもった人間達」が焼かれることに対する「震えおののくような感情」がクローズアップされていることである。そしてこの「震えおののくような感情」は、深見の顔が「苦しげな表情」を映じる以外、それを具体的に知る手がかりは示されていない。深見には、「街の金貸しと街の運動家」を「二つ並べて書いても少しも不思議ではない程どちらも哀れな汚れた存在」と感じられていた。「哀れな」革命学生集団の喩である「ひとでのような足をもった人間達」が焼き尽くされることは、何を意味したのか。作品中には、大阪府庁の官吏を務める父親の「いたずらに徒党に与せざる方針を堅持されたし」という言葉が四回引用される。

父の掟に背いたこと、さらには獄死した三人の友人を裏切って転向した過去の自分に対する自己処罰の衝迫が空襲の受苦に投影されていたと考えられるのではないか。

実際に「赤にだけは、ならんように」と野間を戒めていたのは、母親まつゑであった。野間が一一歳のとき、肺炎をこじらせて父親卯一が死去した。母親はそれ以来、借家業や小規模な自営業をてがけ苦労しながら家計を支えていた。一九三五年の日記によれば、「俺のお母さんは、この世の中へ苦しみにきたにすぎないのだ。こうした、お母さんを苦しめるのは、俺だ」（六月七日）という一方、「私は、母の手から逃れて行かねばならない。母とはなれねばならない」（六月一四日）と逡巡する。それでも「母によく思われたい」野間は、母を裏切って羽山と交わっていることを、「羽山さんが私を、うまうまと導き入れた、私を、とりこにし、つかみこんでいる。だましている」とさえ思うのであった（八月七日）。「暗い絵」のなかにも、父親への反感とは対照的に、「五十年の苦境に堪えている」母親への共感を、深見進介と木山省吾が語り合うシーンが描かれている。

母親に対する気遣いから、学生時代の野間は左翼学生運動に没入できないでいたために、羽山善治たち労働者との間に心理面で相当な距離があるのを感じていた。一九三五年七月二六日の日記には、「羽山氏が私をけいべつし、なにくそと思うこと。しかし、私がおくれているのは事実だ。はたらいているものは常に、がく生をけいべつしていること」とある。このような彼らとの距離感は、野間がアナーキストの新聞で「共産党リンチ事件」のことを知ると、極点にまで達する。

昨夜、羽山さんと、その同志に、私がリンチされる夢をみた。しかし、私は殺されなかった。かえって、刀（柄のない刀身に布をまいたもの）をうばって、二人を殺してしまった。母が私をかくしてくれたのだが、二人は私をみつけだしたのだ。私はきった。こんな夢をみるとすれば、私は、左翼を重荷とかんじているのだ。きっと。

（一九三五年一一月一七日付日記）

右の夢には、母の戒めと左翼学生運動との間で葛藤する野間の自我が表現されている。これと同種のアンビバレントな心情は、同じ一九三五年の六月二五日、それまで「先生」と呼んで敬慕していた竹内勝太郎が黒部峡谷で転落して遭難死したときにもみられた。同日の日記に、野間は「俺は、先生の束縛を、きゅうくつと思っていた。もうどうしていいかわからぬ程、先生が俺をとらえていた。俺は、身動きできなかった」と書く。そして「二十五日の夜、俺は、ここへかきつけることもできぬような、先生に対する恥ずべき心をいだいていた」とし、師と仰ぐ竹内に対して（その死を望んでいたともとれるような）憎悪をひそかに抱いていたことを告白していた。愛憎相半ばする心理は、竹内――さらには羽山や布施たち――に象徴される《理想自我》への抵抗が野間の自我を圧迫していたことによるものであった。

さらに一九三五年一〇月三日の日記に、野間は「マルキシズムを裏切った人々、弱さから。それが毎夜、自分を苦しめる。針で指をつく。そして、苦しめることをやめる。苦しめることは、自分を許すことだ。苦しめることは、たのしめ、少しでもゆるされることだ」と書いている。メランコリーの「コンプレックスは、あたかも開いた傷口のように、すべての場所から備給エネルギーを自分に集めるのであり、自我がまったく貧困になるまで、空っぽにしてしまう」のである。[25] 理想化と否認のアンビバレントのなかで野間の精神は、渦巻く《穴》を抱え込み、減圧されて真空状態におちいってしまうのであった。「暗い絵」には、その様子がつぎのように難解な表現を使って描写されていた――「満ちふくれ、さらに渦巻いて来るような烈しい心の動きを感じた。しかしそれにもかかわらずその次第に激越な調子を帯びようとする心の動きが、心の内の深い部分で明らかに封鎖されているのを感じた。何ものかにこの自分の心の内の烈しいものを投げつけなければ生きていけない」。

7 「フロイド奴、フロイド奴」から「ブルジョア奴、ブルジョア奴」へ

「暗い絵」の結末部分には、《やはり、仕方のない正しさではない。仕方のない正しさをもう一度真直ぐに、しゃんと直さなければならない。それが俺の役割だ。そしてこれは誰かがやらなければならないのだ》という深見進介による決意の言葉がおかれている。しかし深見がどのように生きてゆこうとしているのかは具体的に分からない。空襲と敗戦は、政治主義と芸術主義を兼ね備えた――小説家としての《第三の途》――戦後派作家としての出発のきっかけを野間に与えた。このことを考えれば、深見の言葉には、山道で木山省吾と別れた一九三七年という作中時間ではなく作品

が執筆された戦後、再出発を決意した作家野間宏の真意が託されていたといえるのではないか。

「敗戦で元気になった野間宏」に論及した笠井潔は、「本来なら、暗い絵であるブリューゲルの画集と同時に、作品「暗い絵」の構想もまた、作者の内部で消滅すべきものだった。それを延命させることで、あえて野間宏は作家として出発したのだが、それは暗い絵の帰結が明るい絵でしかありえない奇怪な倒錯をもたらしたのである」と指摘している。[26] ブリューゲルの代表作は『死の勝利（The Triumph of Death）』であるが、深見が感じとった「暗い快楽の深い穴の中で無益に呻きもがいているとも言えるような印象の集まり」は、生と死、快楽と苦痛というアンビバレントな状態を意味していた。自己処罰の衝動が空襲の受苦に投影されていた一方、異形の人たちが焼かれるモチーフが描かれることによって、「その当時の思想運動と呼ばれる小さな哀れな動き」にまつわる記憶から、野間の自我がひそかに解き放たれることになったのではないか。そのことが、長篇小説『青年の環』の「初発のモチーフ」が変化したとする栗原幸夫によって指摘された、「こうして抵抗が協力に頽落していった自分の経験を描くことから野間宏は撤退し、かつての「暗い絵」はいかがわしい「明るい絵」にとって変わられました」という事態にもつながっていったのではないだろうか。[27] だが前章でも触れたように、野間がこの小説を執筆したのは、獄死した友人たちに自分の生き方を伝えるためであり、彼らとの《出会いなおし》の試みによって自我を解き放とうとしていたことを考えれば、決してこれが「明るい絵」でなかったことは明白である。

野間の習作「車輪」は、野間が学生時代、芸術派の仲間と考えていた富士・桑原（竹之内）と一緒に創刊した同人誌「三人」第一一〜一三号（一九三五年一二月、三六年五月、三七年一月）に掲載された。「暗い絵」と同じ名前の深見進介が主人公とされる、この作品のなかで深見が「フロイド奴、フロイド奴」とつぶやくシーンがある。「フロイド奴、お前は、一体、それで、人間を解放したと思つてゐるのか」、「お前は、お前はただ、穴を少しだけ、ほんの少しだけ拡げただけではないのか、しかし、それが穴であることにかはりはないのだ」――ここでフロイトの名前が使われていることからも分かるように、この習作のテーマは、青年の暗い性衝動を描き出すことにあった。

ところが「車輪」の「フロイド奴、フロイド奴」というセリフは、「暗い絵」では「ブルジョア奴、ブルジョア奴」に書き換えられている。瓜生忠夫は「野間が「暗い絵」で追究している方法は、フロイドのように単純で幼稚なものではなく、久保栄の生理学的方法をもこえている」と指摘した。(28) 空襲によって焼かれたブリューゲルの絵画のなかに、暗い性衝動を秘めた二〇歳の野間自身の姿と同時に、革命学生集団のイメージを読みとっていたことに符合する。懲罰欲求は無意識の罪責感に由来する衝動であるが、野間は戦後派作家として出発するに際して、記憶の底に封じ込められていた罪の意識――政治と性にまつわる自意識――を回帰させたのであった。そのなかで、創作を通じて苦い記憶の再構成をおこなうことによって、やっとの思いでようやく罪の意識から自我を解放することができたのである。野間は、事後に正否を判断して遡及するという方法ではなく、実際にそれをくぐり抜けた人間だけに許される慎重なやり方で、過去に忘却された存在をよみがえらせた。野間の晦渋な文体は、葛藤のプロセスがそのまま反映したものになったのである。

第3章

人民戦線運動と《近代主義批判》

——日本とドイツの戦後文学の視点から——

1 反ファッショ人民戦線運動

非合法舞台での運動を進めようとする党再建派の活動家たちに抵抗して、人民戦線運動の側に立って労働運動を展開していた西宮の旋盤工羽山善治の胸中を、戦後になって野間宏はつぎのように説明している。

「日本の左翼運動には日和見主義という言葉をほんとうに正しく使うことができないものをもっていた。それはまるで呪文か何かのように使われて、そのためにまたその言葉の前で多くのひとがたじろいだ。そしてそれによってほんとうの前進に必要な条件を具体的にさぐりあてることさえ不可能になった。[1]」

羽山や矢野笹雄たち労働者が党再建派のオルグから「日和見主義」というレッテルを貼られることによって運動の正系から外れ、活動家を結集させる力を失ってしまったというのだが、果たして本当に彼らの主張は「日和見主義」であったのか――ここに野間の問題意識がある。

ディミトロフは前章でみたさきの報告のなかで、「ファシスト諸国の共産主義者」は「大衆との結びつきを目的として、ファシスト大衆組織内の選挙制のポストを手に入れるようにつとめなければばならない。そのさい、そうしたたぐいの活動は革命的労働者にふさわしくない、沽券にかかわるなどという偏見は、さらりとすてさるべきである」と述べている。[2] そして「新しい酒を入れるために古い皮袋を打ち捨てる」ことを要求したのである。

ファシスト組織のなかに潜入することを是とする新たな活動方針は、阪神間の労働者グループに大きな影響を与えた。社会大衆党（社大党）および全国農民組合（全農）の日中戦争勃発後における右旋回に直面し、一九三八年二月、彼らは全農兵庫県連を、国家主義的傾向を持つ日本農民連盟の系統下の兵庫県農民連盟へと改組した。さらに三九年七月、国家主義政党である東方会の摂陽支部を結成し、四三年一〇月、東方会が改称した東方同志会の関係者一斉検挙（いわゆる中野正剛事件）に至るまで右翼団体を装って活動を継続していたのである。

野間自身も一九四〇年夏から四一年春までの間、右翼団体の一つである日本建設協会大阪支部に所属していた。これが真の転向であったのか偽装転向であったのかは、これまで議論が分かれるところであった。野間によれば個人の誤りではなく組織の誤りであったとするのだが、[3] 今日から振り返って考えても野間の説明通り、それは当時の活動方針に影響された結果であったといえる。

日本の人民戦線運動と関わった野間の文学を検証するための手がかりとして、つぎにドイツの戦後文学者と人民戦線運動の歴史を紹介してみよう。

2 「デア・ルーフ」

ドイツの戦後文学を牽引した文学者集団「グルッペ四七（Gruppe 47）」は、一九四五年三月に米国ネブラスカ州フォート・カーニー収容所で創刊された「デア・ルーフ（Der Ruf）」に端を発している。非ナチに向けた強制的な再教育が目的なのではなく、捕虜たちが祖国ドイツに戻った後に民主主義国家を自発的に建設するための学習機会を提供するのが米軍当局の狙いであった。アメリカ各地の捕虜収容所には、約三七万人の元ドイツ軍将兵であふれていた。驚くべきことに、収容所では当時、将来復活するであろうはずのゲシュタポによって処刑できるように、反ナチス的信条を持つに至った裏切り者がリストアップされていた。実際、四四年一二月までに収容所内のナチス支持者によって私刑にされたドイツ人捕虜の数は一六七名に上っていたという[4]。

「デア・ルーフ」創刊号と第二号には「アメリカにおけるドイツ人捕虜の新聞」、第三号からは「ドイツ人捕虜のためにドイツ人捕虜による編集」というサブタイトルが付せられた「デア・ルーフ」は、捕虜の自主的な判断によって紙面が編集されていることが強調され、ほぼすべてのドイツ人捕虜が帰国し終えた四六年四月に終刊となる。

同紙の編集に携わったアルフレート・アンデルシュは四五年一二月にミュンヘンに復員した後、米軍情報局の新聞の編集をするかたわら「デア・ルーフ」の復刊を企図した。かつての同紙執筆者に連絡をとって、翌四六年八月一五日に復刊第一号を発行するに至った。「若い世代の自由紙」というサブタイトルが付せられ、第一面には、両手を挙げて降伏する若いドイツ兵の写真が掲載された。巻頭論文「若いヨーロッパがヨーロッパの顔をつくる（Das junge Europa formt sein Gesicht）」のなかで、アンデルシュはつぎのように宣言している。

こんにちのヨーロッパ再建の担い手は主として若い名もなき人たちである。かれらは象牙の塔の静寂沈思のなかから出てきたのではない……そもそもかれらには学問をするというひまなどはなかった。かれらはヨーロッパをめぐる武力戦争のまっただなかから、行動のなかからやってきたのである。したがってかれらの精神は行動の精神である。(5)

この一文には、アンデルシュの世代論――一八歳から三五歳までのドイツ人は、ヒトラー台頭に責任がない点において年上の世代と異なり、戦闘の前線や捕虜生活の体験を持った点において年下の世代と区別される――という考え方が反映されている。事実、アンデルシュが三一歳、ハンス・ヴェルナー・リヒターが三七歳、グスタフ・ルネ・ホッケが三七歳、ヴァルター・コルベンホーフが三七歳、ヴァルター・マンツェンが三七歳、ニコラウス・ゾンバルトが二二歳であったように、「デア・ルーフ」の執筆者は三〇代と二〇代で占められていた。一九一〇年から二七年までの間に生まれた人びとは、古い世代にみられるような敗戦による罪悪感や共同責任の意識には乏しく、むしろ強制的に戦場に駆り出され、生命の危機にさらされたナチズムの犠牲者であるという世代意識を共有していた。このような姿勢は、暗い谷間をくぐり抜けてきた〝三〇代の知識人〟として、自己のエゴに忠実な個人主義文学の確立を求めた「近代文学」同人の態度に通ずるものがある。彼ら七人は敗戦時ほとんどが三〇代――山室静の三九歳から小田切秀雄の二九歳までの年齢の幅に収まって、本多秋五三七歳、平野謙三七歳、埴谷雄高三五歳、荒正人三二歳、佐々木基一三一歳であった。

ドイツ文学者の早崎守俊によれば、「デア・ルーフ」執筆者と「近代文学」同人の間には、興味深い共通点と相違点がみられるという(6)。アンデルシュは一七歳でドイツ共産党に入党、ナチス制覇の直前までバイエルン共産主義青年グループの組織委員長であった。その後、二度逮捕されて政治犯としてダッハウ強制収容所に送られている。釈放後、ワイマール末期の党の政治姿勢――社会民主主義者を排撃する社会ファシズム論に絶望して脱党する。一九四〇年に召集され、四四年六月にイタリア戦線で脱走を図って米軍捕虜となった。他方、リヒターも貧しい青年時代を送った後、一九三〇年にドイツ共産党に入党するがトロツキズムのため追放された。三三年にナチスが政権を獲るとすぐにパリに亡命したものの生活にゆきづまり、翌三四年にドイツに帰国して書店を営むようになるのだが、四〇年ゲシュタポに逮捕される。同年に釈放されて兵役に就き、フランスやイタリア戦線を転戦する。四三年に米軍捕虜となった後、両者は米国にあるドイツ人捕虜収容所で出会うことになった。

自分たちは三〇代であるという世代論が共通していたうえに、「デア・ルーフ」執筆者には絶望的な戦場体験があった。早坂によれば、彼らはこの体験が強い紐帯となって一つの世代意識を形成し、「敗戦とともにデモクラシーの仮面をかぶって動きだした古い世代にあからさまに反撥し、また、占領軍の再教育政策に決然と抗議して、かれらの若いなまの声を、沈黙にうちひしがれた祖国の人びとに訴えようとした」とする。(7)

それに対して、「近代文学」同人には兵役の体験がなかったが、社会主義陣営の出身者であった「デア・ルーフ」執筆者と同じように、「近代文学」同人たちも、戦前の退潮期のマルクス主義運動に参加し、戦後も社会主義的な立場から積極的に発言をおこなっていた。早崎によれば、「近代文学」同人は「敗戦後すぐ、すでにととのえられた足場の上で、はじめから文学の場で仕事を開始できたという状況下にあった。さらに、「閉ざされた日本」という、世界の片隅での戦後社会内であったために、かれらは、戦後文学を早々に転向文学の延長上におき、政治と文学論、文学の上部構造論、知識人論、組織と個人論など、近代精神の理解に役立つテーマをつぎつぎと設定して、戦後社会のテーマ・セッターとなった」という。(8) ソ連を含む四カ国軍によって分割占領されたドイツが直接統治されたのに対して、日本は政府が残されて米軍による間接統治がなされたことも、両国の戦後復興において大きな差となった。

「デア・ルーフ」を語る際に忘れてはならないのは、リヒターの「マルセル・カシャン氏への手紙」(「デア・ルーフ」第一三号、一九四七年二月)である。

マルセル・カシャンはフランス国会最年長の共産党議員であった。第二次世界大戦の戦後処理に際して、イギリスがドイツに対して産業の解体、ルール地方の分割、ザール地方の割譲を求める方針にカシャンが賛成した。リヒターによれば、そのようなカシャンの態度は、フランスのナショナリズムにもとづいたもので、もしそれらが実施されればドイツのプロレタリアの貧困化、ひいては世界のプロレタリアの貧困化をもたらす危険が生じていたという。

かつてカシャンは、ナチスが政権の座に就いたとき、ゲシュタポによる捜査を逃れてフランスに亡命していたドイツの若い社会主義者たちに、ドイツに帰って地下闘争をおこなうように命令した。そして人民戦線運動の方針がコミンテルンから示されるとナチス突撃隊に加わって革命のための破壊工作を内部から進めることを求めたのである。

わたしたちの多くは、あなたの言葉を信じてドイツに帰りました。ナチスの強制収容所が待っていた国に帰っていったのです。そしてたいていのひとは、ドイツに残ってファシズムに反抗して死んだ数十万にものぼる人びとおなじく、殺されてしまったのです。しかし、あなたもその一員である共産党の革命的な戦術は変わりました。若い共産主義者がナチス突撃隊に加わり、ナチス突撃隊とナチスの党とを下部からひきさき、穴をうがち、そして革命のための蜂起の機の熟するときをつくれというのです。若い社会主義者たちの多くが、はかり知れぬ理想主義のもと、この命令に服しました。かれらは、こんにち、ファシストであったという汚名をおわされています。しかも、どの党も彼らを弁護する労をとってくれないではありませんか。(9)

カシャンは、一九三九年八月に独ソ不可侵条約が結ばれると、ドイツの労働者に向かって、「われわれの敵」であるはずのナチ・ファシストたちと手を組んで西側の資本主義国家の優位を打ち砕くことが急務だと告げ、四〇年六月にパリがナチスによって占領されると、フランスの労働者に向かって、武器を捨てて降伏せよと命じた。リヒターは、戦後になってドイツの戦争責任を追及しはじめたカシャンには、国家社会主義と手を組んだ過去がある以上、他の人間に向かって戦争責任を問う資格がないと痛罵したのである。

このようなリヒターによる公開状は、一九四七年三月にミュンヘンで開かれたドイツ共産党の集会で採りあげられたが、ソビエト占領軍はそれをコミュニズム批判のマニュフェストと決めつけた。東西対立の影が次第にしのび寄りヨーロッパの平和が疑わしくなる状況下で、一九四六年から四七年にかけての未曾有の寒波による厳しい食糧事情も加わって、リヒターは占領軍への辛辣な批判記事を発表するようになっていた。「自由と検疫所とのあいだに」(「デア・ルーフ」第一〇号、一九四七年一月)には、リヒターは「占領軍は好かれていない。人間の歴史のなかで占領軍が好かれたためしはいちどもなかった」と論じている。[10] ファシズムというウイルスによって汚染されたドイツに一時的に「検疫所」を設定する必要性が認められてはいるものの、リヒターは、ドイツ人を「叩きのめされ、辱められ、贖罪服を着るべく判決を下された国民」として描き、占領政策への抵抗を試みていたのである。[11]

ドイツ国民は共同で戦争責任を負うものではない。ドイツを分割統治している占領軍に対する協力を意識的に拒否し、ドイツ統一を切望する、といった「デア・ルーフ」同人の主張がドイツ・ナショナリズムの復活ではないかと警戒していた米軍情報局は、「デア・ルーフ」の発行部数を第一五号以降、七万部から五万部へと削減させていたが、第一七号に「マルセル・カシャン氏への手紙」が掲載されると、ソビエト占領軍からの働きかけもあって、同紙編集部に対する警告を出した。

このような危機のなか、発行元のニュンフェンブルク出版社は自己検閲をさらに強化することになる。ドイツの場合、米軍による出版物の事前検閲は新聞を対象にしておこなわれ、書籍には一度もなされなかった。「デア・ルーフ」は書籍扱いになっていたので、出版社による自己検閲のみで発行されていた。占領軍支配下での収賄汚職、ソ連兵によるドイツ人女性への暴行などを扱った論説は、編集部によって校正刷りの段階で削除された。教条主義的なコミュニズムが社会主義ヨーロッパの統一を妨げていることを指摘するアンデルシュの「日和見主義の勝利」という論説記事は、「デア・ルーフ」第一七号(一九四七年四月)に掲載が予定されていた。しかし突然アンデルシュとリヒターは第一六号をもって編集の任を解かれてしまう。ドイツ文学研究者の相沢啓一によれば、米軍情報局による「事後検閲と出版社への警告、最悪の場合の発行停止や営業免許取消の脅しにより出版物のコントロールをきかせるのがアメリカ占領軍のやり方であったが、それにはじきに出版社側も慣れ、挑発記事と謝罪によるアメリカ軍との力比べが当時の出版業者の日常風景となっていた」という。(12) アンデルシュとリヒターが解任されたのは、まことしやかに語られてきたような、占領軍からの圧力によるものではなく、「むしろ出版社内のつまらぬ内紛に近いものでしかなかった」。当時、出版許可および検閲を担当していた米軍情報管理局（Information Controle Division）に所属していたドイツ人係官エーリヒ・クビィが同紙編集責任者となるために仕組んだ策略であったとされる(13)。

3 《近代主義批判》

ドイツの戦後文学者たちは、国内外において社会主義勢力を拡大し、統一ヨーロッパによる経済機構を設立したうえで、ヨーロッパの国家連合組織を結成するという希望を抱いていた。しかし東西対立の間にはさまれた敗戦国の無力感から、現実の政治に絶望して《政治からの逃避》という傾向を次第にみせるようになった。

日本の「近代文学」同人の場合、《政治からの逃避》という消極的なニュアンスではなく、政治に対する《文学の自律》を確立するという目標が掲げられた。戦後の日本では一九四五年九月一〇日から、連合国軍最高司令官総司令部（GHQ）配下の民間検閲支隊（Civil Censorship Detachment）によって地方紙も含めた新聞や雑誌などすべての出版物や学術論文、放送、手紙、電信電話、映画などに対する事前検閲がはじめられた。事前検閲から事後検閲に移行するのは四八年七月二五日（全国紙は一五日）、検閲が終了するのが四九年一〇月三一日であった。文学がそこからの自律を求めた〝政治〟とは、アメリカ占領軍による統治方針ではなく、日本共産党の行動綱領を意味し、占領軍による支配に異議を唱えるよりも、日本共産党の権威に抵抗するという性質を持っていた。厳しい言論統制の下であったとはいえ、ドイツと日本とでは、戦後文学に大きな違いがみられるのである。

《文学の自律》の代表的論者である平野謙によれば、政治の特徴は目的のためには手段を選ばないところにあり、そのような政治の優位性を前提に活動した戦前プロレタリア文学運動の偏向と誤謬をまず自己批判するところから戦後の民主主義文学がはじめられるべきであるとする（「ひとつの反措定」、「新生活」第二巻第四号、一九四六年四、五月合併号）。さらに荒正人は、「人民のなかへ《ヴ・ナロード》」という社会主義のスローガンは、解放されるべき民衆が自己の外部に存在するのではなく自己の内部に存在することを前提に語られなければならないとした。「芸術、文学に関するかぎり、民衆のなかへの道は、自己剔抉、内心への血みどろの決闘であり、すなわち、外部の「民衆」ではない内部の「民衆」へ到達するための、危険と苦難の道なき道にほかならない」（「民衆とはたれか」、「近代文学」第一巻第四号、一九四六年四月）。荒によれば、戦前のプロレタリア文学運動では、苛酷な弾圧にさらされることによって転向や裏切りなどが頻発し、運動の旗印であったヒューマニズムの仮面がはぎとられてエゴイズムが露呈することになった。真のヒューマニズムは、空疎な理想論をふりかざすのではなく、自分たちの「小市民インテリゲンチャのエゴイズム」を拡充することからはじまる。平野や荒たちの考え方には、現実の社会的諸条件を変革する《外部革命》以前に、近代的自我の確立という《内部革命》を実現させなければならないという判断があったのである。ヘーゲルの主人と奴隷の弁証法にみられるように、解放の対象となる民衆が存在してはじめて解放の主体となる党が存在する。民衆とは、その解放を目標に掲げる《象徴的な他者》によって表象されるというパラドックスを考えれば、民衆が自己の外部にではなく内部に存在すると主張するのは、外在化した党の権威を否定しはするが、思想としてのコミュニズムは肯定していることを含意している。

荒は「戦後」（『近代文学』第三巻第二号、一九四八年二月）のなかで、「内面的衝動」に従って「傷痕と虚脱からの脱出を模索」しようとする三〇代、二〇代の若者たちが、「四〇代の旧進歩人」――「啓蒙イデオローグ」、その大半は「公式主義者」とされる人びと――によって「反動、反革命、デマゴーグ、その他一切の「外なる権威」を背にしたことばの暴力で威嚇」されていることを指摘した。「主体派」と「公式主義者」との対立という荒の主張の背景には、日本共産党や日本民主主義文化連盟のメンバーが中核になった「新日本文学」作家グループと、「近代文学」作家グループとの間で繰り広げられた主体性論争、文学者の戦争責任論争、政治と文学論争などの一連の論争が存している。ここでは、これらの論争の延長線上でおこなわれた《近代主義批判》をとりあげたい。

一九四七年一二月の日本共産党第六回大会で、アメリカの占領支配の長期化や軍事基地化の危険に対して民族独立の課題を重視する見地から行動綱領が改定された。さらに翌四八年二月の党中央委員会では、民主主義革命の段階での民主的変革――民族独立と民主主義の確立――を目指す民族民主統一戦線が提唱され、労働組合や農民団体をはじめ多くの市民団体に呼びかけられた。ヴィクター・コシュマンによれば、党の文化政策を担当していた蔵原惟人は、連合国軍最高司令官総司令部による「急進的な社会経済改革とその徹底ぶりに大きな信頼を寄せていたため、文化がブルジョア民主主義段階を急速に経過し、社会主義建設への道を積極的に準備しさえする」と考えるようになっていた。その結果、開かれた民主主義を志向する党の方針と、急進化した蔵原の姿勢との間で、「戦前のプロレタリア文学運動での困難な経験から文学にたいする党の支配に疑問を抱いていた作家たちに、ダブルバインドの状況をつくりだした」というのである。(14)

作家の主体の場を自我ではなく労働者大衆におこうとする蔵原の〝客観主義的な文学方法〟に反撥を抱いた「近代文学」作家グループは、政治に対する文学の自律を唱えて個人主義文学の確立を訴えた。ところが、それは民主民族戦線に抵触するものだとして「新日本文学」作家グループが彼らに批判を加えはじめた。宮本顕治、菊池章一、岩上順一、甘粕石介、今野武雄、野坂参三、伊藤律、姉歯三郎、岡本正、古在由重が出席した座談会「近代主義をめぐって」(「思想と科学」第二号、一九四八年七月)や甘粕石介「近代主義の主体性論」(「前衛」第三〇号、一九四八年八月)、蔵原惟人、勝本清一郎、中島健蔵、松本正雄、川口浩が出席した座談会「文化運動と民主民族戦線」(「文化革命」第二巻第一一号、一九四八年九月)、伊豆公夫「近代精神と近代主義――とくに日本の思想文化の場合」(伊豆公夫編『近代主義批判』、一九四九年三月、同友社)、除村吉太郎「近代主義文学の特徴と方法」(同書)などが相次いで発表された。

これらのなかの一つ、座談会「文化運動と民主民族戦線」のなかで、転向を体験した「小市民的インテリゲンチャ」が「前衛も後衛もひっくるめた、新しい、広い意味での文化運動に従わない」現象が生じていると蔵原惟人が指摘したことについて、勝本清一郎はつぎのように語っている。

弾圧の嵐をくぐって純潔に生きるためには、労働者とちがつて小ブルジョアにとつては自分の精神の内面の独立性にたよるほかに道がなかつた。いかにファッショの嵐が吹き荒れても、精神の内面的自由だけは奪いとられることがなかつた。警官のまえで転向したといつても、心の中ではかならずしも転向したわけではない。こういう精神の自由性だけに頼つた生き方にもいろ〳〵問題があつたが、それはしばらく措くとして、こうして生き抜いてきた人たちのなかには、いくら強権的なものでおさえられても、自分の内心だけは守りうるという一種の自信ができている。これが戦後になつて時には逆の作用をおよぼす。民主主義的な勢力が逆に強権的なものとして映つてくるんだ。かりに共産党の世の中になつても、おれは自由を守りうる。こういう態度が揺曳している。(15)

さらに勝本は、「戦争中は腹の中で妥協しないでファッショとたたかつたが、今は逆に自分自身の精神的自由を民主主義的政治勢力から擁護する。社会党の天下がこようが、共産党の天下がこようが、平気なだけの肚ができている。こゝが小ブルジョア的な非政治的な文学の立脚地なのだ」と、「近代文学」に拠る作家たちの胸中を説明してみせる。勝本は、ロシアの暴力革命のコースには「小ブルジョア文学」の意義が認められる余地はなかつたが、西欧諸国や日本の平和革命のコースには「小ブルジョア文学のための社会基盤があると云わざるを得ないのではないか」という状況判断をおこなっていた。

その一方、政治と結びつくことで文学は圧殺される。人間と文学の自主性のためには《政治の優位性》は否定されなければならない、という平野や荒の主張に対して、宮本顕治は「今日は、人民大衆が大衆運動を展開し民主戦線に結集することが必要な時期」なのだから、「「個人」を社会的階級的実践の中へ統一すること」によってこそ「個人の主観の正しい内容も形成」される。「階級を構成する個人」は「理論と実践の統一と社会的変革への参加と新しいモラルの確立」を通してのみ実現されるのだと反論した。(16) 客観的な運動プロセスとして展開する社会発展の法則性を認識し、その実現のための政治的実践——階級闘争の渦中に飛び込む——に参加することによって革命的主体が形成されるというのである。

この《近代主義批判》では、野間宏も批判の対象にされている。野間自身が告白しているように、一九四七年一月、代々木の日本共産党本部で開かれていた火曜会（文化活動家会議）に呼び出され、野間の「肉体は濡れて」（「文化展望」第二巻第七号、一九四七年七月）のなかに近代主義的傾向——「近代文学」は「小ブルジョアの運動であり、芸術主義的な民衆とはなれた内容のない個人主義思想による文学運動」である(17)——がみられると攻撃された。とくに野間には、「自我意識の固執の面とセックスの意識の追求の面」があると激しい非難が加えられていた。(18) その場には、徳田球一や宮本顕治、西沢隆二、中野重治、窪川鶴次郎たちがいたとされる。なお野間は四六年末には日本共産党に入党しており、荒は四六年五月半ばに入党していた。

「肉体は濡れて」に加えて「二つの肉体」(「近代文学」第一巻第一二号、一九四六年一二月)、「顔の中の赤い月」(「綜合文化」第一巻第二号、四七年八月)には、「近代主義的エゴイズム、実存主義」と「小ブルジョア・インテリゲンチャの退嬰的自己保存意識の面」とが結びついた「反政治主義、個人主義や、恋愛至上主義」といった「近代文学」の特徴がみられるとされたのである。[19]

その一方、野間の作品を肯定的に評価していた荒は「戦後」のなかで、つぎのように論及している。ニヒリズムとペシミズム、エゴイズムで構成された「暗い三角形」の「重心に位置する自我に拠る発想法を文学的な意味でのエゴイズムと規定」するならば、野間は「戦後世代の傷痕と虚脱のコムプレックスと正面切って取り組んでいるといって過言ではない」。荒は、野間の「顔の中の赤い月」をとりあげて、主人公北山年男が戦場で戦友を見殺しにした記憶から逃れられないことについて、「たれがそのエゴイズムを非難することができるであろうか」とする。野間は生命の危機に瀕した極限の状況下でエゴイズムを確認し、そこから自己の文学を出発させようとしていたのである。

だが荒によれば、それは戦場だけのことではなかったという。荒は戦争末期、小田切秀雄と佐々木基一との〝世田谷トリオ〟に、岩上順一が加わった文学研究会を定期的に開いていた。一九四四年四月〝世田谷トリオ〟が検挙されてしまうのだが、彼らの活動が発覚したのは、前年の四三年六月に検挙された岩上の供述が原因であった。[20]

荒はつぎのようなエピソードを「仮定法」を使って紹介している。検挙されたマルクス主義研究会のメンバーのうちの一人が「病気かなんかの理由」で早く釈放してもらおうと考えて、自分たちの集会がマルクス主義と関わる研究会であったことを自供すれば、留置場に残された残りのメンバーはみな自分を守るために、必死でそれを否認するしかない状況におちいってしまう。友人を裏切った「その男が戦後口先だけで戦時中の「負い目」などと甘ったれた口をききながら、それがどんなものであるかを決算報告もしないで、逆に自分が売った友の、このような体験からの出発をエゴイストよばわりすることがもしあったとしたら、そのエゴイストが狂暴になり執拗になってゆくことは当然ではないだろうか」という。

荒がこのエピソードを「仮定法」で語らざるを得なかったのは、「狂暴になり執拗になることを自制せんがための手段」であったからだとされるのだが、このような厳しい言辞が向かう先は、岩上であったと考えられている。岩上は《近代主義批判》のなかで、「近代文学」同人が「戦時中プチブル・インテリゲンチャとしてとにかく最大の抵抗をしたけれどもそれが充分抵抗しきれなくて非常につらい屈従生活をしなければならなかつた」ので、「唯自分達のエゴイズムを守つていくほかに行き方がなかつた」と、荒たちの「エゴイズム」をあげつらっていた。[21] おのれの過去の行動を忘れてしまったかのような岩上の態度に、荒の怒りの感情は高潮に達したのであった。

しかし荒が本当に語りたかったのは、「こういった孤独の抵抗のなかで、わたくし自身がもうひとつのエゴイズムを発見せねばならなかったという地獄」であった。「もうひとつのエゴイズム」とは「密室のなかで正坐に耐えぬほどの飢えにわたくしは他人の飯を奪い、また空爆のもとでは一番安全な場所で、一番多くの毛布をかぶっていた」ことであった。真のヒューマニズムは、絶望的な情況におかれた個人が自己の内部に潜んでいる「エゴイズムの裸形」に向きあうことからはじまるというのである。(22)

4 「罪悪感コンプレックス」

荒によって「戦後現実の未耕地にもっともふかく鍬を入れることができるのではあるまいか」と評価された野間宏は、南方戦線フィリピンで従軍した体験を持っていた。(23)野間は戦後になってから、大卒者であったものの幹部候補生を志願せず一兵卒として入営したことや、戦争が終われば軍隊内の暴力を克明に書き表すと上官に向かって主張していたことなど、「戦争にたいするはげしい憎悪」を抱いていたことを明かしている。(24)野間によれば、戦場で「弾薬はこび」に従事する一方、戦争反対の意識を堅持して「私自身だけを正しい状態においていた」。極言するならば「自分の潔白さだけをまもりぬこうと全力をつくした」という。しかし、「いかに自分が正しく潔白に生きることができようとも国民の多くが、苦しみもだえ、動揺しつづけ、さらにまた、正しい道をみつけることができないで長い間さまよっているとき、そのような一人だけの正しさは、何になろうか」と懐疑していたのだと告白する。周囲の状況がどうであれ、自分だけが正しいと意識することは、それもまたエゴイズムの一つでしかないというのである。

戦後、平和と民主主義の運動に積極的にかかわった野間ではあったが、自分の戦争体験から、一人ひとりの人間が孤立した生き方にならないように連帯する重要性を痛感していた。イルメラ・日地谷＝キルシュネライトによれば、日本の戦争小説の多くは「自伝的アプローチと基本的に感傷的なムード」に貫かれた「私小説」の特徴を持っていた。「戦争記録として集められた普通の市民の個人的な体験記」もまた「個人的な苦しみの瞬間の純粋に個人的な叙述」となって「歴史的次元は締め出されている」という[25]。野間はエゴイズムを、戦場における兵士の自己保存の行動と、私小説の伝統的なテーマである《性》の欲望とから描き出そうとした。しかし残念ながら、いずれもエゴイズムという個人の罪を問う内容で、アジア諸国に対する侵略戦争をはじめた日本社会の罪を追及するものにはなっていない。

ドイツにおいてもユダヤ人へのショアーは、一九六一年にイスラエルでアドルフ・アイヒマン裁判がおこなわれることによって、その罪の重さに圧倒され、一九六三年から六五年にかけてドイツ人がみずからの戦争犯罪を裁いたフランクフルト・アウシュビッツ裁判を通じて、集団的な罪の自覚を深化させた。

テオドール・W・アドルノは一九五九年一一月の講演会で「国家社会主義《ナチズム》は生きながらえています」と語った。アドルノによれば、ドイツ国家の集団的な罪に対して「罪悪感コンプレックス」を抱いている者――「罪の感情を斥け、発散させ、きわめて愚かな仕方で合理化することで歪曲している人たち」がドイツ人のなかに多数にみられる[26]。アウシュビッツの罪がドレスデン空襲によって帳消しになったとか、ガス室送りになったユダヤ人はたかだか五〇〇万人であって六〇〇万人ではないとか、筋の通らない議論が臆面もなくなされていたのである。「ヒトラーの悪行に責任があるのは、ヒトラーの政権掌握を黙認した者たちであり、ヒトラーに向かって歓呼の声を上げた者たちではない」という馬鹿げた言動は「実のところ、心理面で克服されていないものの印、つまり心の傷の印」なのだという。(27)

このようなドイツの戦後を考えると、党の権威からの自律を訴えて、戦前のプロレタリア文学者を批判した「近代文学」同人は、みずからの転向体験をみつめなおすことから戦後再出発したことの意義は認めるが、彼らもまた自己の「罪悪感コンプレックス」に影響されて、総力をあげて撃つべき対象を取り違えていたといえるのではないか。真の攻撃目標は、過去の罪を隠して再び筆を執ろうとしていた者たちではなく、彼らに対して転向と戦争協力を強いた者たちであったはずであるし、検閲による言論統制をおこなっていた占領軍であったはずである。

第4章

「顔の中の赤い月」論

——復員兵の苦悩

1 「絶対有の立場」をとる知識人

マルクス経済哲学者の梯明秀は、一九三八年六月の京都人民戦線事件に際して、雑誌「世界文化」の関係者として治安維持法違反の容疑で検挙される。未決監の獄中で転向し、一九四〇年八月懲役二年（執行猶予四年）の判決を受け、同年一一月国策会社である北支那開発株式会社調査局東京支局に就職した。

梯は、ファシズムの攻勢に対して唯物論の立場を守り抜こうとしたものの、追いつめられて認めた転向と戦争協力の姿勢に、みずから「絶対有の立場」という哲学的名称を与えた。「絶対有の立場」とは、西田哲学の有即無の「絶対無の立場」を唯物論化し、「かゝる現実的矛盾に追ひこまれて自らすゝんで自己を無にして対立的有に自己否定的に即する」という知識人の態度のことであった。(1)

　要するにそれは、ファッシズムを外部から悟性主義的に批判するのでなく、その機構の只中に身を置いて逆にその理性となり、現実的矛盾を内部からファッシズムの伸展とともに解決せんとする立場である。(2)

梯によれば、「絶対有の立場」をとる知識人の態度とは、「インテリゲンチャの合法場面における一般的な実存」のことである。その当時「社会政策学の領域において風早八十二氏が提唱してゐた由である「第三の途」なるものに、わたくしの絶対有の立場が一致してゐた」とする。[3]風早は、総力戦体制下で戦争を遂行して生産力を拡大するには、政府による統制を認めつつも、一定の合理性を持った労働条件の完備が不可欠であるという生産力理論を唱えた。日中戦争勃発後の知識人に向かって、ファシズム体制内の構成分子に転化するのでもなく、沈黙を守って時局に拱手傍観するのでもない、「国民の批判的要素としてのその独自の積極的役割」を担って新たな社会変革をもたらそうと呼びかけたのである。[4]

野間宏の「暗い絵」は、漸進的組合主義でも急進的前衛党主義でもない、知識人学生にとって当面の状勢に応じた現実的な路線である《第三の途》を模索するところに作品の基本モチーフがおかれている。《第三の途》を引き受けようとする深見進介は、それを「仕方のない正しさ」と感じていた。このような一見消極的にも思われる態度の先にこそ、梯のいう「自己の無において虚無の世界を企投するハイデッガー的実存でなくして、自己の非有において現実の時局の理性となる」ことができたとされる。[5]

野間の「顔の中の赤い月」（「綜合文化」創刊号、一九四七年八月）は、過酷な戦場の光景をフラッシュバックさせて苦しむ北山年夫を描き出した。第一次戦後派作家の小説には転向体験を素材にしたものが多かったのに対して、野間の戦後小説の特徴はそれに加えて、みずからの戦争体験を独自の手法でとらえた作品を創作していたところにある。つねに死と隣り合う戦地から復員した北山は、戦友を見殺しにしてしまったという深刻なトラウマによって、「仕方のない正しさ」さえ望めない絶望に突き落とされるのであった。つぎに「顔の中の赤い月」を取りあげて、野間の戦後小説の特徴を検討してみよう。

2 「他の人間の生存を見殺しにする人間」

北山年夫は敗戦後、六年間の兵役を終えて南方から復員した。東京駅近くにある友人の会社に勤めている。結婚三年目に夫が戦死した堀川倉子の「一種苦しげな表情」は、彼に「人間否定の声を上げさせる過去の戦場の思い出」をよみがえらせる。というのも、彼女の表情をみると、「堀川倉子の姿に照応するような一人の苦しげな女の姿」を胸に抱いて戦場を歩き続けた「みじめな自分の兵隊姿」を想起するからであった。

北山にとって最初の恋人は、「情熱の激越な青年時代」にありがちな、彼にとって相手を過度に理想化して「祭壇にまつり上げる」対象であった。だが彼女は、彼の生活能力に不安を感じて別離を切り出した。二番目の恋人は、彼が勤めていた軍需会社の事務員であった。北山にとって彼女は「心の底からどうしても愛することのできない女」でしかなく、「彼が失った恋人の代理の恋人」という存在であった。彼が応召して内地の営舎にいるとき、彼女の死が知らされた。「毛布の中でパン菓子をかじりながら涙にぬれて、訓練と私刑に固く結びつけられた兵隊の日々の生活」を送る間、彼のような「三十をすぎた男」が「ただ愛のみが価値のあるものである」との信念を深めたのであった。北山は「編上靴《へんじょうか》の底でなぐられて紫色に変色し、はれ上った頬を自分の冷たい手でなでながら、母親の柔かい手を思い、死んだ恋人の優しい掌《てのひら》を思うた」。その後外地での野戦に出撃して「極度に神経の緊張を強いる白兵戦闘の合間」、自分を本当に愛してくれた人間は「彼の母親と彼の死んだ恋人以外にはない」と思い至るのであったが、やがてそれとは矛盾するかのように北山は、空襲で焼死した母親の愛すら「怪しい」と感じはじめ、逆に二番目の恋人をかけがえのない存在と確信するようになったのである。

北山は、夫を喪った堀川倉子に同情を寄せるものの、彼女の「その苦しみにふれることができはしない」とし、「俺は俺の苦しみだけを知っているだけで俺の苦しみだけを大事にもっているだけで……ただそれだけで……」と感じている。戦争によって犠牲を強いられた人間同士が苦しみを共有し、新たな人生をともに踏み出せれば理想的なのだが、北山にはそれが不可能のように思えるのであった。実のところ北山はどのような女性とも安定した人間関係を築けないでいたのである。

作品の最後の印象的な場面では、北山と堀川が乗った中央線の電車が四ッ谷駅に近づく。北山は、彼女の「白い顔」の隅に「小さな斑点」があるのに気づき、「彼の心は奇妙にその斑点のために乱れ始めた」。それは、彼女の顔の隅にある「斑点」に触発されて、自己の胸の片隅に「斑点」があることに気づかされたからであった。彼が彼女の「斑点」をみつめていると、胸中の「斑点」が不意に大きくなって、「赤い大きな円いもの」が彼女の顔のなかに現れてきた。そしてついに「赤い大きな円い熱帯の月が、彼女の顔の中に昇ってきた。熱病を病んだほの黄色い兵隊達の顔が見えてきた。そして遠くのび、列をみだした部隊の姿が浮かんできた」のである。

このイメージ想起は、北山が抑圧していた過去の記憶が次第によみがえってきたことを示している。南方戦線フィリピンでの小休止のない急行軍で、中川二等兵が隊列から脱落した。馬の手綱を離して膝を折って動かなくなった中川二等兵に、北山は何もしてやることができなかった。北山はそのとき「ただ自分の生命を救うために戦友を見殺しにした」のである。

中央線の電車が音を立ててトンネルを離れる。北山は「仕方がない。仕方がないじゃないか。俺は俺の生存を守るために中川を見殺しにしたのだ。俺の生存のために。しかし、それ以外に人間の生き方はないではないか」という「自分の体の底の方からわき上ってくる暗い思い」に沈んだ。彼は自分が「他の人間の生存を見殺しにする人間」であることに打ちひしがれ、「俺はこのひとの生存の中にはいることはできはしない。俺は俺の生存の中にしかないのだ」と孤立感を深める。結局この後、堀川はひとりで電車から降りてゆくことになる。

眼の前の現実に向き合えない北山は、敗戦後の日常風景のなかに戦場の光景が、かつて兵役に就いたときには応召前の生活が、二番目の恋人と付き合いはじめると最初の恋人の姿がよみがえってくる。精神分析学の視点からいえば、「抑圧されたものが心のなかへ回帰する」性向を持つ人間は、自分が「存在する、あるいは存在し続けようとするためには、意識し考える主体であることが必要であり、自分の思考や欲望のある部分に気づかない分割された主体であってはならない」とされる。(6)

彼は自分を「自分自身の運命の主人」であると信じ、「意識的な考える主体としての自分を一秒たりとも消失させせない」ことから、他者の存在も他者の欲望も認めようとしなくなる(7)。もしそれが男性の場合、彼は「目の前の女性を無効」にしながら欲望の原因となるものに固着し続けるのだが、つねに「獲得することのできない何かを欲望」するために「彼の欲望の実現は構造的に不可能である」とされる(8)。

北山の場合、堀川その人よりも、彼女の「苦しげな表情」や「斑点」――「ほとんどあるかなきかを判定することさえ困難なほどの、かすかな小さな点」――にとらわれている。このとき彼女の特徴は、彼女を眼差しながら彼女の視点に立って過去の自己をとらえ直そうとする北山の欲望の固着点になっている。〈わたし〉は他者の眼差しに映った自分の姿を、他者の眼差しのもとで眺めて、そこに自分の像を発見する。堀川の顔に苦しみの表情が浮かぶと、彼女と同じような表情をしていたかつての自己像、すなわち「一人の女の姿を胸に抱きながら戦場を歩きつづけた、みじめな自分の兵隊姿」を連想し、彼女の顔の「斑点」に気づくと、「赤い大きな円い熱帯の月」の下で呻吟していたことを想起したのである。北山にとって、堀川は自分と同じように戦争によって苦しめられた鏡像的他者であったが、彼は彼女の表情や「斑点」を通して、言語化できず自分以外の誰とも共有できない悲痛な記憶をよびさますのであった。このような心的外傷後ストレス障害ともいえる彼の症状を治療するには、抑圧されている心的外傷の記憶を言語化し、ポジティブな変形や再解釈を加えていくことが必要とされる。

3　他者の不在

　自分を愛してくれる理想の女性を探しながらも現実の女性を見いだせないでいる北山は、結局自我の世界に閉じこもって他者を認めようとしない。かつて自分を大切にしてくれた女性も、最初の恋人の「代理」としてしか扱わず、いつも二人の女性を比較する「冷酷な」眼差しで彼女をみていた。目の前にいる堀川には、いつも彼女を過度に理想化してとらえており、夫を失った彼女の愛を「それは夕陽の残光のように、白昼の輝きにも増して、烈しく大空の空気を焼いて消えて行こうとするのであろうか」と喩えるのであった。

　この傾向は、同じ時期に描かれた他の小説にもみられる。それらは肉体と性欲を主要なモチーフにしているのだが、主人公の男性は、つねに「意識し考える主体」として存在している。宮内豊によれば、野間の初期作品はいずれも登場人物の「内面描写がただ主人公ひとりに限られる」ために、作中人物は「おしなべて主人公自身の知覚を通して描写されている」。その結果「自己の行為が自己にとってではなく、相手にとって何であるのかの視点が、完全に欠落」しており、野間の小説が「些細な現実に誇大な意味を見る一種の観念論」、「一種の誇大妄想」になってしまっているとする。(9)

　この指摘のように、「二つの肉体」（一九四六年一二月）の由木修が「彼の思想が彼女の肉体を重荷にし始め、彼女の肉体を彼の肉体から遠ざけようとしているのをこの彼女の肉体は感じ取っている……それを彼は感じる」と自意識の内側に閉じこもっていることや、「肉体は濡れて」（一九四七年七月）の木原始が「以前愛していた一人の女」にとらわれ、目の前の女性を受け止めようとしないことなど、彼らが妄想と観念におちいってしまっている姿が描かれているのである。

本多秋五は、堀川の人物造型について「作者はなにか別の動機にうごかされてこの女性を描きながら、人間窮極のエゴイズムという思想のワクに、少し無理してはめ込んだのではないか」と批判した[10]。それに対して木村幸雄は、北山と堀川の関係は「性的なものであるよりもむしろ人間的な〈共同苦悩《ミットライデン》〉にもとづくものなのである。二人は心の内に戦争のもたらした共通の〈苦しみ〉をいだいていて、その〈苦しみ〉を触れ合わせたいという心がはたらいてお互いに引かれ合う」と論及した[11]。

戦後文学の主要なテーマの一つが《主体の確立》であったとすれば、「自分の生存のみを守っている人間が、どうして他人の生存を守ることが出来よう」と考える北山は、つねに考える主体として、自分を一つの全体的な存在であることを意識していたかもしれないが、彼には他者の存在が決定的に欠如していた。しかし野間がそのような性格を造形していたことは、彼の小説を決してネガティブに評価するものではなく、野間自身が戦場を体験していたからこそ、国家＝軍が掲げる《法》の規範が兵士の正常な神経を損なっていたうえに、心的外傷を負った彼らが日常生活に帰還しても他者との関係が築けないでいることに気づいたからだといえるのである。他者の不在を引き起こす神経症の原因となった戦争体験をつぎに振り返ってみよう。

4 「哀れな弱者」への転落

戦後小説としての「顔の中の赤い月」の意義は、軍隊組織に内在する暴力を兵士の眼から描き出したところにある。南方戦線に投入された北川の眼には、初年兵の敵は「自分達の前方にいる外国兵ではなく、自分達の傍にいる四年兵、五年兵、下士官、将校」であった。痩せた裸馬の手綱をとって歩く初年兵に向かって、兵長が「おめえらの代りはあっても、馬の代りはねえんだぞ」と怒鳴る。野戦で極度の緊張下におかれた兵士たちは、自分の生命を守るのがやっとで仲間を気遣う余力は残されていない。

彼は戦場で自分の皮膚の中に、戦友達が刻印した冷酷な歯の跡が、いまもはっきりのこっているのを認め、それを思うと彼自身がまた戦友達の肌の中にそれと同じような歯形を残しているにちがいないと解り、戦場で生命をおびやかされた人間達が演ずる利己的な姿にぞっとするのだった。

初年兵のときから北山は「激烈な戦闘を前にして、人間はただ自分の力で自分の生命を守り、自分で自分の苦しみを癒《い》やし、自分の手で自分の死を見とらなければならない」という事実を知らされる。本来自分は人生を否定するような人間ではないはずだと思う一方、中川二等兵を見殺しにしてしまったという罪悪感から、「人間否定の言葉が自分の内部から」湧き上がってくるのを抑えることができない。心的外傷となった戦場の記憶を回帰させ、アンビバレントな感情におちいっているのであった。

作家みずからの体験をふまえて創作された「顔の中の赤い月」は、野戦という限界状況において露呈した人間の真の姿がえぐり出されている。野間は陸軍第四師団歩兵第三七連隊歩兵砲中隊の兵士として、フィリピンのルソン島のコレヒドール要塞攻略戦に参加し、サマール島北方二キロの地点に到着するが、一九四二年五月三日マラリヤに罹患して野戦病院に入院する。その後マニラ第九六兵站病院に移送される。八月一八日マニラ港から台南に移動するその直前、下村正夫——ブリューゲルの画集を持っていた友人——に宛てた手紙の草稿には、つぎのように記されている。

僕は、大東亜戦争を考え、支那事変が大東亜戦争に発展する筋道を考え、支那事変の段階に於て生きていた自分の規模が余りにも狭く、又余りにも偏ったものであったことを知った。僕は対米戦勃発当時の自分の戦争理解の低さを感じた。そして自分の深部で一つの抵抗を感じた。(あの激流での抵抗感である。)そして自分がそこから一歩でうるという感じを持つまでには、二、三日かかった。(中略)戦争の底部を考え、大東亜戦争の大東亜を考え、自分がこれまで生きてきた生活、生き方が、この大東亜に根をとどかせていないということを考えたとき、ようや

く、自分は新しい生き方を考える緒を得たのである。(12)

この内容を読めば、野間はこの時点で転向を遂げていたといえるのではないか。「戦場で生命をおびやかされた人間達が演ずる利己的な姿」をとらえた「顔の中の赤い月」からは、戦場の過酷さや軍隊組織の非合理性を訴えようとするモチーフが読みとれるものの、それらが根本的な意味での非戦・非暴力主義から由来しているのではなくむしろ逆に、実は「諸兵心を一にし、己の任務に邁進すると共に、全軍戦捷の為欣然として没我協力の精神を発揮すべし」(「戦陣訓」)という考え方を規範にしているところがあるのではないか、という疑念がよぎるのである。しかし、それは兵士の現実の姿であって、自分が救われるには手段を選ばない戦場において、非戦・非暴力主義の思想が立ち現れるはずがなかった。兵士は、規律訓練を通じて国家や軍隊の《法》に身体的にも心理的にも拘束されていたのだが、いかに強く抑圧されようとも、国家や軍隊の《法》には決して回収できないものがあった。これこそ野間がこの小説で描こうとしたテーマであった。北山の身体を傷つけた手榴弾の破片と、北山と堀川を疎隔する電車の「破れた硝子《ガラス》窓」とは、表象できない《現実的なもの》――まさに死の恐怖と呼べるもの――を意味していたのである。野間は、復員兵が日常生活に戻ってもなお、死の恐怖にとらわれつづけていたことをイメージの連想法で巧みに描き出したのである。

作品の最後の場面で、北山は、中川二等兵が隊列から脱落して死んでいった光景をフラッシュバックさせる。

ごーっという車両の響きが、北山年夫の体をゆすった。そして「俺はもう歩けん。」という魚屋の中川二等兵の声が、その響きの中から、きこえてきた。「俺はもう手を離す、手を離す。」ごーっと車両の響きが、北山年夫の体の底から起ってきた。沸騰したあついものが彼の体の底から湧き上ってきた。「離すぞ、離すぞ。」彼は中川二等兵の体が、自分のもとをはなれて死の方へつきすすんで行くのを感じた。中川二等兵の体を死の方へつきはなす自分を感じた。

「手を離す」と発話したのは中川二等兵であったはずなのだが、それが北川の心理に転移され、あたかも自分が彼を突き放したように感じている。北川にとって中川二等兵は同じ限界状況におかれた鏡像的他者——死するのは彼か我か——であって、自己の生存のために彼を見棄てたという行動は、彼を見棄てた以上、自分のその後の人生も放棄すべきであるという強迫観念となって北山をとらえているのである。

5 アンビバレントな死の欲動

戦地でマラリヤに罹患した野間は、マニラから台南陸軍病院高雄第二分院、屏東病院へと転院した後、台北から帰国した。一九四二年九月一九日広島宇品港に到着し、同月三〇日原隊復帰した。ちなみに野間の部隊はすでに同年七月には内地に帰還していた。翌四三年三月、歩兵砲中隊の事務室書記を務めていた野間に陸軍兵精勤章が付与されるのだが、同年七月に野間は、治安維持法違反の容疑で思想憲兵によって逮捕されてしまう。野間が軍法会議に付されている間、野間の部隊は臨時動員下令を受けてスマトラ島に移動し南方作戦に参加する。結果的に野間は外地での野戦を免れて内地に残ることになったのである。内地に残された留守部隊は翌四四年七月一〇日に編成替えがおこなわれて、大阪歩兵第九三連隊に編入され、野間は同年一〇月二五日に召集解除になった。

野間の手帳には、釈放されてからのメモとして「野戦に行くことによって、自分の道も、少しはひらけるかも知れない」（一九四四年五月九日）、「戦闘によって鍛えられる自己を改めて思ってみる。再度の戦闘の経験によって、自分が、どの辺りまで伸長しうるかどうかを考えてみる」（五月一〇日）、「野戦にいる自分を考えるとき、自分はもっと自由に手足をのばし得たであろうという気がする」（五月一二日）、「戦闘の中に自分の身を立てるとき、はじめて、自分は、生きるであろう。自分の身を、もう一度、戦火の中に立たす必要がある」（六月二六日）と記されている[13]。それが自己に死の危険をもたらすものであったにもかかわらず、野戦での戦闘に再び参加したいとする野間はアンビバレントな死の衝動にとらわれていた。ちなみに『真空地帯』では、木谷一等兵が野戦行きを恐れながらも、陸軍刑務所での拘禁生活の苦しさゆえに、「一度野戦行きをはげしく求めたことがある」と描かれる。死への衝動は、野間自身の体験に由来するものであったと思われる。

梯と野間は、いずれも思想犯として治安維持法違反の容疑で逮捕され、転向を表明した。梯は京都府警特高課によって検挙され、民間法廷での公判中に予審判事に転向上申書を提出した。野間は兵役に就いてから陸軍憲兵隊によって検挙され、軍法会議に付され法務官に転向を告げた。この違いは大きく、審理が非公開とされ、下士官や兵士には厳しい判決が出されることが多かった軍事法廷での審問に加えて、陸軍刑務所の独居房による精神的苦痛は、野間にとって測り知れぬほど深刻なものであったと推定される。さらに兵役の期間が、梯は河南省郾城での俘虜生活を含めて約一〇カ月であったのに比して、野間は南方戦線での戦闘や軍法会議の期間を含めて約三年間——一九四一年一〇月一五日教育召集に応じて一二週間の訓練を受けた後、翌四二年一月七日入営した——に及んだことも、野間の眼には、国家＝軍が掲げる《法》の権威が峻厳なものとして映った原因になっていたのである。

「部隊全体が餓えているとき、自分の食糧を他人に与えることは自分の死を意味した」という生存闘争において、北山は中川二等兵を見殺しにした自己の行動に罪悪感を抱いている。しかし同時にそれは「戦友の道義は、大義の下死生相結び、互に信頼の至情を致し、常に切磋琢磨し、緩急相救ひ、非違相戒めて、倶に軍人の本分を完うするに在り」（『戦陣訓』）という〈理想的な兵士像〉から逸脱したことに対する罪悪感、そして何よりも人間としての恥辱であった。「戦場で生命をおびやかされた人間達が演ずる利己的な姿」は、戦場でのみ現れるのか、あるいは日常生活でも現れるものなのか。その答えは、内務班という軍隊生活の日常を描いた「真空地帯」のなかで示されることなるのだが、「真空地帯」のさらに重要なテーマは、組織の規範を支えている《象徴的な他者》の構造をとらえようとしているところにある。

第5章 「崩解感覚」論——梯明秀と「虚無の自覚」

1 「若い生命の導き手」

戦時体制下、西田・田辺哲学に魅せられていた知識人学生たちにマルクス主義思想への道を拓いてみせたのが《京都学派左派》と目された経済哲学者の梯明秀であった。「暗い絵」の背景になっている京都帝大時代を回想しながら、野間宏は「梯氏の思想は僕ら若い生命の導き手であった。そして僕達は当時、このひとが、生活の困難と闘いながら、ただひとり、僕達の前につけてくれた道を歩いていたのである」と尊敬の念を表している。[1]

梯は敗戦後、北支那派遣軍第一二軍の第一一五師団砲兵隊の兵士として河南省郾城で俘虜生活を送っていた。半紙一枚にゲラ刷りした俘虜部隊唯一の回覧ニュース紙を通して、戸坂潤と三木清の獄死が知らされた。戸坂は四五年八月九日に長野刑務所で、三木は九月二六日に豊多摩刑務所で、二人とも疥癬が原因で死んだとされている。三木・戸坂・梯は第一高等学校から京都帝大へ進学したという共通点を持ち、梯からみて三木は七学年上、戸坂は四学年上になる。当時の帝大では出身高校別の交遊があり、彼らは「一高哲学会」を通じての親しい間柄で、西田・田辺哲学に傾倒していた日本の思想土壌にマルクス主義を移植する役割を果たした思想家たちであった。

梯は「軍隊生活中もマルクス主義の思想の持主として通してきた。もちろん俘虜生活は解体過程の軍隊として思想の自由がみとめられつゝあつたからではあるが」と告白する。[2] マルクス主義を棄てなかったとあえて主張する言葉からは逆に、それへの断念を強いられた転向体験が、梯の無意識の底に消し去りがたい記憶となって残っていたと推測できる。

一九三八年六月、梯は京都人民戦線事件に際して、雑誌「世界文化」の関係者として治安維持法違反の容疑で検挙される。未決監の獄中で転向し一九四〇年八月、懲役二年執行猶予四年の判決を受けた後、同年一一月、国策会社である北支那開発株式会社調査局東京支局に就職する。四二年四月、同社北京本社に転勤し、山西省の陽泉土法《どほう》炭坑――土法とは現地の旧式工法のこと――などの調査業務をおこなう。しかし戦局が悪化した四五年六月に現地召集され、第一一五師団砲兵隊に配属されたのである。この師団は当時、河南省西部から湖北省北部の地域に攻勢をかけた老河口作戦に参加し、兵力を消耗させていた。梯は河南省で敗戦を迎え、翌四六年四月に上海に移動するまで同地で俘虜生活を送った。

俘虜となった梯が痛感させられたのは、「日本軍隊のいわゆる「班内生活」なるものの低劣さ」であった。「家族を北京に残してきた現地召集の老兵《ラオピン》たちは、初年兵として奴隷のごとく酷使され、無秩序なバーバリズムの下に、そのまま内地に連れてこられた」という。(3)『回想の戸坂潤』(一九四八年一〇月、三一書房)に収録された「牢獄と軍隊――戦後論壇における二つの空席」には、「班内生活」を「封建制的・奴隷制的で無政府的バーバリズム」が支配する「牢獄」と痛罵している。(4)副題にある「二つの空席」とは、戦後思想界で活躍するはずであった三木と戸坂の獄死を悼んで付せられた言葉であった。

野間は内務班こそが軍隊の本質であると考え、自分の体験にもとづいて「真空地帯」を書きあげたのだが、創作のヒントとして梯の一文があったのではないか。二三年の歳月をかけて書きあげられた八、〇〇〇枚におよぶ大作『青年の環』に登場する哲学者のモデルが梯であったとされるように[5]、難解な文体で知られる野間の文学を理解するには、梯の思想が手がかりになるだろう。

野間によれば、「僕は学生時代から、ずっと、この人の文章が、たとえいかなるものであろうと、たとえば、京都の『日出新聞』などにのった、良書推薦のような、ほんの三、四行のようなものであっても、さがし出してきて、むさぼり読んだものである」とする[6]。一九三六年、京都帝大文学部仏文科二年生であった野間は、非合法下に共産党再建を目指した日本共産主義団に関与していた永島孝雄の紹介で、梯のもとを訪れている。梯は「野間宏君も二、三度、ぼくの家に来たそうなんですが、その時には、覚えていなかったんですが、だいたい十人ぐらいが、しょっちゅう集って」いたと回想する[7]。

歴史学者の奈良本辰也は梯の家で開かれていたフランツ・ボルケナウ研究会の参加者の一人であった。戦後間もない時期に発表された野間の短編小説を読んで、梯とともに本郷にあった野間の家を訪ねている。「学生時代以来、始めてゆっくり話をしたようなことだった。梯さんが盃をなめながら、大いに談論風発するのを、口の重い野間君がしきりにうなずきながら、短い言葉をかえしていたのをかすかに覚えている」という[8]。野間が文京区本郷赤門前の法真寺の一隅に転居したのは一九四七年春であったことから、梯と奈良本が野間を訪問したのは「暗い絵」発表の翌年のことであったと推測できる。梯は「天皇制絶対主義下の人間の自由」を「暗い不潔な穴の形をしたやうな魂」と擬えた「暗い絵」を読んで、「これがあの暗い谷間のインテリゲンチャの自覚の形か」と思うと「熱い羞恥の感情」を抱かされたという。(9) 梯が「羞恥」に堪えながらも転向体験と戦時協力の過去を告白する決意をしたのは、「暗い谷間の明い《ママ》眼、非転向の実存者たる永島君の獄中からの眼ざしに堪へられなかつた」とからだとする。(10)

野間によれば、敗戦後の日本社会における虚無感――「戦後の新時局における精神的な栄養失調」――を自己分析してみせた梯のように、「崩解感覚」(『世界評論』第三巻第一～三号、一九四八年一～三月)の執筆を通して、「自分の内部に巣くう空虚の調査」をおこなったという。以下、独自のマルクス主義経済哲学を構想した梯から、野間がどのような影響を受けていたのかを明らかにしたい。

2 「自己矛盾的内部闘争としての苦悩」

梯には生涯を通じて二度の検挙歴がある。最初の検挙は一九三〇年四月のことであった。三・一五事件および四・一六事件を通じて壊滅的打撃を受けた党を再建するために活動していた日本共産党幹部の佐野博に、会合と宿泊を目的に自宅を使わせた容疑であった。このとき戸坂も田中清玄に自宅を提供したとして逮捕されている。大阪島之内警察署における三週間に及ぶ留置場生活で、梯は太い綱で腰を打たれて立てなくなるまでの拷問を受けた。「生なましい拷問の感性的体験」を通じて、梯は「国家権力の末端における暴力装置が一般国民の社会秩序を支えていることを、初めて直観」させられるとともに、[11]「資本主義社会の生産力として教育されたインテリゲンチャが、この社会から否定され、一時的なりともその矛盾を体験することは、資本主義社会の矛盾の本質がなんであるかを、把握するための端緒」でありうるとの考えに至った。[12]

私の偶然的に遭遇した被検挙においてて感得せしめられたところの、当時のファシズム的体制下にあって日本の国家の統治なるものが、その基底において拷問によって支えられていたことを感性的に体験したことの合理的な解明であり、そのためには、かかる統治形態を非合理的に採用せざるを得なかった日本の資本主義社会についての一般的な理解が緊急の関心事であった。[13]

この直後梯は、自分がフランス社会学者であることを抛棄して、「検挙の偶然的体験を歴史的経過の必然性にあるものとして理性的に受けとめる」マルクス主義経済哲学者に転じたのである。[14]梯の二度目の検挙は、さきに触れたように一九三八年六月のことで、京都伏見警察署で取り調べを受けた。下鴨署に移されて留置された後、山科刑務所の未決監に勾留される。この後梯は予審判事に転向上申書を提出し、執行猶予付き判決となって釈放されたのである。

日中戦争がはじまって緊迫したアカデミズムの雰囲気を、梯は『社会の起源』再刊序文（一九四九年二月、日本評論社）のなかで、つぎのように回想している。

当時のアカデミーの緊張した雰囲気もさることながら、わたくしの時局的感覚を刺戟してくれたものは、当時わたくしの書斎を訪れてくれた京大の学生群であった。日華事変を翌年にひかえて国内の政治的圧力は、インテリゲンチャに自由なる思索を禁圧するかにみえてきた。かれらの歴史の論理は、当時の客体主義的な唯物論哲学の影響をこゆるものではなかったにしても、歴史の感覚は、かれらの方が敏感であり、つねに新鮮であった。しかも、かれらは一層純粋に将来の自己、将来の仕事、将来の学問について、おのがじしん考えをめぐらしていたのである。(15)

議論を戦わせた有望な学生たちのなかには、戦場から「未帰還のもの、生死不明のもの、死去の確実なるもの」が出た。敗戦後の日本社会を生きる梯は「淋しい」気持ちに襲われながら「戦時中に喪った当時の若き友である三君」――哲学専攻の永島・布施・村上尚治（戦死）――を追憶し、「わたくしの目下の自己変革の苦悩において励まし衝き動かしてくれるものも、三君の魂である」とオマージュを捧げた。(16) 彼らは梯の家に集まってボルケナウ『近代世界観成立史』やヘーゲル『エンチクロペディー』を読んでいた。一九三五年末からは週一回、マルクス経済学者であった長谷部文雄の家で、高畠素之訳の改造社版『資本論』をテキストに、梯が座長となった研究会が開かれた。誤訳を指摘し、参加者による研究報告をふまえて討論がおこなわれた。しかし三八年一月、日本共産主義団関係者一斉検挙事件に際して、永島や布施、村上、椋梨實たちが検挙されてしまい、その他の学生も三月に卒業したために、この研究会は解散することになった[17]。

「ただ生活のために思想的転向」を表明したとする梯は、「日本ファッシズムの植民地侵略の中枢機関」に結びつき、「半官半民の一ファッシズム機構の構成分子に転化」したという[18]。「どこまでも理性的であろうとした」とはいえ、それは「戦時中の暗い谷間」における「仕方のない正しさ」でしかなかった。それに比べて永島は、「政治的圧力への反抗において、時局の危機を一身に引きうける」。そこに「追ひつめられた限界状況を超越して、本来の自己を現存在に押したてるという根拠からの自由の立場」を獲得した。梯によれば、永島は「かゝる仕方で正しい立場」に徹してその短い生涯を全うしたのであった[19]。

単に可能的な歴史的信念と余りにも現実的な絶望との暗い谷間にあつて、虚無に直面し深淵に落下し、光を自ら遮断して衝動に形を見ることができず、この自己矛盾的内部闘争としての苦悩、この堪へざる苦悩に堪へてゐる緊張、戦時下日本のインテリゼンスの唯一可能なこの精神的緊張のほかに、いづこに精神的抵抗の根拠を見出すことができるであらうか[20]。

永島は「自己矛盾的内部闘争としての苦悩」、すなわち「非合理が単に自己の外に対立してゐるのでなく、自己の心の底に超越してをり、この絶対他者を合理化すべき責任を感じる立場」に由来する「実存的苦悩」を抱えながら獄死した。(21) 梯は、真の知識人として生きるためには不可欠であったそれを放棄してしまったことを「羞恥」するのであった。つぎに梯の「虚無と実存の超克に関する第一章――精神のこの病」(「理論」第七号、一九四八年一二月)を取りあげながら、梯の視点から戦後日本の精神風景を展望してみよう。

3 「過去からの断絶」

一九四六年五月五日、山口県の仙崎港に復員し、廃墟と化した日本社会で新たな生活をはじめた梯は、自分でもその原因がよく分からない虚無感にとらわれる。「虚無と実存の超克に関する第一章」は、その心境を吐露しながら自己診断し、恢復に向けた処方箋をまとめた診察記録であった。

まずは「過去からの断絶」である。「ファッショ的弾圧」の下でマルクス主義を活かそうとする際、つねに苦悩がつきまとった。しかし戦後になって、GHQによる民主化占領政策の下でマルクス主義に「政治的自由」や「法律的自由」が保証されると、「その表現になんの苦悩があるであろう」とする。梯によれば、人間の精神活動には、外部の現実に圧迫されてはじめて内部に抵抗が生まれるものであって、外部からの圧力がなくなると内部の活動が消失してしまうという矛盾が生じるというのである。ただしこの場合、外部の現実とは、単に知覚的な現象を指すのではなく、さまざまな社会的現象の背後にあってそれらを生起させている動力源――梯は「時局的一般者」、「超越的一般者」と呼ぶ――を意味している。

われわれの身体を内部から衝き動かすものは、外部に知覚されるものの今ひとつ奥にあるものである。外部知覚的な社会諸関係を超えた時局的一般者がわれわれの生活を外から現実に限定してくるとともに、直接的に内から衝動的に身体を衝き動して実践に駆りたてる。われわれを実践に、現実の生活のなかに駆りたてるものは時局的一般者としての時局的精神である。[22]

ここで梯は《『資本論』を論理学として読む》という《レーニン的課題》に沿って、ヘーゲルの論理学を応用している。ヘーゲルの「他者のなかにありながら、ただ自己とのみ同一なものであるとき、はじめて主体が自由になる」という弁証法を、[23]「内に見た衝動的自己は外の時局的な一般者である。外部知覚的な時局的実体が内部知識的に衝動と把握されるかぎり時局的精神となる」と解釈しているのである。[24]

梯はこのような弁証法の論理を使って「時局的一般者」や「超越的一般者」、「心の底に見てゐても触るべからざる絶対の他者」としての「革命的底流」といった概念をみずからの哲学のなかに組み込んでいったのであるが、[25]ヘーゲルの弁証法は基本的に、自己否定のモーメントを孕みながらも、「理性的であるものこそ現実的であり、現実的であるものこそ理性的である」(『法哲学』)という「マルクスが批判したごとく自己肯定的な精神」であった。[26]すなわちそれは、戦時体制下の日本の知識人にとって唯一可能であった「精神的抵抗の根拠」としての「実存的苦悩」——梯によって「暗い谷間の実存的理性こそは、まさに継承すべき戦争の精神的遺産である」と評価された知的営み——とは異質のものであった(27)。

つぎに「時局からの断絶」である。梯によれば、自己の内面にある「空虚」は、「戦後時局の固有の現象としての廃墟と荒廃」を外部に知覚しながらも、そこから「時局精神」を感受することができなかったことによる(28)。敗戦後の論壇をみわたせば、マルクス主義は「旧著再刊のままに、講談風的な解説のままに」受け入れられ、出版界には「戦前期の勢力配置そのものの「再刊」現象」が生じている(29)。しかしこれらは梯に虚無感を抱かせるものばかりであった。梯は「戦争期間中ファッシズムの抑圧に精神的に抗して苦悩に堪えつず《マ》け《マ》たインテリゲンチヤの必ずいたことを信じて疑わなかった」とし、「その苦悩としての思想、文化が、如何なる形態であらわれてくるかに期待」していたとする(30)。

> なぜなら、これこそがわたくし個人の空虚なる精神を静かに涙をもって潤おしてくれるものであり、民族の空白を充填する最初のものであろうと信じていたからであった(31)。

ファシズムによって弾圧された戦前の思想を、何の葛藤もなくそのまま復活させる「「再刊」現象」では、精神の空白は埋められるはずがない。軍事的侵略と思想弾圧という国内外で犯した共同体レベルの罪責を白日の下に晒すだけでなく、国家が掲げた誇大な理念に自我理想を重ねていた個人レベルの誤った自己同一化を停止することからはじめるべきではなかったのか。そのうえで戦争や投獄によって犠牲になった人びとへの悲哀と悼みを共有する必要があったのではないか。それらがおこなわれなかったのは、「国家変革の過程が、敗戦後においても、民族の自力によって遂行されたものでないという事実」があったからである。(32) さらにいえば、東西冷戦下に、日本社会が資本主義陣営のメンバーの一員として迎えられ、経済復興の成功による大量消費社会の享楽者という役柄に個人が自己同一化したおかげで、目まぐるしく進展する経済復興の現在に人びとの眼が奪われていたからであろう。

戦後ドイツにおいても、目を見張るほどの経済復興に比べて、民主主義的な国家の構築は、戦勝国による「お恵み的な欽定」の範囲内でしかなされなかったとされる。(33) アレクサンダー&マルガレーテ・ミッチャーリッヒによれば、ドイツ国民の間では「罪責、恥辱および失われたものへの悲哀に対しての防衛」——否認・抑圧・非現実化といった心的防衛機制——が強く働き、個人的および共同体的人格の成熟をうながすために必要な段階——フロイトのいう《想起・反復・徹底操作》——がスキップされてしまった。(34) その結果、「国家の一大破局のあとでの悲哀反応《トラウエルレアクチオン》の欠落」という事態を招き、「われわれの社会の自我の空虚化」が現れることになったのである。(35) それは「自我が、現実の社会の多様な断面やさまざまな現実で、創造的な統合的役割を果たせないような弱さをもっている」こと意味する。(36)

悲哀を感じるということは、ある喪失を、苦痛をともなう回想作業によって徐々に耐え、解決することを学ぶ精神的プロセスである。それを回避して、新しい目的や新しい同一化の対象への乗り換えがおこなわれると、人格の成熟化がおこなわれず過去の非現実化がおこる。日本もドイツも、戦後復興への集団的熱狂は、「一種の作業療法」とも呼べるものであったが、その裏面では過去の否認と抑圧がおこなわれていた。(37) 梯や野間が強く意識したのは知識人学生であったのだが、日独ともに、戦時体制下で犠牲者になった人びとへの贖罪と償いが十分とはいえなかったのである。

4 「眩暈《めまい》のような感覚」

梯は、戦後の論壇に「空白期間以前の論調の丸出しが支配的でなかつたか」という批判を加える一方、「文壇にはこの民族の精神的空白を充填するための衝動的な動向もあるかのごとくであった」と指摘した。(38) 戦時体制下の「精神的空白」を「充填」しようとするモチーフに貫かれた「暗い絵」や「崩解感覚」は、「暗い谷間」を生きていた知識人の体内に「あんな暗い不潔な穴の形をしたやうな魂」、「一つの大きな奇妙な穴のようなもの」があったのを省察——羞恥——するところから戦後主体を出発させていたといえよう。野間は「崩解感覚」創作に際して、梯から受けた思想的影響をつぎのように説明している。

その『崩解感覚』で、僕は、その主人公が、自分というものを、単に、内部知覚的なものとして考えているところに、戦後の虚脱感覚の見本のようなものを描き出そうとしたのであるが、僕は梯氏のこの「精神のこの病」のなかで、そのような戦後感覚の論理構造の分析をはじめて見出すことができたのである。そして、梯氏が自分の精神的失調を自覚して、この自分の空虚な自己意識のこの「物理的断層を判然と自覚した上は、この断層への精神分析学的な反省が、わたくし自身で積極的にやるほかない主体的な課題として心に迫ってくる」として、この空虚な自分、虚脱された精神そのものを自分の理論的生活の出発点と考えて、その論理的構造の追求をはたされたと同じように、僕もまた『崩解感覚』において、自分の内部に巣くう空虚の調査がはたしえたとすれば、これは全く僕が梯氏から長い間かかって学びとることのできた、主体的な生き方考え方が、戦争の暴力にあっても、切りとられず、僕のなかに、かなりあやまりなく、そだったことを証明しているのであるといってよいのではないだろうか。[39]

では、野間はどのようにして「自分の内部に巣くう空虚の調査」をおこなったのか、その具体的な内容を「崩解感覚」において検証してみよう。

主人公及川隆一は大学の研究室の助手を務めている。その研究室は「全く調子の低い、講師や助教授や講座の席を根気よく待っている助手達が、取繕うた礼節と尊敬とをもって一人の学問的にも老いた主任教授を取りかこんでいる」という雰囲気であった。象牙の塔の住人たちは、戦後社会の急激な変化とは無縁であるかのようで、私的制裁の暴力に満ちた軍隊生活を経てきた及川にとって、彼らの談じる高尚な哲理は空疎なものに感じられたのである。研究室内の彼のポジションは「彼が戦争にいっている間に後輩にまで追越されてしまっていて現在では非常に低いもの」であるのだった。

常盤館という同じ下宿で、出身大学の後輩に当たる大学生の荒井幸夫が縊死したのを耳にしたとき、及川は「烈しい衝動が自分の身体の深みからつき上げてくるのを隠さねばならなかった」。その場面はつぎのように描写されている。

というのは、以前戦場で彼が自殺をはかったときの、あの不気味なけもののように自分の背後から自分においせまったものが、いままた自分の身近に再び近づいて来るかのように感じたのである。そして彼は、左手の根元から指の飛び去った醜い傷跡がズボンのポケットのなかで肉の根を引きつるかのようにおののくのを感じた。

目にみえないものが背後から迫ってくる。もはや感じられないはずの、失われた指の感覚がよみがえって自我をつかまえる。本来、《有》を前提にして《無》がとらえられるにもかかわらず、及川の場合、《非在》によってしか《存在》がたしかめられないという自己認識の矛盾構造がみられる。及川の左手の中指と薬指は、彼が「天門の第一機関銃中隊」に配属されていたとき、自殺に使った旧式手榴弾の破片によって根元からもぎとられたとされる。「天門」とは、一九四〇年八月に陸軍第四師団歩兵第三七連隊の連隊本部が設営された中国の地方都市で、湖北省武漢から西へ約七〇キロメートルの場所に位置する。四二年一月に野間がその連隊の歩兵砲中隊に補充兵として配属されたときには、同隊は中支作戦からフィリピン南方作戦への転戦のために江蘇省宝山県江湾に駐屯していた。ちなみに歩兵砲中隊とは、四一式山砲を二門ずつ配備した二小隊で編成された約一八〇名の部隊であった。隊員の半数は二二～二六歳の現役兵で、残りは最高四二歳、平均年齢三二歳の補充兵であった（『大阪歩兵第三七連隊史』、一九七六年五月）。

「太い白い舌の先」が口からつき出た荒井の死体を目撃した及川は、自分が死んではいないと感じると同時にかつてのようには生きていないことに気づく。死への衝動——かつて自殺を企てた瞬間の「ほの暗い頭の奥や胸や腹や腸やその辺りに拡がっている眩暈《めまい》のような感覚」が反復強迫してくるのであった。

ぐにゃりとした、肉のくずれ去る感覚、そして背骨の中を走る神経の束がぐしゃりと引きちぎれて、自分の周囲に存在している外的世界や自分の内部に自分を形づくっている内的世界が形を失って行くようないやな崩解感覚。

「軍隊生活の醜悪な圧迫と苦痛」から逃れようと自殺を図るのは、「哀れな弱者の考え」でしかないと考える及川は、自殺未遂の記憶を抑圧している。しかし荒井の縊死体を目撃した途端、そのときの感覚がよみがえってきたのである。及川には荒井の自殺の原因が分からない。「人間は、結局、その深い根底から、自分以外の他の人間を理解することなど不可能である」とさえ思われるからだ。荒井の首に巻き付いた麻紐の結び目は、軍隊生活を送った者でなければ作ることのできないものであったことや、荒井が「自分」という言葉を一人称呼称として使ったことなどから、及川は彼が兵役に就いていた過去を推測する。及川の周囲では最近、二〇代の若者が三人自殺していたことに触れて、山下実は「〈戦争〉が直接彼らを殺すのではない。戦後の精神的思想的な、さらにいえば実存主義的な苦悩によって、彼等は自ら死を選択したのだろう」と指摘している。(40)

5 「大きな奇妙な穴」

荒井は生前、「ゾルレン的にみて、自分というものを賭けなければ、二律背反の世界には絶対に達しないと僕は思うのです」と語っていた。絓秀実によれば、荒井の死体には「生きている存在に当為（ゾルレン）を強いてくる「死者」」としての「超越的一般者」の役割が託されており、野間における「「死者」の形而上学」がそこにみられるという。(41) 及川は、荒井の「純粋な哲理の問題」が「一体、いつ、何によって、ばらばらに解体し、くずれ去ったというのだろうか」と思うのと同時に、彼の言葉を聞いて「自分の学生時代の一時期」を思い出し、「羞恥を感じてうなずくように聞いていた」。なぜなら及川が「学問や思想に対する熱情を失ってしまっていた」こと以上に、「学問や思想は、何一つ自分を（自分の生命を）生かしはしないという風」に考えられたからであった。〈あるべき人間像〉を説く高尚な哲理はもはや何の意味を持たず、「もはや自分の人生を新しく切り開くことができない」という心境におちいっていたのである。

戸坂潤は代表的著作『増補版日本イデオロギー論』（一九三六年五月、白楊社）のなかで「人間は個人であると共に個人的存在を超越した共同体的人間存在なのだ。だから個人にとっては、ここから所謂道徳上のゾルレンも発生するのだ」と論及している。[42] 個人の道徳と共同体の道徳の二律背反、すなわち国家や民族のために軍隊の紀律に従って戦死も厭わないとする共同体の道徳と、あくまでも自己保存の欲求——野間の場合は強度の性欲に象徴される——に従って生きる個人の道徳とのアンチノミーがそこにみられる。横柄な態度をとる下宿の主人は無神経にも「及川さんも、指を二本までお国にささげなすって、ふーん、誠にお気の毒な」という。及川は、荒井や下宿の主人の言葉を聞いて、国家のためには犠牲を厭わないとする〈あるべき人間像〉を個人の無意識に潜ませる共同体の《法》の圧力を感じざるを得なかったのである。

その一方、及川は下宿の寝床に入ってから「蒲団に接触している重苦しい自分の皮膚の中に、自分という一個のものが、ただ一個だけ、すべてのもの……友や、人々や、下宿の主婦やからはなれて、……つめられているというようなこと」を感じるようになった。まるで「腸詰」のような、ただし「俺以外の誰一人も、この腸詰の内の詰物がなんであるかを知ることは出来はしない」。存在が〈わたし〉そのものにぴったりと粘着した《即自（an sich）》――「腸詰」の比喩にみられるようにまったく身動きのできない状態、すなわち〈あるところのものである〉と同時に〈あらぬところのものではあらぬ〉存在の形――が示されている。存在が主体となってその状態から脱するには《存在の穴》、すなわち〈わたしであらぬわたし〉としての他者を欲望することが求められるのである。

下宿の主婦が警察にとどけてくる間、及川は死体のそばで待つことになった。約束の時間から一時間以上遅れて待ち合わせ場所の飯田橋のガード下に到着するが、西原志津子の姿はなかった。「彼の身体の上にあの手榴弾の爆発した瞬間の、ぐにゃりとした感覚、意識と体液とが混合したようなねばねばした瞬間」が回帰し、及川は「ぬらぬらした自己の崩解感」にとらわれてしまう。

志津子とは肉体的な関係のみによって結ばれている。指を失ったのは機関銃の操作を誤ったからだと説明する及川に、彼女は「たくみに眉をひそめて、いたみの表情をつくって」みせて同情している振りをする。彼女の兄も応召して出征したが帰還しなかったとされる。

しかしながら、あるいはむしろ、彼のそのような指の形が、彼女の心を把《とら》えたと言えないこともないのであった。というのは、その後、二人の関係が結ばれたとき、彼女は彼に左手を出させてみせた。そしてしばらく気味悪げにそれをみつめ、その皺のよった傷跡に自分の唇を置くのだった。

及川は「彼女の柔かい唇が、その傷跡に走る神経をくすぐるとき自分の全身をゆすぶる苦しみのために、ふるえるのだった」。失われた指が志津子の心をとらえ、失われた指の跡に彼女がキスすることによって及川は快感にひたる。失われた身体の一部を通して他者と結ばれ、他者の欲望を引き受けることよって自己の存在を認識しているのである。

飯田橋から独りで歩いていた及川が「赤煉瓦《れんが》の土台石」に目をやると、「大きな奇妙な穴」が体内に開く。「その大きな空洞には、細い奥深い肉の襞膜《ひだまく》が無数にあって、それがいまは全く乾ききって湿気の当たるのを待っている」。穴は充たしてもらい、ふさいでもらうことを求める。彼の「乾燥した襞膜」を濡らし、その内部を充たすのは「黒系の紅」を唇にさした志津子の肉体である。人間は自由であるがゆえに欲望を持つ。欲望とは自分に不足しているもの、すなわち欠如を抱え込むことであって、それを埋めようとして他者との関係を生じさせる。欠如とは《穴》——無——であり、それによって人間は〈それ自体においてあるのではないもの〉、自己を脱して存在を意識するものとして実存するようになる。サルトルによれば、「存在のふところに、存在の一つの穴として、存在する」のが《対自（für sich）》であって、〈わたしがそれであらぬところのもの〉という否定のモーメントを通じて〈わたしがそれであるべきであるところのもの〉を告げ知らせるという。(43)

6　二重の《事後性（Nachträglichkeit）》

死体が安置されている不気味な部屋は、過去の忌まわしい記憶をふたたびよみがえらせる危険があるにもかかわらず、志津子に会えなかった及川がふたたび荒井の部屋を訪れたのはなぜか。

その日対象を失った志津子に対する欲望が、無理強いに求められた疲労のために彼の体の底でもつれて、なお欲望が完全に退潮せず、自分の欲望が自分の欲望でありながら、既に自分の五感からはなれてそこら辺りに漂うているというような、処理しがたい状態に彼が置かれていたからにすぎないのであった。

及川が死体のある部屋を訪れたのは、「死者の慰霊」のためでも「敬虔の念」からでもなかった。対象を得られなかった欲望がみずからの欠如を充たそうとして対象を探していたのにすぎなかった。荒井の死にかけつけた友人の学生から、最近荒井は「大学の学生課の女事務員」との恋愛が破局に終わったことを知らされる。及川は、友人の学生の「合いづちを打つ眼」が「屈従的な歪んだ動き」をしていたことから、それが「戦争に行ってきた人間の顔」であると感じ、「この男も、女に対する異常な嗜好を軍隊でおしえられてかえってきているにちがいない」と確信した。荒井が恋愛に失敗して自殺し、及川が女性に「肉の弾力」しか求められないのは、年次と階級が絶対視され、凄惨な私刑によって規律が維持される軍隊組織に身をおいたとき、たとえ一時的ではあれ、性的快感に没頭することで暴力の恐怖を忘れさせる〝命の洗濯（戦時性暴力）〟の経験をしたからであった。ここでようやく、及川において死への衝動と性的快楽が同じ「崩解感覚」として回帰する理由が分かる。及川が意識下に抑圧しようとしている軍隊の記憶は、自殺未遂の原因となった私刑だけではなく、「女に対する異常な嗜好」を培った経験も重要なものであったといえよう。

〈わたし〉は他者のまなざしに映った自分の姿を、他者のまなざしのもとで眺めて、そこに自分の像を発見する。荒井の口からはみ出た「舌」をみた及川は、口舌の徒であった生前の荒井の姿を想起すると同時に、彼の「舌」に自分がみられていることを意識することによって、荒井の姿のなかに舌をふるって議論を戦わせた学生時代の〈わたし〉を呼び覚ました。それは及川の無意識に抑圧されていた記憶であった。だがもはやその〈わたし〉に戻って生きることはできない。なぜなら彼には、心的外傷となった軍隊生活の記憶が回帰し、苦痛を引き起こすからである。

及川が私刑のトラウマを想起するきっかけとなったのは、一週間ほど前、荒井が二階にある便所の扉のハンドルを何度も回している光景を想い出したことであった。それは「かなり進行した偏執症状」で「自殺の徴候」と思われたのだが、荒井が縊死したのは「山猫のように人間共から追いつめられてだ」と思い至ると、及川は「腰部のかすかな疼痛」を感じはじめ、「いとわしい過去の一つの思い出が自分の記憶の蓄積の底から浮かび上ってくるにちがいない」と確信したのである。

及川の脳裡にフラッシュバックするのは、「天門の駐屯兵舎の中廊下のくらい土間に編上靴をはいたまま膝をそろえて坐らされている自分自身の姿」であった。及川は小銃の発条を手入中に傷つけたために「私刑《リンチ》」を受けて、「班内の銃架にかけた小銃の前で五時間余り不動の姿勢をとり、大声で「三八式歩兵銃殿」を百回」も繰り返させられたのである。帝国陸軍では菊花紋章の刻印された歩兵銃は、天皇からの預かり物とされていた。この他にも、銃口蓋を盗んだとか、行軍中に喀血したという「偽りの申立て」をしたとかの疑いをかけられた記憶がよみがえってくる。毎晩眠りに入る前にいつも閉じた瞼の裡に現れる「彼の心と身体を焼きつくすこのいやな過去の自分の影像」に向かって「可哀そうにな、ほんとに俺という奴は哀れな人間だな……ヘーゲルの論理学に於けるヴェルデンの意識についてか……ふん、そして、嘘をついて、戦友のものを取って、ただ、上等兵に殴られるのを恐怖して……そして、とうとう山猫のように穴の奥においつめられて……」と心のなかでつぶやく。追いつめられた自分が忘却しようと努めているもの――手榴弾を握ってうずくまっている姿や、兵隊たちによってかつぎ上げられた血まみれの姿、兵役忌避のために指を落としたのではないかと取り調べを受けている姿、奥地の勤務に転属を命じられた姿が次々に忘却を突き破って意識されてくる。

過去のある記憶が後からトラウマになり、さらに遅れて、今度は言葉がそのトラウマを追いかけるように到来する。これがトラウマと言葉に関する二重の《事後性（Nachträglichkeit）》である。「崩解感覚」は、無意識から取りだされる主体の歴史――自殺未遂の羞恥にまみれた経験によって意識下に抑圧されていた数々の私刑の記憶が、「ぐにゃりと肉のくだけ去る崩壊感」という症候として回帰し、言葉によってそれを意識化するようになっていたことを意味しているのである。荒井の死という《現実そのもの》との遭遇を通じて記憶が《活性化（Aktivierung）》され、その言語化を通じて主体の歴史が再構成されるプロセスを的確に表現している。

及川は「何という奴だろうな、俺という人間は、ゾルレン的にみて」と繰り返す。彼が苦しんでいるのは、指を失ったという身体的な傷のためではなく、「人タルモノ固ヨリ心力ヲ尽シ国ニ報セサル可カラス」（「徴兵告諭」）と謳われた帝国陸軍の〈あるべき兵士像〉から逸脱してしまったこと、そして何より人間としての恥辱を味わったという心的外傷のためであった。現在の彼の心的構造は、国家や軍隊の《法》、すなわち《大文字の他者》に圧迫されて強迫神経症の症状を呈しているのである。

7　「焦燥感と虚無感」

ヘーゲルの論理学では、自己は他者と関係を持ち、他者のうちに自己と同一であるところに自由な主体が「生成（werden）」する。そして人間が真に人間的、すなわち個体的な存在となるのは、人間が国家に承認された公民として生き、行動する限りのこととされる。だがアレクサンドル・コジェーヴによれば、個体性があますところなく実現され、承認への欲望が完全に充足されるのは、「普遍的で等質な国家」が成立したうえでのことである。なぜなら、そのような国家では「階級や民族等の「特殊な差異」(Besonderheiten)は「廃棄」」され、国家そのものも「定義上人類全体を包含」するようになるからであるという(44)。

そもそも学校の後輩に当たる荒井は、及川がみずからの姿を投影した鏡像的他者であった。「自分」という軍隊での呼称をはじめ、靴下や麻ヒモの結び目などは軍隊生活の名残がみられ、日々の暮らしに不自由することのない家庭環境にあることなども、及川との間に共通点があった。荒井の死に顔の特徴として、「幾らか広い額は、知力を思わせたが、口のつぐみの足りないその口の辺りは、彼の意志力の極度の欠乏を示すもの」が感じられ、顔全体からは「何か人生に対する焦燥感」が漂っていたというのも及川の心的現実の鏡像であったといえるのではないか。

ところで、この作品のなかには〝赤〟が頻出する。荒井の舌、志津子の口紅、赤レンガはすでに指摘したが、他にも荒井の所持品であった書物、赤い皮革のシミがついた靴下など、及川に「焦燥感と虚無感」を抱かせるものであった。そして彼は志津子に合う日はいつも「焦燥感と虚無感」に襲われていた。精神病理学では、「すべての症例において一過性に身体表象の異常が存在することは、強迫症状が身体の崩壊感覚に対する防衛として出現した可能性がある」とされる(45)。及川の症状に対する療法は、彼の自我を抑圧している《法》を書き換えることである。自分が「哀れな弱者の考え」しか持っていなかったからではなく、個人の精神と身体を極度に圧迫していた軍隊組織そのものが原因で自分が自殺に追い込まれたのだと記憶を操作することが求められるのである。

荒井は縊死し、志津子は現れない。及川は切迫的かつ侵襲的に「私は生きているのか、死んでいるのか」という問いを発し続けるのであった[46]。このような問いを立てることこそ、梯が「空虚な自分、虚脱された精神そのものを自分の理論的生活の出発点と考えて、その論理的構造の追求」をおこなったことに影響を受けて、野間が「自分の内部に巣くう空虚の調査」を進めた到達点であった。

第6章 「真空地帯」論

――「大衆と共感し、共応し合う世界」の造形

1　軍隊の非人間性

作家土方鉄は、部落解放同盟の大会の出席者控室で、野間宏につぎのように語りかけた。「「真空地帯」の木谷は、同和地域出身者として書きたかったのではないか」と。野間と大変親しく、この場に居合わせた太田恭治（元リバティおおさか学芸員）によれば、「野間はそのように書きたかったけれど、書けなかった。そういう時代ではなかった」と往時を回想する。[1]

「真空地帯」（一九五二年二月、河出書房書下ろし長篇）では、木谷利一郎一等兵は応召前、「西成の鶴見橋」にある兄喜一郎の家に寄寓していた。兄は、南海沿線の萩之茶屋駅近くの鶴見橋通りで、帽子屋を営んでいた。兄の家の庭一面に「ぼろの山」が広がり、「ぼろはまるで魚か牛のはらわたのように、さむそうにそこにのびている」と描写される。「野間は、本来は靴職人として書きたかったのではないか。しかし、野間自身が深くかかわった解放運動のテーマは『青年の環』に譲り、「真空地帯」では、軍紀と軍法会議に縛られた兵隊の実態、とりわけ軍法会議で有罪判決を受けて大阪陸軍刑務所に入所した自分の過去を描き出したかったのではないか」と、太田は語る。たしかに野間も「なぜ被差別部落を主人公にしなかったかというと、『青年の環』という作品があって、それは被差別部落の問題を展開している。だからそれと重ならないようにするためにね」と説明している。[2]

「真空地帯」のなかで、木谷の兄の帽子屋を訪れた曾田原二一等兵は、「このような場末の商店ははじめてだった。その店のなかはあまりにもきたなかった」と感じる。木谷と彼の兄との間には「全然似たところがなかった」ものの、「この二人には同じようにひとの何かをうかがいつづけているところがあるようだ」とする。後ろ暗い何かがそこにあると思われたのである。

作品中の軍法会議公判報告には、木谷の経歴が「兵庫県鳴尾村字《あざ》××の農業木谷喜一の次男に生まれた」と記されている。野間は六歳のとき鳴尾村字中津（西宮市今津）に転居したことから、その周辺地域は、彼自身の生い立ちにつながる。野間によれば、「広々とした麦畑」を通り抜けて今津小学校に通った少年の日、「田と畑で働いている農家の人たちとしたしかった」という(3)。野間は日高六郎との対談のなかで、「木谷も自分自身がそういう出身であることは知らないんですね。知らないんだけど、劣等感がずっと染み込んでいるわけです」と発言している(4)。軍法会議において有罪となったのは、木谷の場合、巡察に来た士官の金入れを盗ったことと軍機密を洩らしたことであった。他方、野間は京都帝大在学時代から参加していた左翼運動にかかわる治安維持法違反の容疑であった。いずれも兵士とっては致命的ともいえる後ろ暗い経歴を持っていたことが「劣等感」を抱く原因になっていたのである。

野間は軍隊組織の非人間性を暴くことを「真空地帯」のテーマに設定したといえる。しかし曾田が馬運動で落とした蹄鉄の代わりを染が手配したり、安西二等兵の不寝番を弓山二等兵が交代したりするなど、殺伐とした兵営生活でありながら、兵士たちが支え合うというモチーフも現れるのである。作品のクライマックスには、異なる過去を背負った主人公（曾田、木谷、染）が心理的に交感するという場面が描かれる。〝かばう〟（〝匿う〟）という行為は、野間にとって重要な〝西浜体験〟から由来するものであったのではないか。この作品に部落解放運動を直接取りあげなかったものの、野間は非人間的な軍隊組織へのアンチテーゼとして社会運動の理想――「大衆と共感し、共応し合う世界」をつくりだしていくこと(5)――を投影していたと思われるのである。ただし残念ながら、それを十分に発展させられないまま作品が終わってしまう。なぜそのような結末を迎えることになったのか、以下その経緯を検証してみよう。

2 学徒出陣兵

大阪市営地下鉄花園駅と南海高野線津守駅を結ぶ東西約一キロの鶴見橋商店街は、戦前、大日本紡績（ユニチカ）津守工場に通勤する従業員で賑わった。そのまま西に向かって木津川を渡れば大正区、ウチナーンチュ（沖縄にルーツを持つ人）のコミュニティが形成されていた。他方、北にある浪速区西浜地域は皮革産業が盛んな場所であった。大正の後半に人口が増加し、そこから溢れた人びとが鶴見橋周辺に移り住むようになった(6)。商店街には靴屋の店舗が数多くみられ、現在では在日コリアンが店主を務める商店も増えている。

「特高月報」（昭和一八年一二月分）には、「大阪市西成区鶴見橋通五ノ三町会長代理泉三郎」が大阪府知事宛てに送った「反戦不敬投書」事件がとりあげられている。この投書は、総力戦体制下での民衆の不満を率直に表している。「聖戦茲に七年を迎へ是と言ふ戦果も見当らない今政府は何をして居るのだ」という言葉からはじまって金属供出を強く批判し、「是れ以上吾吾を苦しめるのなら戦争に敗れても楽だ」で終わる。西浜水平社や今宮水平社が取り組んだ社会運動は、日中戦争勃発後の「皮革使用統制」に対して、靴履物業者や靴修繕業者の生活を守ろうとした松田喜一の浪速区経済更生会の活動につながる。一九三八年四月から四一年一〇月までの間、大阪市役所社会部福利課融和係に勤めていた野間は、松田の経済更生運動にかかわっていた。前出の太田によれば、野間を尾行していた特高警察は今宮駅まで来るといつもそこで引き返した。野間は地域にもぐることによってかえって自由を得たのである。「融和講習」と称して唯物弁証法を論じていたこともあったという。

「真空地帯」には、自分の兄の家がどの辺りにあるのか、木谷は「もう曾田にそのようなことについては、かくそうとは思わなかった。彼はむしろいまはこの相手に自分の事件をすっかりつたえてしまいたい欲望にとりつかれていた」とある。木谷が曾田に親近感を抱くきっかけになったのは、木谷の前科を知っているにもかかわらず好意を示してくれたことや、大学を卒業した身分でありながら幹部候補生を志願しなかったことを知ったからである。幹部候補生になれば、入営後一〇カ月で見習士官となって営外居住も可能であった。曾田が「はっきりした反戦的な社会主義的な思想」を持っていたのに比して、木谷には、自分をおとしいれて軍法会議に付した将校たちに対する憎悪しかなかったが、木谷に対して過剰な思い入れを抱いている曾田は、軍の機密を営外に漏らした木谷に、自分に通じる「思想犯」の隠れた顔を見出すと同時に、「ちらと自分が陸軍刑務所にはいらなければならないかも知れないということを考えた」のである。

木谷が入営したのは一九四〇年と推定できる。作中時間は一九四四年一月と設定されるのだが、その間に戦局の悪化した様子が随所に描かれている。たとえば、連隊の副官の階級が大尉から中尉に下がっていたり、ストーブの燃料が石炭から薪に替わっていたりした。「一装用（正装用）」としてすべての兵隊に支給されていた「ラシャ服」は、班長以外はほとんどが持てなかった。木谷とともに入営した現役兵は「大半中支へ渡ってしまっており」、部隊には「次々と召集された幾種類もの補充兵」の他に「第一回学徒出陣兵」が入隊していた。学徒出陣兵は入営して一〇カ月後には見習士官になる。初年兵係の地野上等兵が学徒出陣兵に対して「お前ら毎晩将校室でガブガブお茶のみくさって雑誌よんでやがるということやなあ」と敵意をあらわにする場面がある。

とりわけ「親はどこかの会社の部長とか課長」である安西二等兵は、インテリ学徒出陣兵の典型である。安西と田川二等兵が「汁桶を一棹」ひっくり返したために、地野に殴り倒される。木谷は、彼らをみて「のろのろした匐いぶりが不思議だった」。安西の「苦しげに歯をくいしばった様がたえられなかった。古い教育をうけた木谷にはこれが一体兵隊なんだろうかというような気がした」。入営時期がわずか四年ほどしか違わないにもかかわらず、共感を欠如させてしまうのは、彼らと木谷との間に出身階層や学歴のちがいがあることに加えて、木谷の精神と肉体に帝国陸軍の兵士という規範が深く刷り込まれているからである。同年兵の四分の一程度しかなれない上等兵に、木谷はスムーズに進級できていた。「将校たちの腐敗した勢力あらそい」に巻き込まれたとはいえ、経理室で巧みに振る舞い、大阪陸軍刑務所に服役してからは看守の「協力者」になって「官品を着服する」手助けをおこなっていた。つまり軍隊内の処世術に長けていたのであり、彼が本当に帝国陸軍を内破できる志向性を備えているのかどうか、疑いを抱かせる。

作品のなかで、曾田は木谷とはつねに対照的に描かれる。三年兵の補充兵である曾田は応召前、経済学と歴史学を教える中学校教員であった。そして彼の実家は大阪市の住吉公園駅付近、南海本線萩之茶屋駅から南へ四駅目の距離で、そこは住吉大社を中心とする閑静な住宅街であった。しかし彼にしても、学徒出陣兵たちが「あまりにもはやくほとんど自分自身を失ってしまった」ことや、「みるみる自分のなかにもっている弱点をあらわにした」ことを目の当たりにすると、複雑な思いにとらわれる。「人間のなかから無残にもあらゆるものをあばきたてる軍隊に対する憎しみ」のみならず、「彼ら大学生に対する嫌悪感が湧き上がってくるのをふせぐことができなかった」からである。一九三〇年代に大学を卒業した曾田は「学生時代からつづいた彼の思想上の不安定な状態、それからくる心理的な動揺」を抱えていた。戦争とファシズムに抵抗する学生運動にかかわっていた曾田の眼――退潮する学生運動の「暗い花ざかり」のなかで「自分自身に対する不満と社会制度に対する憎悪」(「暗い絵」)に身を焦がしていたにちがいない――からみれば、四〇年代の大学生は、思想上の葛藤とは無縁の自己中心的な生き方――「エゴイズムに基づく自己保存と我執の臭い」(同右）――しかできないようにみえたのではないか。

3　軍法会議

大阪市西成区山王町にある飛田遊廓は、「真空地帯」を読み解くうえで重要な地である。木谷は逮捕される前、山海楼の花枝と関係を持っていた。経理委員であった林信二中尉は、廓内に軍の書類を忘失するという「飛田遊廓事件」を起こした。被服係の成山兵長や染一等兵、安西二等兵たちも飛田遊廓に出入りしている。

近世身分制と周縁社会に関する研究によれば、大阪には天王寺垣外、鳶田垣外、道頓堀垣外、天満垣外の四カ所に「非人」身分の人びとが垣外仲間を形成して居住していた。鳶田には刑場と墓地――近代に入るとその地には、電光社というマッチ工場が設けられ、棋士坂田三吉が同社の寮に寄寓していた――があり、それらを管理する職能集団が存したのである。大正に入ると、大火によって焼失した難波新天地遊廓の代替地として、鳶田から少し東南の飛田新地に遊廓が設けられた。『「悪所」の民族誌――色町・芝居町のトポロジー』を執筆した沖浦和光によれば、戦前の大阪には「釜ヶ崎・飛田・西浜」という「強い負性のイメージ」で語られてきた土地があった。近世から「悪所」と呼ばれてきた地域は「色里・遊里」、「芝居町」、「被差別民の集落」という三つの条件が重なるように形成されていた。「釜ヶ崎・飛田・西浜」はまさに、これらの条件がすべて揃う「典型的な「場」」

であったという。(7)

木谷は、軍検閲を受けずに花枝に出した手紙のなかに、「動員その他重要な軍の機密」を漏らすだけでなく、上官を罵ったり訓練をことさら悲惨なものに書いたりしたとされる。しかしそれが確固たる「反軍思想」からもたらされた行動であったのか、曾田は疑問を抱く。軍法会議では、木谷が「少年時代より不規律な生活をつづけてきた」ことが「軍隊の規律をなおざりにする傾向」を生んだり、「上官に対する許すべからざる反抗的な態度」をとらせたりしたとみなされた。恵まれない生い立ちによる自堕落なふるまいが「反軍的な精神態度」に結びついたとされる。だがそのなか

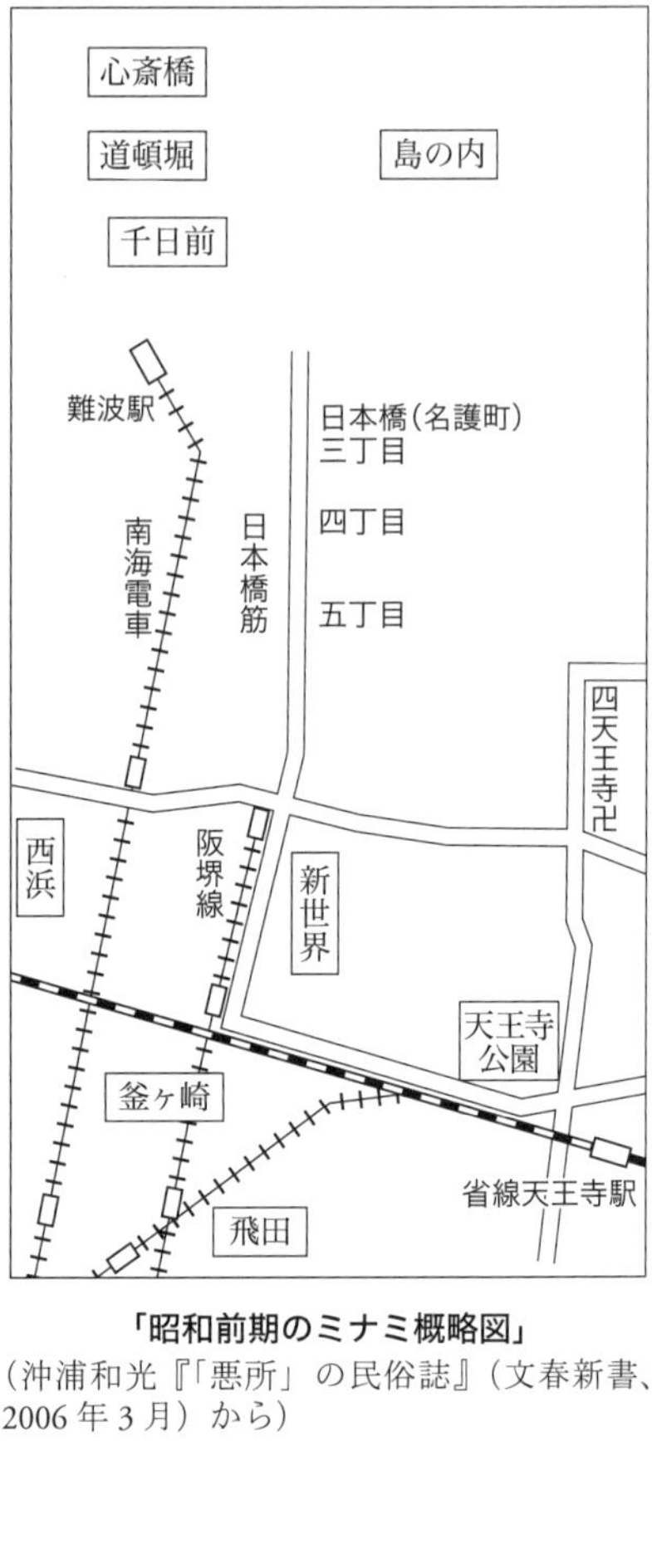

「昭和前期のミナミ概略図」
（沖浦和光『「悪所」の民俗誌』（文春新書、2006年3月）から）

には、「[illegible]議！　それはあるいは今後の曾田を待っているかもしれないのだ」という恐怖を抱く曾田の「反軍思想」と通じるところがあったといわれるのだろう。射撃場の横のポプラの樹の下に所持金を隠すことと、陣営具倉庫の戸棚に「経済学の本」を隠したこととの間には、彼らが後ろ暗い何かを持っていたことしか共通項はないのである。木谷は上官に対して、つぎのように述べた。

「一体、反軍思想などというものをこの俺がどこにもっていたか、また不穏な考え方などと検察官はいいやがるけど、……そんなことはみんな全くでたらめで勝手に向こうでつくったこしらえごとなんや。この軍隊がすきな兵隊なんて一体どこにいるやろか、日本中さがしていたら、おめにかかりたいわ……。軍隊がいや、はようかえりたいいうことくらいはだれでも、兵隊ならばいつもいうてることとやないか。しかし兵隊はやな、いくら口ではそういうてても、この日本のくにのためにつくす気持ちはみんな心の底にはもってるんや。」

木谷は、上官が兵士に接する態度が「まるで鬼畜のごときもの」であることや、将校の証言が正しくて兵士は嘘ばかり言うとみなされる軍法会議の取り調べに対して、強い憤りを感じている。しかしその一方で、厭戦感情を持つものの、「この日本のくにのためにつくす気持ち」は共有しているという。「将校商売、下士勝手、兵隊ばかりが国のため」といって将校や下士官への憎悪はあったには違いないが、根本的に反戦・反軍思想を持っていないのであった。

敗戦が近づいた頃、大陸に派遣されていた部隊の軍紀は乱れる傾向にあった。現在、軍による廃棄処分をまぬかれた軍法会議の資料の一部が公開されている。陸軍第一三軍独立混成第九〇旅団に所属する奈良県北葛城郡の一等兵は、江蘇省に駐屯している間に、逃亡・横領・窃盗の容疑で憲兵に逮捕された。判決文には、この一等兵の経歴がつぎのように記載されている。彼は「幼少ヨリ家庭愛ニ恵マレスシテ成長」し、窃盗罪で姫路刑務所に服役した。江蘇省で警備勤務中、疑似赤痢のために陸軍病院に入るが、退院後には帰隊せず、かねてから交際していた現地女性と情交を遂げ、「慰安所等ニ於テ遊興ヲ続ケ」ていた。逃走中に中国人で編成された保安隊に防毒マスクと外套を売却して代金を横領、別の保安隊から拳銃を窃取した。結局これらの容疑が犯罪事実として認定されて、懲役三年の判決が下った(8)。不幸な家庭環境であったことや、遊惰におちいりがちな性格であったことが判決文では強調されているが、木谷のケースと照らし合わせれば、ある意味でそれらは容疑者の特徴を描き出す常套表現であったことが分かる。

他方、軍機保護法は一九三七年に改悪され、軍事機密の対象範囲が拡大されるとともに、刑罰が強化された。取締りの対象は「作戦、用兵、動員、出師其ノ他軍事上秘密ヲ要スル事項又ハ図書物」を「探知シ又ハ収集」すること、および「他人ニ漏泄」することであった。「事項又ハ図書物」の具体的な内容は、陸軍大臣または海軍大臣が命令して定めるとされた。いくらでも拡大解釈が許され、制限のない法律であった。さらに機密の探知・収集・漏洩を目的として「団体ヲ組織シタル者又ハ其ノ団体ノ指導者タル任務ニ従事シタル者」も処罰された。もし違反すれば「無期又ハ二年以上ノ懲役」という処分が準備されていた。憲兵隊は軍機保護法や陸軍刑法を使って、反戦・反軍思想を社会から一掃し、軍に関することには一切口を開かせないという言論統制をおこなったのである。このような思想弾圧に関して、荻野富士夫は、「防諜を名として憲兵が国民生活のすみずみにまで監視の目を光らせ、自らが「苛察」と認めるほどの些細な流言蜚語などが取締まられていた」とする。[9] 窃盗罪は刑法第二三五条で「懲役一〇年以下又は五〇万円以下の罰金」とされていた。看守たちが「半年、多くて八カ月くらい」の刑と噂していた木谷の軍法会議では、軍機保護法違反が罪状に加わったために、二年三カ月という長い刑期になったのである。

4 「徒弟制度と軍隊制度が生んだ一つの典型的な人間」

木谷の兄の家を訪問した後、曾田は住吉公園にある自分の実家に立ち寄り、母親と許嫁の時子に会う。母親は、曾田が外地から帰還してきたとき「既に自分の手元にかえってきたものと考えているようだが、曾田は決してかえっているなどということはできなかった。彼は兵隊だった」と描写される。それは曾田自身、「ラッパが支配」し「一丁四方の堀」に囲まれた兵営という「真空地帯におかれた自分」の立場を強く意識していたからである。しかし曾田は、「真空地帯におかれた自分」を決して甘受していないことを示すために、家族の期待を裏切っても上等兵に進級しようとはしない。そしてさらに、「真空地帯」を打破するために「女のあげる細い悲鳴をもとめていた」。彼によれば、「そいつをやれば、たしかにその時、真空地帯の上に虹がかかる。彼はその虹の上をわたって地帯の外へ出て行くのだ。どこか外へ、……遠いところへ、こえて行くのだ」と考えられたからである。

彼のようなあまり遊びを求めることのなかった人間も、外地に一年ばかりいる間に、女との接触に対する反省はルーズになり、病気をおそれる心はなくなっていたので、このような比較も思いつけるのだが、彼はここで少しばかりわからなくなる。しかし兵隊であるかぎりは、こうなのであると彼は思うのだ。

曾田が飛田遊廓に足を運ぶ場面は出てこないが、外地では慰安所に通っていたことが暗示される。「野戦からかえってきた曾田をどういう風に取り扱っていいのかわからないでいる」時子は、曾田から求められると、「以前は彼女は母親に気をくばって身を引いたが、いまは何もいわず、暗いような抗議する眼で彼をみた」。彼女は「体をかたくしてちょっと自分自身に抵抗したが、半ば兵隊に奉仕する感じもあった」。曾田自身には、「この日本のくにのためにつくす気持ち」は希薄だが、時子には、「日本のくに」のためには自己の犠牲を厭わない他の兵士たちと曾田とは何も違わないように思われて、あえて不快感を抑えて「兵隊に奉仕する」態度をとったのである。軍隊の本質とされる不可視の《真空地帯》は、その内部を減圧して構成員の自由を奪うだけでなく、外部に対しては加圧して、軍事的な侵略やジェンダー差別を発生させている。橋本あゆみは、「真空地帯」が「被害者としての兵士を前面に押し出した」のに対して、大西巨人の『神聖悲劇』(一九六〇~八〇年)は「戦場での兵士の加害(殺さなければ殺されるという「現実」)をも「あたりまえ」でないものとして可視化し、戦場で人間がいかに行為すべきかに思考の道を開いたといえるだろう」と指摘している[10]。

作品のなかでは、「徒弟制度と軍隊制度が生んだ一つの典型的な人間」である地野上等兵が初年兵時代の曾田に「執拗な仕打ち」をして、暴力を浴びせかけている。地野は応召前、「出面、一円八十銭」の「土運び」の仕事に就いていた。曾田は、凄まじい暴力による初年兵教育や野戦での体験を通じて、自己のあらゆる属性を奪われた帝国陸軍の兵士の一員と化し、女性に対する性暴力をも意に介さないようになっていたのである。

5 「監獄がえりのバッチ」

内務班のなかで「監獄がえり」と噂されているのを耳にした木谷は、自分の秘密が知られたことに憤慨し、激しい勢いで彼らに襲いかかる。そもそも木谷が監獄に送られることになったのは、巡察将校であった林中尉の金入れを拾って自分のものにしたという容疑であったのだが、それは林中尉によって仕組まれたものであった。林は、当時師団経理室に配置されていた木谷が中堀中尉や金子軍曹たちと結託して、軍の資材や備品を横領していたのではないかと疑い、木谷をおとしいれることによって、その不正を暴き出そうとしたのである。だが中堀と金子はその疑惑を隠蔽するために、危険思想を持っている木谷の証言は信頼できないと師団上層部に吹き込み、木谷の証言を封じようとしたのである。

兵営で木谷の「四年兵の監獄がえりのバッチ」がはじまると地野や今井上等兵、他の三年兵に加えて曾田も殴打された。「木谷はその打撃を少しもゆるめることなく力いっぱい拳骨で曾田の頰をなぐった」のである。曾田は自分が「あれだけ木谷のことを考えていろいろしてやっている人間」だから「木谷と自分とは同じ立場に立つことができると考えていた」にもかかわらず、「バッチ」の対象になったことに憤りを感じる。

営倉に入れられていた染一等兵を見舞った曾田は、染から「刑務所くらいがなんでんねん……」という言葉とともに、木谷の秘密を洩らしたのは成山兵長であったにちがいない、と教えられる。そこでようやく、これまで自分が雑報綴の犯罪情報の記事を鵜呑みにしていたことに気づく。木谷の事件の「罪はたしかにそのすべてをこの軍隊に帰することができるということがはっきりとしている」にもかかわらず、「監獄がえり」だという先入観によって彼を信頼しきれなかったのである。反戦・反軍思想を貫けずに忸怩たる思いを抱きながらも、染のようには肚をくくることができず、あろうことか木谷をおとしいれた軍組織の側に立って状況を眺めていたのである。これに気づいたとき、曾田は「あの木谷の打った拳骨の打撃が自分の体をとらえているものをこなごなに打ちくだくのを感じた。木谷の手は真空地帯をうちこわす」ことを察知するのであった。

この直後、曾田は木谷に真相を打ち明ける。師団上層部を巻き込んでの策謀によって冤罪を着せられたことを知った木谷は憤り、報復のために実力行使に出ようとする。いくら探しても金子をみつけることはできなかったが、偶然、二中隊の舎前で林中尉を発見する。木谷の事件の後、林は南方への輸送機関へ転属となるものの、船中、病気で倒れ、内地送還となって全国の陸軍病院を転々としていた。謝罪の言葉を口にしようとする林に対して、「そんな言うことを、いまごろきかんぞ、俺はきかんぞ……」と、「兵隊の言葉でない言葉を木谷は口から出したのだ」と描写される。この瞬間こそ、まさに木谷が人間の言葉を取り戻し、自己の人間性を回復させた時であった。この後一旦は自分の営舎に戻るが、再び林のもとを訪れ、彼をしたたかに殴りつける。ここにも自己の身体をもって「真空地帯をうちこわす」木谷の姿がみられる。さらに事務室にいる中隊人事係の立沢准尉のところへいって、なぜ自分が補充兵の内村二等兵に替わって野戦行きになったのか──過去の事件が木谷によって蒸し返されることを恐れた金子の策謀を暴露しようとする。立沢に詰め寄った木谷を事務室の外に出せと曾田は命令される。

曾田は以前、立沢准尉と金子軍曹が野戦行きのメンバーを入れ替える相談をしているのを立ち聞きしていた。しかも、曾田が外出許可を得て営外にいたとき、「以前その地域の方面委員」を務めていた内村の父親が立沢の自宅を訪れて、息子を野戦行きの人選から外してもらうように頼み込んでいたのを目撃していたのである。

「曾田！　はやく、つれて行かんか。」烈しい声で准尉は言った。

木谷は曾田が自分の方へ歩いてくるのを見た。その顔の白いのを見た。彼はいま曾田からきいた、金子軍曹と准尉の間にかわされた話をぜんぶぶちまけてしまおうと考えていた。しかし自分の方へやってくる曾田を見ると、彼の口はひらかれなかった。


ちょうどそのとき衛兵にともなわれて営倉から染一等兵が帰ってくる。立沢による説諭を受けた染も加わって曾田と木谷は兵舎に戻ろうとする。曾田が「木谷はん、金子班長の話、自分からきいたと准尉さんに言うてくれはっても、いいですよ」というのだが、「いいや、ええよ」と木谷が応える。不正や隠ぺいを意に介さない軍の官僚的体質に怒りを覚える一方、師団に及んだ不正を立沢に糾弾せず、林を殴っただけで個人的な恨みを収めてしまう木谷の態度からは、本当に「真空地帯をうちこわす」ほどの強い意志があるのかどうか、疑わしい。だが、この場面で木谷が曾田をかばったことはたしかである。「監獄がえりのバッチ」を木谷から喰らって憤りはしたものの、作品の終盤に至って曾田は木谷と、そして染との間で静かに共感する瞬間が訪れるのである。

木谷と曾田の関係について、大西巨人は「全篇を貫通するインテリゲンチャ侮蔑の感情」とともに「一種の大衆追随主義・俗情との結託」がみられると批判した。[11] 大きなインパクトを持った大西のこの発言以来、「真空地帯」を読むに際して、日本共産党の五〇年問題に端を発し、「新日本文学」

と「人民文学」に分裂するまでに悪化した社会状況を考慮することが求められるようになった。野間は一九四三年から四四年にかけて、文京区の居住細胞として地域人民闘争に積極的に関わり、闘争に取材した短編小説を発表していた。たしかにそのとき、あらゆる階層の市民との強い結びつきを感じていた。[12] ここで着目したいのは、クライマックスの場面で木谷が、曾田を道連れにして反乱を起こすのではなく、逃亡という手段を選んだことである。カタストロフに至る決定的な闘いを回避し、木谷が曾田をかばったことによって、彼らの間に心理的な交感が生じたのである。小説の構成上、これが消極的な展開であったことはまちがいないのだが、野間は、非人間的な世界である軍隊のなかにありながら、わずかながらも人間性を取り戻した兵士の姿を描こうとしたのである。

もっとも、このような見方と異なる視点を持つのが沖浦和光で、彼は「「真空地帯」をその当時の一連の人民闘争小説の系譜の中に位置づけることは間違えている」とする。沖浦によれば、「木谷のイメージは、毎日のように通った西浜で、作者の脳裡に深く刻み込まれた多彩な人間像から構築されたのだ。すなわち、作者のイデオロギー的な理念の所産ではなくて、〝西浜体験〟から感得され造型された底辺の民衆であった」という。[13] 官憲の弾圧によって社会運動が瀕死におちいった一九三五年頃、「反戦反ファシズムの旗を掲げて大衆運動として最後まで頑張った」のが「大阪の港南地方の労働者」であった。[14] そして、その「大きい一翼を担ったのが木津川べりの部落の労働者と在日朝鮮人」であったとされる。対談『聖と賤の文化史』のなかで、沖浦が「あの苦難の時代、官憲に追われた運動家が部落に匿われた者も少なくなかった」というと、野間はつぎのように応答する。

ええ、イデオロギーを超えたところで匿うんですね。部落の大衆はことこまかい思想の問題はよく分からないにしても、同じように権力に抑圧されてきた仲間としてかばう。まあ、いうなら義理ですよ。迷路みたいな小路に古い長屋がびっしり立て込んでいるから、官憲もおいそれとは入れない。結束の固い長屋の人情が厚い防波堤になっていたし、長年身についた反権力意識でみんな身構えていたし(15)……。

曾田と木谷、染の間に分かち合われた共感には、労働者と知識人が連帯する人民戦線運動や、靴修繕業者組合の事務所にやってきた憲兵軍曹を追い返したという松田喜一による部落解放運動など、〝西浜体験〟を通じて野間が理想としていた人びとの絆――「大衆と共感し、共応し合う世界」――に通じるものがあったのである。野間自身も憲兵によって逮捕された後、検察官の尋問に対して、同志に累が及ばないように配慮しながら「港南グループのことなども一言ものべなかった」という(「軍法会議とその後」)。厳しい教練によって個人の身体と精神を帝国陸軍兵士の規格に馴致させるのが軍隊組織である。しかし極めて例外的なできごとであったのかもしれないが、彼らは自発的に、階級や学歴など個人の社会的背景をこえて互いの感情を通い合わせたのである。

6　「大衆と共感し、共応し合う世界」

染一等兵は「一つの怪物が、ヨーロッパをあるきまわっている、共産主義の怪物が」という『共産党宣言』冒頭の言葉を兵営内で口にする。実家が鉄工所で、兄が共産党にかかわって刑務所に入れられている。このような経歴を持った染は、エゴイストの安西に嫌悪感を抱いていた。「馬手入れのやり方がわるい、お前はあらゆる点でずるい」といって安西を殴打し突き飛ばし、「馬の飼を喰わせて長い間ふくれあがらせた。その結果、安西が身をひそめてしまうという事件が発生した。実際には安西は「厩の横につみあげた乾草の山の隙間」に身を隠していたのだが、機関銃中隊の学徒出陣兵が便所のなかで縊死したという噂が広がっていたので、班内は大騒ぎになった。結局、染が営倉入りの処分になったのに対して、「学徒兵には地方人の注目」が集まっているので扱いには配慮するようにとの部隊長の発言があったことや、二カ月前に入隊したばかりで第一期検閲もまだおこなわれていなかったことなどから、安西は外出禁止という軽い処分になった。

染は営倉入りが終わって「あんなもんくらい、こたえしまへんがな」という。この言葉からは染が終始肚のすわっていたことが分かる。木谷はこの後、衛兵交代の隙につけこんで塀をよじ登って逃亡する。陸軍刑法において、上官に対する暴行は「十年以下ノ懲役又ハ禁錮」（「暴行脅迫及殺傷ノ罪」第六〇条二）、逃亡は三日を過ぎれば「六月以上七年以下ノ懲役又ハ禁錮」（「逃亡ノ罪」第七五条二）

となる。ただし作品では、木谷は三日後には南方に向かう輸送船のなかにいることになっているので、処分は下されなかったと推定される。木谷は「真空地帯をうちこわす」ために実力行使に出た——たとえそれが軍組織全体に影響を与える力はなく、個人の衝動に任せたものにすぎなかったとしても。それに対して曾田は何をしたのか、あるいは何をなそうとしていたのか、この作品からはみえてこない。佐々木基一は、「戦争中に「真空地帯」を破壊するどのような人物が実際にいたか、木谷のような人物に望みを托さねばならなかったのも已むを得ないことではないかという人は、もう戦争が終って七年にもなることを、もう一度よく考えてほしい。戦争中と同じ認識しかもたぬということは、リアリズムとは無縁なことがらである」と痛罵した。[16]曾田は、木谷が口を閉ざしてくれたおかげで軍法会議にかけられずに済んだ、ただそれだけに終わってしまう。軍組織の圧倒的な力の前に兵士個人はなす術もなく、ひたすら服従するしかなかった。《仕方がない》という諦観の言葉が聞こえてきそうである。佐々木が指摘するように、曾田の心理描写は「一個の転向小説」にほかならなかったともいえる。[17]曾田がこれからどのようにして自己の道を切り拓いていくのかは、「真空地帯」には何も描かれていないのである。

野間は「『暗い絵』の背景」という回想記のなかで、大阪市役所に勤務していた頃、小野義彦たちと社会科学に関する研究会を開いていたことに触れている。小野のもとに召集令状が届くと、彼は研究会のメンバーに向かって、「軍隊内で反戦運動を必ずおこすこと、それから軍隊の機密を何等かの手段で報らせる。そして、互いに連絡を失わないようにしよう」と提案した。小野は入営してからも「次々と葉書、手紙を精力的にかいて、軍隊の欠陥を、或いは兵隊達の心境を知らせてきた」。ところが、「次にしばらくしてから、他の者に赤紙がきたときには、すでにその様子は変り、私達は漸次、意気を失ってゆき、全く暗い気持ちにとりつかれていった」。仲間たちは互いに「孤立」し「孤立すればするほど動揺がはげしく」なったという。「組織をもたずして確乎として自立してゆくということは、ほんとうにむつかしい」と痛感させられたのである。

曾田は、野間が感じていた「全く暗い気持ち」を克服し、他の兵士たちとの信頼関係のなかで「確乎として自立してゆく」ことができるのだろうか。木谷の事件を通して知った師団首脳部の不正と腐敗堕落を営外に知らせ、世論を喚起して軍組織に対する批判の声をあげることができるのだろうか。

ここで穿った見方をすれば、《作者》のポジションに立つ野間自身が、「真空地帯」の創作を通じて、本来は曾田が担うべき責務を果たしていたと考えられる。野間によれば、軍隊の内部を告発するこの反戦小説のなかに「人間を新しくみる眼をつくりだしていく」だけではなく、作品のなかに「その眼を生々と封じこめ、読む人がそれをよんでひとりでにその眼を自分のものにする」ことを可能にする仕掛けを凝らした。『青年の環』で探求したものを、多くの読者にいかにしてつたえ、大衆と共感し、共応し合う世界をつくりだしていくかを考えた」というのである[18]。

ある意味において、野間にとって「真空地帯」の執筆もまた、非転向のまま獄死した布施杜生の遺志――「暗い絵」の木山省吾のモデル――を継ぐものであったと意味づけられるのではないか。

京大ケルンの同志野口俊夫が入営する際、野口が「兵士に対し左翼的啓蒙の役割を分担すべき旨の決意」を告げると、布施は彼を激励したとされる（「特高月報」昭和十八年八月分）。木谷を助けながらもつぎは自分が検挙されるかもしれないと感じる曾田の強迫観念は、野間が「僕の順番が来るかも知れないと恐れながら、彼の差し入れを最後まではたすことができた」という、布施に対する救援活動の体験に重なるところがあったと考えられる（「布施杜生のこと」）。戦後になって表現の自由が確保されるようになると、野間は、反戦・反軍思想を強く意識しながら「真空地帯」を創作し、地域人民闘争で連帯していた人びとの間に、さらに一般読者とも広く分かち合える作品として完成させたのである。

＊　＊　＊

たとえ「自分が正しく潔白に生きる」努力を試みても「一人だけの正しさは、何になろうか」（「孤立の抵抗」）――実際、一兵士としての野間にはその可能性が残されていなかったように、戦時下抵抗の有効な方法を作品のなかに具体的に描き出すことはできなかった。しかし軍隊組織の真相を暴露するというストーリーを巧みに構成し、読者に強い衝撃を与える作品を発表することによって、朝鮮戦争の勃発をきっかけに、民主化と非軍事化に逆行する勢力が台頭していた戦後社会に警鐘を鳴らしたのである。

他方、木谷を実力行使に駆り立てるきっかけの一つになったのは、花枝の声であった。輸送船に乗った木谷の胸裏には、花枝の面影が浮かぶ。「ああ、木谷には自分を可愛がってくれたものは、彼が生れてから今日までの間にただこの花枝だけだという思い出がある！」と、作者の視点からの描写がある。岡山県北部の農村に生まれた花枝は、大阪からきた周旋屋の男に売られて「女郎」になったとされる。恵まれない境遇で育った者同士に通う共感、これが作品の結末で示された木谷の心境であった。兵士と売春婦、兵士と慰安婦という関係は、ある意味で通俗的な戦争小説のモチーフである。軍隊組織の内側を鋭くえぐり出しながらも、「真空地帯」が、このように陳腐な情緒で結末を迎えてしまうのは、いかにも物足りない気にさせられる。杉浦明平は「真空よりの脱出ははじめから失敗せざるをえない運命が与えられていた」という。そして「この主人公は、「暗い絵」の延長線上に、設定されたもので、組織的抵抗をもちえなかった戦時下日本の現実を踏まえていることはたしかだが、一つの未解決の問題を含んでいるとはいえよう」とする[19]。軍隊組織に対抗するためには軍の内外で抵抗組織を結成する必要がある。しかしそれを可能とするには、兵士個人はあまりに弱く、戦前の日本社会は一五年戦争のなかで市民的自由が奪われてしまっていたのである。革命の歴史を持つ諸国では軍隊のなかの蜂起、あるいは反乱軍の決起などがみられるが、木谷のような散発的な暴力ではなく市民の広範囲に及ぶ兵役拒否、あるいは総同盟罷業が求められるであろう。

7　私的制裁と軍法の起源

太平洋戦争末期、陸軍内で横行している私的制裁を禁じる通牒が木村兵太郎陸軍次官の名前で発出されている。「陸機第三七七六号」（一九四一年一二月七日）は「私的制裁カ軍隊ノ団結ヲ破壊シ対上官犯或ハ逃亡離隊等ノ重ナル動機ヲ醸成シ又軍民離間ノ素因トナルコトニ関シテハ敢ヘテ贅言ヲ要セサル所ナルモ近時特殊編成部隊ノ増加ニ伴ヒ私的制裁激化ノ傾向ヲ看ルハ寔ニ遺憾ニ堪ヘサル所ナリ」という[20]。

帝国陸軍には、兵の階級よりも入隊年次が優先し、軍紀では固く禁じられている私的制裁が黙認されていた。スラヴォイ・ジジェクは「コードレッド」、すなわち部隊の倫理基準を破った兵士への暴力は、軍法を逸脱していても見逃されるという軍隊組織内の不文律に関して、「このような掟は、共同体の明文化された法に背いている一方で、共同体の精神を純粋な形で表象し、個々人に対して強い圧力をかけ、集団への同一化を迫る」という[21]。あらゆる軍隊組織に共通してみられる私的制裁は、成文法に違反するために公的には存在しないとされるにもかかわらず、組織への帰属意識を否応なしに強制するものであった。ジジェクはさらに、一連の禁止にもとづく集団的行動様式が《法》と呼ばれるものであるが、《法》の規範化以前に、そもそも《法》を《法》として立ち上げるために行使された始原の暴力が隠蔽されているとする。

法の「端緒」には、何らかの「法破り」が、暴力という何らかの実在界Realがあり、これが法の支配を確立する現動《ママ》そのものと合致しているというのだ。（中略）法が自らを支えているこの非合法の暴力は、何としても隠されなければならない。この隠蔽こそ、法が機能する積極的な条件だからである。(22)

（ジジェク『為すところを知らざればなり』）

法の権威は正義から生じるのではなく、法の起源には無法の暴力があるという逆説。兵士を統制する軍紀という《象徴的なもの》を成立させているのは、暴力という《現実的なもの》であって、通常それは隠蔽されて不可視のものとされているのである。木谷の「監獄がえりのバッチ」は、軍紀の起源にある暴力という《現実的なもの》をかいまみさせると同時に、軍という暴力組織の中心部には、軍法の効力が及ばない《真空地帯》が存在していることを証明したのである。

「真空地帯」の小説構成において特徴的なのは、章ごとに木谷と曾田の視点が交互に入れ替わっていることである。二年三カ月の刑期を繰り上げ、二年二カ月で仮釈放された木谷が原隊復帰してから、歩兵砲中隊の第一班内で発生する事件を複眼的にとらえて語られている。「極悪な兵隊の例」とされた木谷と、大学出身者で中隊人事係助手を務める曾田との間には「打破ることのできない障壁」があるとされているが、両者は決して対立する人物ではなく、むしろ実は心理的な転移関係にあったのではないか。

木谷が原隊復帰して中隊事務室で曾田を目撃してから、木谷は自分の過去を曾田がすべて知っていると誤解している。事実、曾田は日報や雑報綴、炊事の給与伝票、犯罪情報の綴などの諸記録を渉猟することによって木谷の過去を知ることになる。「曾田はん、あんた、このわしのことをきいて知ってはるやろな」という木谷の言葉は、曾田が木谷の過去をすでに知っている他者――《知を想定された主体》――であることを伝えている。「眼の前にいる木谷の実在物よりも、このときには過去の木谷に心を奪われていた」という曾田は、いわば精神分析における《分析家》の立場にある。

その一方、曾田はひそかに木谷に自分の欲望を引き受けさせている。曾田にとって、地野上等兵は彼が初年兵のとき班の整頓を担当し、しばしば彼を「しばき上げた」。入営する前、左官の手伝い業に徒弟として入っていた地野は「徒弟制度と軍隊制度が生んだ一つの典型的な人間」とされ、曾田は彼に憎悪を抱いている。「監獄がえりのバッチ」を喰らわせた「先刻の地野上等兵との事件で木谷と曾田の間には深いつながりができたようだ」と感じられ、曾田は「いつしか、自分が木谷のなかへ深くはいって行っていることに気づいた」のである。

「やるなら、やりやあがれ」という曾田の内心の声は、彼が大学卒業後、経済学と歴史学――マルクス経済学と唯物史観が暗示されている――を学ぶ中学校教員として革命思想に感化されていたことも大きな影響を及ぼしている。曾田は、木谷に陸軍刑務所のことを尋ねるのだが、まるで彼が「自分自身に問うているような形の問」からはじまるのである。社会主義思想に染まって反軍思想を持つ曾田は自分もまた、木谷と同じように陸軍刑務所に勾留されるのではないか、と恐れていたからである。曾田が転属命令のいきさつを伝えなければ、木谷のその後の行動が起こり得なかったことを考えると、ここで曾田は自分の欲望を木谷に引き受けさせたといえる。

曾田は軍隊組織を《真空地帯》——「兵営ハ条文ト柵ニトリマカレタ一丁四方ノ空間ニシテ、強力ナ圧力ニヨリツクラレタ抽象的社会デアル。人間ハコノナカニアッテ人間ノ要素ヲ取リ去ラレテ兵隊ニナル」——と表現した。そして「このような人工的な抽象的な社会を破壊するにはどういう方法があるかと考えて行ったとき、彼の頭にはっきり浮び上ってくるのはやはり木谷一等兵であった」。このような曾田の感情的高まりが木谷との心理的結びつきを深めることになったのである。

結局のところ、曾田は木谷から殴られる。本来なら、これをきっかけに転移が解消するはずであった。《分析主体》が《分析家》を《知を想定された主体》とみなすことを止め、自分の無意識について、自分以上に分析家が詳しく知っていると考えるのを止めるとき、精神分析が終わりを迎えるように、曾田が木谷にとっての《知を想定された主体》であることが終わるはずであった。曾田は「あの木谷の打った拳骨の打撃が自分の体をとらえているものをこなごなに打ちくだくのを感じた」という。粉々に打ち砕かれた後、曾田の意識に残ったのは、木谷に対する恐れであった。その恐れとは、木谷の犯行内容ではなく、木谷が刑務所に服役した事実からもたらされるものであった。依然として曾田は木谷に自己の欲望——「木谷の手は真空地帯をうちこわす」——を引き受けさせつづけたのである。曾田の前に「木谷があらわれて以来、彼の軍隊に対する考えは次第にはっきりした一定の形をとりはじめてきた」のであった。

地野を打ちすえるような激しい暴力性を内在させた木谷のイメージは、地野を打ちすえたいという曾田の欲望によってつくりあげられた幻想ではなかったのか。曾田は、木谷が「監獄がえり」であるのを知った後で、木谷には「監獄がえり」にふさわしい暴力的な性向が生来備わっているにちがいないと確信するようになっていったのである。軍法会議の裁判長井上中佐は、木谷の犯罪の原因を「単純に被告の出生にみようとする」のだとされたが、実は曾田も同じで、冤罪であったにもかかわらず刑務所での服役を余儀なくされた木谷の経歴から、曾田は遡及的に木谷の暴力的な素質を考え出したのである。だがこの作品には、曾田の幻想に反するような木谷の性格、たとえば字が下手な方ではない、上官の覚えがよく順調に上等兵に進級したこと――野間も一九四三年三月一〇日陸軍兵精勤章を付与され、四四年四月一〇日上等兵に進級している――なども描かれている。曾田がつくりあげた木谷の幻想は、この作品におけるドラマの動力源になっていたのである。

木谷が再び林中尉のもとへ行き、拳骨で滅多打ちにした。自分をおとしいれた首謀者は中堀中尉と金子軍曹であったことが分かったにもかかわらず、林への恨みは消えなかったのである。林は膝をつきながら「貴様。どういうわけでこの俺が、貴様にわざわざ、あんな話をしたと思うのや……、いまも、俺は金子のところへこれから行って、貴様のためにはなしてやる、つもりでいたのに。そのこの俺に、貴様……」といった。軍法会議の顛末とその黒幕を知っていた林もまた、木谷にとって《知を想定された主体》であった。そもそも木谷の窃盗事件の発端は、木谷の事件を利用して経

郵便はがき

料金受取人払郵便

牛込局承認

5362

差出有効期間
令和6年12月
4日まで

162-8790

東京都新宿区
早稲田鶴巻町五二三番地

(受取人)

株式会社 藤原書店 行

ご購入ありがとうございました。このカードは小社の今後の刊行計画および新刊等のご案内の資料といたします。ご記入のうえ、ご投函ください。

お名前	年齢

ご住所 〒

TEL　　E-mail

ご職業（または学校・学年、できるだけくわしくお書き下さい）

所属グループ・団体名　　連絡先

本書をお買い求めの書店

市区郡町　　書店

■新刊案内のご希望　□ある　□ない
■図書目録のご希望　□ある　□ない
■小社主催の催し物案内のご希望　□ある　□ない

読者カード

本書のご感想および今後の出版へのご意見・ご希望など、お書きください。
小社PR誌『機』「読者の声」欄及びホームページに掲載させて戴く場合もございます。)

本書をお求めの動機。広告・書評には新聞・雑誌名もお書き添えください。
店頭でみて　□広告　□書評・紹介記事　□その他
小社の案内で　(　)　(　)　(　)

ご購読の新聞・雑誌名

小社の出版案内を送って欲しい友人・知人のお名前・ご住所

ご住所 〒

購入申込書(小社刊行物のご注文にご利用ください。その際書店名を必ずご記入ください。)

冊	書名　冊
冊	書名　冊

指定書店名　住所

都道府県　市区郡町

理室の不正を暴こうとした林の欲望にあったのである。

曾田が殴られたように、林もまた殴られる。だが、自分の知らないところで自分をまもるために動こうとしていたという林のこの言葉は、自分が知りえないできごとが軍組織内に存在したことを木谷に気づかせることになった。それをきっかけにして、再び木谷は曾田からの欲望の転移を受け入れはじめるのであった。

最後の第七章は木谷の視点から描かれ、輸送船に乗った木谷の姿でこの小説が終わる。曾田が木谷に真相を明かしたことは隠されたまま、すなわち曾田が検挙されることはなかった。まさに曾田の思惑通りに事が運んだのである。おそらく曾田は内地で戦後まで生き残り、木谷の目撃者として木谷の事件を語りつぐであろう。

第7章　「地の翼」論——一九五〇年代の政治と文学

1　「一条の光線」

野間宏の「一条の光線——荒正人氏に」（「文學界」第九巻第三号、一九五五年三月）は、「あなたの文章を読んで、ほんとうに力を得ました」という呼びかけの言葉からはじまる。野間によれば、自分が「十分生ききっていないと感じていた」のは、「自分が日本に於いて小説の構造を根底から変える力をもっているかどうかを吟味しなければならない時期」にきていたからであるとともに、「しばらくの間、自分の能力に疑問をもたされていた」からでもあったという(1)。

荒が放った「一条の光線」とは、何であったのか。一九五四年三月、ビキニ環礁での米軍の水爆実験によって第五福竜丸が多量の放射性降下物を浴び、その半年後に無線長の久保山愛吉が死亡した。野間は「人類意識の発生」（「文藝」第一一巻第一四号、一九五四年一二月）と「人類の立場」（「世界」第一二〇号、一九五五年一月）のなかで、原水爆による人類滅亡の危機に瀕して「人類意識」が芽生えたと論じた。

野間によれば、「原子力をおどかしと脅迫」に使ったアメリカの指導者とは違って、「階級対立のない人類の立場が現実に確立されている」ソビエトでは、原子力発電所が建設された。野間の標榜する「人類の立場」とは、「原水爆を禁止し、原子力を平和的に利用することによって、人類の無限の発展をひらく」ものであった。今となっては、ソビエトを過度に理想化した発言が誤りであったことは明白であるが、この発言が五六年二月のフルシチョフソ連共産党中央委員会第一書記によるスターリン批判の前になされていたことを考慮しておく必要があるだろう。

野間と同じように原子力エネルギーの平和利用に期待していた荒は、「野間宏と人類意識」(「文學界」第九巻第二号、一九五五年二月)のなかで、「アベルを殺したカインは宥されるのであろうか」と述べた。原子力の兵器化が認められないのは、それが大量殺戮を招くからではなく、そもそも殺人は許されないからであった。荒によれば、昭和一〇年代には戦意高揚のために、敗戦後は戦争を否定するために、戦争文学が数多く描かれてきた。しかし「それはただ肯定の軸が否定の軸に変わったというだけにすぎず、人類の悪の深部に探針を下してはいない」という。

人類最初の殺人といえる、カインがアベルを殺した動機が嫉妬であったことから、荒は「人が人を殺す、嫉妬の情にかられて兄が弟を殺す、という罪は、原罪以上の原罪ではあるまいか」と問い、その始原に嫉妬ゆえに殺人を犯した人類は「永遠の宿命」を背負っているのだと指摘した。このような示唆を荒から受けて、野間は作品のなかに「ひとをてらしだす光」を生み出す方法を模索していたのであった。

この約一年後に、荒の「〝政治と文学〟に新しい光を／現代の人間の暗い怒りに応えるもの」(「日本読書新聞」第八五〇号、一九五六年五月二八日)が発表されると、野間は、荒の提唱するこの「光」こそ、日本共産党の一九五〇年の分裂に端を発した「人民文学」と「新日本文学」の抗争を、真の和解に導くものだと考えるようになっていった。

いわゆる五〇年問題とは、GHQの民主化占領政策の下では合法政党とされた日本共産党が、一九五〇年一月にソビエト共産党から平和主義革命路線を批判され、その批判を受け入れない人びとと、批判を受け入れる人びとに分裂した事態を指す（この分裂の経緯については、つぎの第8章「地域人民闘争――雑誌「人民文学」と一九五〇年代」で詳説する）。六月にはGHQによって党幹部の公職追放がおこなわれると、主流派が中央委員会を事実上解体させ、臨時中央指導部を組織する。この結果幹部の大半は地下に潜ることになる。このような党の分裂にともなって一九五〇年一一月に文学団体も動揺を生じ、主流派に属する野間や安部公房、徳永直、杉浦明平たちが新日本文学会から距離をおいて、雑誌「人民文学」を創刊した。彼らは宮本百合子が急逝すると、彼女の文学は小市民的な作品であると決めつけ、彼女に〝階級的裏切り者〟〝帝国主義の手先〟というレッテルを貼り付けた。悪罵雑言が飛び交った文学団体の間の抗争について、荒はつぎのように論じた。

最も近いものが、最も鋭い形で争い、その結果、最も遠く距たらなければならぬという事情は、一体どこにその真の原因を求めたらよいのであろうか。これは、論争の方法の改良といったことだけでは解決がつくまい。政治と文学を一元的に統一しても、二元的に分離しても、それで改善されるようには思えぬ。もっと新しい光を呼びださなくてはならぬ。

（「〝政治と文学〟に新しい光を」）

「もっと新しい光を」という荒の提案に応えようとして、野間はつぎのように自己省察した。

しかし六全協によって明らかにされてきた革命運動のさまざまな姿は、それまでの私の十分おしはかることの出来なかったものであり、人類の立場にたつべき革命運動がどのようにあやまりをおかすものであるか、そしてそのあやまりのなかにかこまれてすすんでいた自分がどのようにまたあやまるものかを明るみにだしたのである。

（「荒正人の問いの前に立って――人類の立場」、「群像」第一一巻第七号、一九五六年七月）

さらに〝コミンフォルムの無謬神話〟を否定したうえで、フルシチョフによるスターリン批判にも言及する。野間は「私とその前進するものとの間には、なおスターリンがおり、日本の革命運動の問題がある」とし、「私はやはりスターリンのあやまりをおかさないように、また私のあやまりをくりかえさないようにしなければならない」とする。野間によれば、それらの問題を解き明かすために「地の翼」の執筆に全力を尽くしているというのだが、「この作品は私が六全協以前に計画し、書きはじめたものであって、私はなお日本の革命運動のなかへ深くはいりきることができない部分がでてくるかも知れないと考えている」という。ここで野間が「深くはいりきることができない部分」ととらえているものは何か。野間の作品にしばしばみられる、労働者に対するコンプレックスと呼ばれるものなのか、あるいはこの当時党員であった野間が党を批判することの限界なのだろうか。

「地の翼」は、六全協の二カ月後に当たる一九五五年九月から五七年三月まで雑誌「文藝」に一九回連載され、「地の翼」第一部として単行本化された（一九五六年一二月、河出書房）。続編として「よいどれの時」（「綜合」第一巻第六号、五七年一〇月）、「疑惑」（「新日本文学」第一三巻第一号、五八年一月）が書き継がれるが、執筆が途絶えてしまう。「地の翼」のなかで野間は「新しい光」――「新しい人類の意識」――をどのように描き出したのか。他方、「深くはいりきることができない部分」とは何であったのか、「地の翼」を分析しながらそれらを検討してみたい。

2 《モラルの運動》

「地の翼」の時間設定は、「昨日ルース台風のはこんできた異常な空気」や「十六日の国会」という表現から一九五一年一〇月一六日頃と推定される。同月一〇日に第一二回臨時国会が召集されており、二六日に衆議院本会議でサンフランシスコ講和条約と日米安全保障条約が承認された。この作品には、国会情報を共有しながらサンフランシスコ講和条約反対闘争を展開する党員たちの姿が描かれている。

徳田球一や野坂参三たちの臨時中央指導部は、一九五〇年一〇月一六、一七日、スターリンの作成した「日本共産党の当面の要求――新しい綱領」を国内で確認するために第五回全国協議会（五全協）を召集したが、このとき党中央の解体に反対して統一を求める宮本顕治や志賀義雄たちを〝スパイ分派〟と決めつけて排除していた。アメリカ帝国主義による対日占領政策の糾弾と武装闘争の方針とを採択し、〝中核自衛隊〟と称する「人民自衛組織」や山村根拠地の建設を中心任務とした「山村工作隊」を組織したのである。

「地の翼」の主人公である崎山晴友と月村久二が属しているK56細胞には、地下に潜っている党員福井の保護と非合法出版物「球根栽培法」の配布が指示される。だが党員の身辺は治安当局――「特審（法務庁特別審査局）」――による監視が強化され、文書配布ルートへの攻撃に加えて、反税闘争を進めている民商関係へも、アメリカ軍の影をちらつかせながら警察や税務署が一体となった介入がおこなわれた。当時は、戦争協力者の公職追放が次々に解除され、その数が一二万二六一名に上るなど、朝鮮戦争勃発以来、〝逆コース〟が本格化していた時期であった。

戦後党員になった崎山は、教職をレッドパージによって失い、臨時校正の仕事で糊口をしのいでいた。戦時中、内地で同じ部隊に所属していた後藤の家に福井をかくまってもらうのだが、その途端、崎山を監視していた三人の男たちの姿が消える。「地の翼」は、「崎山を取り囲んでいたものたちの姿は、或る日突然見えなくなった。彼等は急にその見張りの輪を解いて何処かへ姿を消したのだ」というサスペンスさながらの表現ではじまる。地下活動とスパイの疑惑――あたかも推理小説を思わせる展開であるが、同じようなモチーフを描いた小林多喜二「党生活者」（一九三三年）の「どうもおかしいんだ……」、「上田がヒゲと切れたんだ……！」という冒頭近くの言葉を連想させる。

朝鮮戦争が勃発した一九五〇年代と日中戦争下の一九三〇年代の間には、非合法の政治活動をはじめ文学団体が指導するサークル創作活動に至るまで、共通する点が多々みられる。五〇年代の政治状況を背景とした文化現象の研究として、鳥羽耕史『1950年代――「記録」の時代』(二〇一〇年一二月、河出ブックス)や道場親信『下丸子文化集団とその時代――一九五〇年代サークル文化運動の光芒』(二〇一六年一〇月、みすず書房)、宇野田尚哉・川口隆行他『「サークルの時代」を読む――戦後文化運動研究への招待』(同年一二月、影書房)、佐藤泉『一九五〇年代、批評の政治学』(一八年三月、中公叢書)などの優れた研究書が刊行されている。

一九五五年から翌年にかけて花田清輝は、荒や大井広介、山室静、埴谷雄高たちとの間でモラリスト論争を繰り広げた。この論争の発端となった座談会「今後十年を語る」(「近代文学」第一〇巻第一一号、一九五五年一一月)のなかで、荒は、原子力エネルギーの平和的使用によって生産力が増大することで、《帝国主義戦争を内乱へ》というマルクス主義のテーゼが修正を余儀なくされるとした。山室もまた、労働力が機械に置き換わる時代には、階級闘争を説くマルクス主義よりも、平和的に社会を改革するフェビアン社会主義の方が現実の社会発展を正しくとらえられるとした。彼らによれば、今後の社会主義運動は《モラルの運動》として展開されるべきで、日本共産党は《モラルの運動の主体》になるべきだとする。それに対して花田は、「プロレタリアートの自然発生的=本能的な欲求」を尊重しストライキを激発させることによって議会主義を打破すべきだと主張したのであった。(2)

「人類の新しいエネルギーの発見」を「「宗教改革」に似た変化」になぞらえる荒からみれば、花田の考え方は「「十字軍」時代の考え方のように古色蒼然」としているように感じられたのであったが、[3]逆に、一〇年を一つの単位として論じる必要があるとし、三〇年代との比較をふまえながら五〇年代を語ろうとした花田からみれば、荒や山室の発言は「戦前の十年の——一九三〇年前後の知識人のそれに、不思議なほど似ていた」[4]。花田によれば、三〇年前後も「たとえばテクノクラシーなどというものが非常に流行って、それがなにか解決していく万能のあれみたいなふうにうけとられた」。三〇年代にアメリカのフォーディズムの科学的経営手法がもてはやされたように、原子力エネルギーやサイバネティクス（人口頭脳学）の可能性が過度に吹聴されているというのである。ちなみにプロレタリア文学の代表作である小林多喜二の「工場細胞」（一九三〇年）は、工場長が製罐工場で働く労働者たちに「科学的管理法《サエンテフィック・マネージメント》」や「テイラー・システム」を学ばせることによって、プロレタリアートとしての階級意識に目覚めないように洗脳していた状況を描いていた。

3 「非合法活動に従っている人間」と「公然と動いている人間」

一九三〇年代を彷彿とさせる五〇年代の党活動に触れた「地の翼」で、崎山は、一九四三年夏から冬にかけて「関西の××刑務所の未決拘置監」に収容された過去を想起する——野間宏自身も同年七月、治安維持法違反の容疑で検挙され、大阪の石切にあった陸軍刑務所に勾留されていた。崎山は党分裂によって、「彼の属していた地区委員会の半数」と訣別せざるを得なかっただけではなく、「戦争中ともに留置場拘置監生活をしていた友」とも別れなければならなくなった。
元教員の崎山は、労働者出身で細胞の責任者の月村との間で違和感を抱いていた。月村は、造船所のパージ反対闘争に参加して職場を追われ、今は謄写版原紙に鉄筆で書き入れる〝書き屋〟として生計を立てていた。

月村と崎山とは同じ細胞K56に所属する党員だったが、崎山はよくこの労働者出身の月村の前で心を硬くこごらされなければならなかった。それはこの月村が労働者出身だということからおこることかもしれなかった。労働者出身のものに対する先入観がそうさせるということが言えた。しかし彼はなおこの逆の関係が二人の間にあるかもしれないということ――つまり労働者出身の月村が、崎山に対して同じように劣等感と同時に、反撥をいだくということに考え及ぶことができなかった。

野間の主要な作品において、知識人と労働者が連帯する人民戦線運動が大きなテーマとされている。だが、崎山は「この街にすむ人々から自分がはなれているという感じ」を抱き、いかに労働者の生活を調べようともその生活を正しくとらえることができないのは「彼の経済学が生きた人間の内容を欠いていたからだった」とされている。崎山が地区委員会に生活調査を進めようとしたとき、

「彼の内にあった同じ問題」が「再び同じ形をして繰り返し生まれてくることになる」のであった。月村からみれば、崎山は「教員ふうの議長」でしかなく、闘争を指導する能力のない人間であった。「地の翼」では、知識人と労働者の間にみられた違和感とともに、党が分裂した影響を受けて「非合法活動に従っている人間」と「公然と動いている人間」との間で疎遠な感情が生まれていることが描かれている。

崎山は、党の上級機関に属している福井と接するたびに緊張する。福井の初対面の印象は「たたかいの深い経験をもったもののなかにある重み」を感じさせるものであったが、それから「十日ばかりたったいま」では、それが誤りであったと考えないわけにはいかなかった。彼の「おちついたものごし」は、「彼が自分で採用した事務的な態度」にすぎず、「その彼の事務的な態度は主として合法的な活動に従っているものに対して向けられるもの」であったからである。

福井もまた非合法活動をしている多くの党員と同じように、合法活動をつづけているものを心の底では軽視しているといえた。（中略）例えばそれは福井が帰ろうとする崎山を部屋の外へおくりだすとき、かなり露骨に外にあらわれた。福井は部屋のなかにつったったまま、「ああ、ごくろうさん」と言って、見下ろすようにして頭を一寸さげるが、彼のその姿勢のなかには、はっきりと彼の心が動いていた。「どうか気をつけて下さい。」崎山は言ってかえって行ったが、彼は福井に期待したものがみたされない心をもって歩いて行かなければならなかった。

党が「半非合法の状態」におかれてからは、崎山がかつて地区委員会に所属していたからといって特別に敬意が払われるということはなくなっていた。党分裂によって党員たちの間に深刻な亀裂が拡がっていたのである。

4 《党のため、従って革命のため》

崎山たちが「正法寺の本堂脇にある小さな御堂の貸部屋の一つ」で細胞会議を開く。非合法出版物の配布とサンフランシスコ講和条約反対闘争の二つを同時に抱えるのは難しいと話していると、配布の仕事が延期になったと伝えられる。この地区にも「特審」の影がしのび寄っていることを察した崎山の脳裏に、「比馬《ひめ》」という名前の「戦争中彼を取り調べた特高課所属の男」の姿が浮かんだ。このとき崎山は、治安当局によって検挙されたときに負った心的外傷の記憶が回帰し、強烈な不安に襲われたのであった。崎山の眼からみれば、上部機関の指示待ちの状態になった細胞は、つぎのようにみえた。

> もしも細胞が全然他の活動をやめて待機の状態のままですごすとすれば、それこそまたひとの眼をひくことになる。なぜといって細胞とはもともと闘争の単位であって、いかなるときに

も活動をやめることのない組織なのだから。

「闘争の単位」、すなわち「いかなるときにも活動をやめることのない組織」であるという細胞の特徴は、「真空地帯」で描き出された内務班という、陸軍兵営における生活単位を想起させる。野間宏の代表作となったこの小説では、野戦で編成される戦闘部隊ではなく、内地勤務における内務班の日常が描かれ、軍隊組織に内在する暴力性――《真空地帯》――が明らかにされたのであった。

吉本隆明「戦後文学は何処へ行ったか」(「群像」第一二巻第八号、一九五七年八月)は、戦後派作家たちが「転向者または戦争傍観者」であったと看破した。吉本によれば、「地の翼」は「「上官ノ命令ハ朕ノ命令」のかわりに、民主的集権を鉄則として社会から観念の柵で隔離された革命組織内の真空地帯をまったく「真空地帯」とおなじ通俗的な外面描写によって、おもしろおかしくかいてみせた作品」である。「探偵的な興味で女スパイ党員を追いまわしたり、警察網を探ったりする」ところに作品のテーマがおかれているが、「六全協以降の共産党の方向転換に金しばりされて政治モチーフを失っている」という。吉本は、「「真空地帯」と「地の翼」との表裏一体性こそは、戦後作家が、戦争体験を内部に検証することを怠った盲点をしめす、まことに好個のエクザンプルに外ならない」と痛罵したのである(5)。

だが、野間はこの作品で「革命運動のあやまり」に「新しい光」を投じようとしていた。「地の翼」では、指導部会議に所属している飯田が細胞会議で「こんどの綱領はほんとにいいな……。それはほんとだものな」と発言する。しかしその内容とは明らかに矛盾して、「こんどの綱領によって運動をひろげようとしてるって言っていて、じっさいは、どうしたって、ひろげようとしてるとは思えないがな。……むしろ反対に行ってるがな……。まあ、そりゃあ、そう簡単に行きゃしないとは思うがね」と続ける。飯田が言及した綱領とは、おそらく「地の翼」の作中時間と重なる時期に決定された「軍事方針」に関するものであったと推定できる。

「軍事方針」に即した活動が細胞の重要なミッションであるとするならば、細胞には軍組織と近い任務が担わされていたといえる。福井をかくまってくれている後藤の不安を和らげようとして、崎山が「全く事実にないこと」をいうのだが、それは《党のため、従って革命のため》という理由からであった。この場面では、やにわに作者の視点から「崎山も党員だから、当然自分の方が相手の人間自身よりも相手を客観的に理解することができるときめこんでいるからだといえるかも知れなかった」と説明されている。このような党員の優越感は、荒正人や平野謙たち「近代文学」同人が非難したような《政治への機械的な従属》の危険を孕んだものであったといえるのではないか。

5 《愛情の問題》

さきに紹介したモラリスト論争において、花田の論敵であった大井広介は「文学者の革命実行力」（「美術批評」第五〇号、一九五六年二月）のなかで、つぎのように論じている。

崎山の党員としての誠実さと献身を読者は疑いはしない。しかし「球根保存法」などを配布したのが、すなわち極左冒険主義であり、いそがしいという福井が、何をしているかといえば、そういう誤った指導にたずさわっている。「党生活者」や「労働者源三」と、その点「地の翼」は性格が違う。主人公はまともにうけとっているが、読者には茶番にみえる。主流派に忠誠だったこの作者が、誤った指導方針が、あたら有為な崎山に、被害を与えるのを、どこまで辛辣につきこめるか、つきこんで主流派をつき抜けうるか。私は興味を抱いて、この長篇をきながく読みつづけよう。(6)

『労働者源三』(一九三三年、改造社)とは、プロレタリア作家・須井一(谷口善太郎)の小説のことである。大井は皮肉交じりに期待を表明するが、「地の翼」後篇が書き継がれなかったことをみれば、おそらく野間宏はこの「茶番」を続けることができなかったにちがいない。党分裂によって生じた党員間の疎隔は、野間の眼には明らかであったからである。日沼倫太郎によれば、この作品で野間は「党と、党活動をめぐる人間関係のどすぐろいデイスビユート」に目を向けはじめ、「人間の深部におりてゆく」ことができた。しかし「党と党をめぐる人びとたちの諸矛盾、光と影の部分」を描きつづけることができただろうか。日沼は、野間が党員作家であるがゆえに「ごまかしなしに組織と人間の不正をあばくときに、党員であることと芸術家であることとの自己矛盾をかんじないか」として野間の限界を指摘したのである。[7] これは野間自身が「深くはいりきることができない部分がでてくるかも知れない」と考えていた内容と重なるだろう。だが、作品にはもう一つ別の限界があったのではないか。それはかつての労働運動とプロレタリア文学に孕まれていたジェンダー不平等の問題である。

「地の翼」構成上の大きな特徴は、月村と隆子、崎山と雪村あやめの男女の対照的な組み合わせであるといえる。月村は、製本屋に勤める隆子のなかに「烈しいもの」を感じ、彼女の「迫力」を前にして緊張する。その理由は「彼女のとりだす理論がいつも男たちよりも一貫しているために、会議の際に男たちは自分の発言の前に、まず彼女にいかに批判されるかを考えなければならないような状態」におちいるからなのか、あるいは「彼女のいかなるときにもあわてることのない冷たい眼が、男たちの利己心にみちた心のなかをするどく見ぬきつづけているかのように思える」からなのか、いずれにせよ「何か彼の手では解くことの出来ない、不可解なもの」が彼女の内側に存在していると感じていたのであった。

他方、「区民週報」の編集者であったあやめは崎山たちからスパイ――「緋文字（姦通）」――と疑われている。地下に潜っている幹部の妹だという噂のある彼女には離婚した過去があって、彼女の身持ちの悪さから地区委員会のみならず都委員会でも活動に乱れが生じていたとされる。崎山も彼女から「何かいやな、恥ずべき肉の臭気が辺りにするかのような」雰囲気を感じとっていた。彼女は、福井が潜伏している後藤の家をのぞいていたにもかかわらず、不審な男に尾行されていたという嘘をついたのである。これら男女の組み合わせは、蔵原惟人が「芸術的感想についての方法（前篇）」（「ナップ」第二巻第九号、一九三一年九月）のなかで『愛情の問題』そのものがプロレタリア文学の中心的主題になることはないのである」ときっぱりと否定した《愛情の問題》というテーマにつながることになるだろう。ここでも三〇年代の文学への回帰がうかがえるのだが、運動の綻びの原因を女性に帰するというのは、いかにも通俗に堕しているだけではなく、平野謙・荒正人と中野重治との間でおこなわれた政治と文学論争（一九四六年）を想起させるような、ジェンダー不平等という死角を抱えた一部のプロレタリア文学の再生産になる危険が存していたといえよう。

6 蔵原惟人との国民文学論争

一九五二年に国民文学論争が活発化した。その前年九月、共産主義国家を除いた片面講和条約として、サンフランシスコ講和条約が調印された。日本は（不完全ながらも）主権を回復し、西側陣営の一員として国際社会に復帰したが、国境線の画定や沖縄・奄美・小笠原の帰属などの問題が未解決のまま残された。さらに、講和条約と同時に締結された日米安全保障条約によって米軍の駐留継続が認められ、日本政府における対米従属の姿勢が一層鮮明に示されることになった。

日本社会の独立と平和が依然として危機にあるなかで、中国文学者の竹内好は、政治に従属する文学の立場を否定し「一切の御用文学は拒否しなければならぬ」としながらも、「もしいまの場合、日本民族の滅亡がかけられているとしたら、それでも文学は局外中立を保てるだろうか。いかに純粋な文学でも民族とともに生き、ともに滅びる」のだと訴えた（「亡国の歌――文学と倫理」、「世界」第六六号、一九五一年六月）。さらに竹内は、戦後民主主義を標榜する作家たちがとらわれている「近代主義」を「民族を思考の通路に含まぬ、あるいは排除する」思考とし、「マルクス主義者を含めての近代主義者たちは、血ぬられた民族主義をよけて通った。自分を被害者と規定し、ナショナリズムのウルトラ化を自己の責任外の出来事とした」と痛烈に批判した（「近代主義と民族の問題」、「文学」第一九巻第九号、一九五一年九月）。このような竹内によるきわめて挑発的な問題提起は、ポツダム宣言にもとづく公正な全面講和を一日も早く締結することによって、完全な主権の回復と占領軍の撤退を望んでいた人びとの関心を集めることになった。

ところで竹内によれば、封建制度もしくは植民地主義から個人が独立するプロセスには、かならず国民的連帯の意識が発生する。「文学の独立」は「文学の国民的解放」、すなわち「文壇というギルドによって代表されている日本社会の非近代性」を克服することを通じて達成されるというのである（「国民文学の問題点」、「改造」第三三巻第一一号、一九五二年八月）。

民主主義文学を称するグループの戦後の動きは、一貫して、文壇という基本構造の破壊、それによる文学の国民的解放を目ざすのでなくて、文壇におけるヘゲモニイの奪取、あるいは別の文壇勢力を作るという方向に限られていた。それが今日のような文学理論の貧困をもたらしたのである。

（同右）

ここで竹内が念頭においているのは文芸雑誌「近代文学」と「新日本文学」との論争であるが、竹内にとってみれば、どちらも近代主義を掲げている点では同じであった。「近代文学」は個人の解放を唱えるだけで国民的連帯の意識にまで発展しなかったし、「新日本文学」は「国民」の概念を導入していたものの、それは「スターリンの規定から演繹されたもの」――「日本の現実の分析から出発せずに、近代的な階級対立の図式を直輸入」したものにすぎなかったのである。

竹内をはじめ伊藤整、臼井吉見、折口信夫たちが加わった国民文学論争に、野間宏も独自の立場から「国民文学について」（『人民文学』第三巻第九号、一九五二年九月）を発表した。野間は、竹内の主張する《文学の自律性》に共感を示す一方、「竹内氏の考えている国民文学は、民族独立のためのひろいすべての領域にわたって系統的に展開されるいろいろな努力に相互責任をもとうとするものではない」と批判した。本来の《文学の自律性》は、政治・経済・文化といった文学以外の領域と切り離されたものではなく、同時代におけるすべての「思想改造運動を貫く自律性」、すなわち「新しい魂の創造運動としてもっている自律性」であると定義した。民主主義文学は「思想の改造そのものに責任をもたなければならない」とし、「文学理論及び文学作品そのものが革命運動の一つの中心の力である思想運動をつらぬきそれによって新しい革命の力を生みだすと考えなければならない」というのである。

さらに野間は「私たちが国民文学運動を日本の思想改造運動の一つとして考えようとするのは、日本文学をただ文壇文学から解放するだけではなく、日本人の認識感情のすべてを根底からかえることを考えるのである」と断言したのだが、竹内には、これはあまりに粗雑な論理にもとづく性急な主張であると思われた。竹内からみれば、野間は「民族の独立と国民的解放」をしっかりと結合させておらず、「民族の独立」だけを優先させて考えているために、「政治のプログラムをそのまま文学に適用したという印象」を抱かざるを得ない。野間があまりにもストレートに「私たちの文学が民族解放の綱領を文学の面で具体化し、それを文学の面でかちとることをめざしている」と結論づけたのは、文学を政治に従属させること以外の何物でもなかったのである。

文学の自律性についての、確信にみちた、ひびきの高いコトバとくらべると、まったく別人のようである。文学者としての野間氏は、このような没個性の文章が書ける人ではないが、それがこのような文章を書き、その矛盾を自覚していないことに、私は党員芸術家の悲劇を見る。

（「文学の自律性など」、「群像」第七巻第一一号、一九五二年一一月）

このように竹内は、野間の国民文学論が「日本共産党の綱領から借りたナマの知識」を使って書かれていると指摘した。「共産党の綱領」から借用した知識であるとされた部分、すなわち野間が「植民地従属国における革命方式と帝国主義国における革命方式のちがいを明らかにし、それによって植民地日本の革命を民族解放革命と規定しその上で日本民族を解放するためにしなければならないことを示した綱領」とあるところなど、コミンフォルムの干渉によって日本共産党が分裂していた影響がダイレクトにみられるのであった（徳田球一『日本共産党の新綱領の基礎』他）。

数多くの論客が参加した国民文学論争のなかで、最も的確な視点から国民文学論を唱えたのは、蔵原惟人であった。蔵原は「国民文学の問題によせて」（「世界」第九三号、一九五三年九月）を発表し、野間に向かって、「共産主義者もしくは前衛的な労働者、農民、インテリゲンチアにおける思想改造と、一般作家をふくむ国民全体の思想改造とを混同しているのではないか」と疑問を呈した。このとき野間は、小市民層とインテリゲンチャが日本近代文学の主な書き手であったことを否定的に論じ、野間が拠った「人民文学」でも、戦前のプロレタリア文学は小林多喜二その他一、二の例外を除いて、《小市民層のなかの左翼》によって書かれたものでしかなく、国民全体と結びついていなかったという、きわめて独断的な見解が目立つようになっていたのである。

たとえば、岩上順一「民族解放の文学のために」（「人民文学」第二巻第八号、一九五一年八月）によれば、文学運動は「プロレタリアートの指導性のもとに」推進されるべきで、「民族解放の文学運動の主力部隊を労働者農民のあいだから」つくり出さなければならない。労働者出身のプロレタリア作家には「真に革命的な実践と行動とをもつたプロレタリア」になることが必要とされる一方、農民や小市民やインテリ作家には、「もつと大事で困難な問題――自分のプチブル性や小所有者根情《ママ》やインテリ的具味を棄てさつて、自分をプロレタリアートの陳列下にある解放運動家としてきたえ上げる問題、執拗で地味な努力なしにはとうてい不可能とさえ見えるこの自己改造という仕事」があるのだとする。しかし、プロレタリア作家以外の作家に向かってこのような非難と叱咤を反復するのは、作家たちを便宜的に利用することとしか考えていない表れであった。

蔵原は野間や岩上たちの誤った主張に反駁し、国民文学は「それぞれの時代における国民全体の利益の上にたって、国民の多数者が当面している切実な問題を反映し、国民大衆とともにその解決の道を見出そうとする文学」であると定義した。この定義にもとづいて、民族の解放や国民の独立の意識をもった作家だけで国民文学が創られるのではなく、「あらゆる思想と意識をもち、さまざまな利害と問題をもっている国民とともに、そのような国民の意識と生活を反映する多くの作家とともに」創られるものであると提言したのである。

さらに蔵原は「国民文学論をめぐる二、三の問題」(『新日本文学』第九巻第一一号、一九五四年一一月)を執筆し、戦前のプロレタリア文学運動が民族主義的傾向を持たなかったのは、近代日本は革命前の中国のような「民族的主権を喪失して半植民地的な状態」ではなかったために、民族の問題が国民解放の問題としてではなく「帝国主義打倒のための人民の階級闘争」として現れた。それに対して、敗戦後の日本は「みずからの民族的主権を喪失」して「今なお外国帝国主義の直接間接の支配下」にあることから、階級闘争が「アメリカ帝国主義とその手先としての国内反動勢力にたいする国民諸階層の民族解放民主主義のための闘争」へと変化した。この変化によって民族の問題が戦後の進歩的な文学にとって最も重要なテーマになったのだという。蔵原によれば、日本の近代文学は民族主義を避けていたのではなく、日清・日露戦争以後の日本社会では〝民族〟よりも〝階級〟の不平等を解決することが喫緊の課題であったというのである。

また、蔵原の主張のなかで興味深いのは、過去のプロレタリア文学運動にあった問題点を蔵原自身が整理していることである。蔵原によれば、プロレタリア文学運動には、過去の日本文学の進歩的な伝統を受け継いで発展させられなかったこと、労働者や農民の階級的課題を国民全体の課題として文学作品のなかに結晶させられなかったこと、過去の伝統の上に立つ進歩的な作家たちとの結びつきがなかったために広範な日本文学そのものの革新運動として展開できなかったことなどの限界があった。それらを克服し、「国民の平和と自由と独立を確保するために、文学領域においてもまた国民のあらゆる階層を代表する作家たちの団結をもってたたかわなければならない」と提言するのであった。

この蔵原の言葉は、今日においても示唆に富む内容を含んでいるといえよう。民主主義的な文学運動は、現代日本の社会課題に対峙するために、過去の時代において革新的であった文学作品の進歩的部分を吸収しながら、より広範な作家の結集とより深い国民大衆との結合を目指さねばならないのである。

第8章 地域人民闘争——雑誌「人民文学」と一九五〇年代

1 「自己意識からの脱出」

「小ブルジョア的自由主義、個人主義」への偏向を問題視した〝近代主義批判〟（第六回党大会、一九四七年一二月）が野間宏の「肉体は濡れて」や「崩解感覚」に対しても向けられた。野間は、その批判に応えるべく「自己意識からの脱出」を自己の文学の課題に据えたうえで、「この解決の緒を最近の日本の人民闘争のなかに得ることが出来た。そして共産党の細胞以外にこの問題の解決点はない」と断言したのは、一九四八年一一月のことであった（「日本の最も深い場所」、「文藝春秋」第二七巻第七号、一九四九年七月）。野間によれば、「自己意識からの脱却」というテーマは、元々、反ファシズム運動を展開したアンドレ・ジッドが提出したものであるが、デモクラシーがファシズムを打倒し、社会主義社会の展望を拓いた第二次世界大戦後、このテーマは新しい形で再提出された。このなかで明確になった「如何にして行動から切り離された自己意識から脱して行動へ出て行くか」、「個人主義（ブルジョアジーがつくり上げたものとしての）を如何にして脱して行くか」、「人間の個体性を如何にして超えるか」という三つの問題の「解決の緒」を、地域人民闘争のなかに発見したのである。

地域人民闘争とは、マッカーサー連合国軍最高司令官の命令で中止させられた一九四七年の二・一ゼネストの後、日本共産党が編み出した戦術であった（第六回党大会）。ストライキは全国規模でなければマッカーサーの命令に抵触しない、地域ブロック単位で独自に闘争すればよいと判断して、地方自治体や地方警察をターゲットに党細胞（支部）が中心となった闘争を展開した。一例として中小商工業者による反税闘争があげられる。アメリカ帝国主義との闘争が不可能である以上、アメリカ帝国主義とブロックを組み、限定的ではあるが独自権力を持つ日本の反動政府に対して、広範な大衆を日常生活における闘争に動員しなければならないという方針が採られたのである。

野間にとって、党支部活動に関わって地域人民闘争に参加することは、〝近代主義批判〟克服のために「自己意識からの脱出」をなしとげる方法であった。文京区の製本屋街には南京虫が出るので、保健所にその駆除を依頼するという地域住民の生活上の課題解決を地方自治体に要求する運動に、野間は党文京地区委員として参加した。(1) それまで内向的な作品を創作していた野間が急旋回し、「作家が闘争のなかに参加して、そこで多くの人々の現実の生活を知り、その現実の変革をすすめる実践、闘争によって、深く人間、物事のいろいろな姿にふれる」ことを主張しはじめたのは、(2) 本多秋五からみれば「まさしく宗教的回心という外ない」理解不可能なものであった。(3) 日本共産党が分裂した後、主流派に連なる雑誌「人民文学」の作家グループに加わった野間は、後年になって「地区委員として地域人民闘争を支持したというので、後にきびしい批判をぼくは受けますが」と自戒を込めて回想している。(4) 主流派の東京都委員会は、国際派に属していた文京区地区委員会との対立を解くために、野間に仲介を依頼したこともあったとされる。(5) だが日本共産党は第六回全国協議会（一九五五年七月二七〜二九日）を経て、地域人民闘争はアメリカ占領軍との対決を回避し、大衆の日常的要求や日常闘争だけをおこなう〝右翼日和見主義〟でしかなかったと総括したのである。

当時、党文化人による活動は、徳田球一や西沢隆二（ぬやまひろし）による指導の下、地域人民闘争の戦術に結びつけられ、文化工作隊の活動と一体化することが要請されていた。青山敏夫「文化工作隊について」（「前衛」第三四号、一九四九年一月）によれば、「文化工作ということは、党の政策を文化的方法、手段で具体化すること」で、文化工作隊とは「この政策をおし進めるための一つの部隊」であるとされた。地域人民闘争は本質的には〝右翼日和見主義〟でありながら文化活動は政治に従属した〝極左的な〟戦術が採られるという矛盾が生じていたのである。

その後、コミンフォルムによる干渉によって日本共産党が分裂すると、地域人民闘争は徳田や西沢たち主流派の主要な戦術として位置づけられ、「文化の政治への従属」がより明確にされて、「地域人民闘争を発展させるという観点にたたぬ文化運動は、無意味である」と断定されるまでに至った（「文化闘争における当面の任務――全国文化工作者会議の報告と結語」、一九五一年四月）。主流派が武装闘争に路線転換し、小ブル的偏向を抱えた職業作家の《思想改造》が要請されるようになると、野間もそれに応じた作品を創作するようになる。混迷を極めたこの時代の文学団体の活動と野間の作家活動とを、以下に検討してみよう。

2　コミンフォルムからの批判

かつて花田清輝は、軽妙な寓話を使って文芸評論家を揶揄したことがある。推理小説の読者のなかには、最初に結末のページを開いて、誰が犯人であるのかをたしかめておいてから、おもむろに最初のページにとりかかるような「チャッカリした連中」がいる。実際、花田の周囲にいた「一部の進歩的な知識人たち」がそのような「推理小説の性急な読者たち」に似ているとし、「かれらの優越感をささえている知識」は「かれらがみずからの手で、一歩、一歩、ねばりづよく分析していったあとで獲得したものではなく、あべこべに、分析をサボったために、いちはやく手にいれることのできたものにすぎない」と批判した(6)。このような花田の言葉は、過去の歴史を論じる者には、つねに心に刻んでおかなければならない戒めである。しかし五〇年代の党および文化団体における分裂抗争を振り返る際、組織における意思決定の方法や結果に関して、同時代の関係者によって著された回想録のなかに不明瞭な点が多いのにもかかわらず、旧ソ連史料等で冷戦期の国際政治を検証した下斗米伸夫『日本冷戦史 1945-1956（増補改訂版）』（二〇二一年六月、講談社学術文庫）を参照すれば、それらの真相がある程度明確に解るようになる。

たとえば、日本国内でソ連派と中国派に分かれるという事態が生じたのは、下斗米によれば、東欧ではソ連共産党が一元的支配をおこなったのとは対照的に、東アジアでは「対米関係など戦略的問題をソ連共産党が担当し、アジアの共産党への指導、解放運動の舵とりを中国共産党に任せる」という「パワー・シェアリング」をスターリンが承認したことに起因する。(7) 一九五〇年二月に締結された中ソ同盟（中ソ友好同盟相互援助条約）は一九六〇年代はじめまで「日本共産党の最高方針の決定から組織、人事、分派党争に至るまで」深い影響を及ぼし、六〇年代の中ソ対立の時代になると日本はそれに巻き込まれることになった。(8)「人口五億人以上の大国である中国」は、東欧でソ連が設けた衛星国のようなものでは決してなく、むしろ「スターリンの意図に抗して成立した同盟関係というべきであり、相互の思惑は必ずしも一致しない同盟」であったからだというのである。(9)

一九四九年一月二三日の第二四回総選挙で日本共産党は二九八万票を獲得し三五名の議員が当選した。アメリカの占領下であっても議会を通じての平和革命が達成可能であるかのような感覚が生まれていた。だが一一月に北京で開催された世界労連のアジア・大洋州労働組合会議で、劉少奇中国共産党副主席は、アジアの労働組合の基本任務は帝国主義との闘争であり、共産党に率いられた人民解放軍による武装闘争が民族解放闘争の基本的な形態であるという極左路線を主張した。農村では武器を取り、都市では非合法の形態をとるという〝劉少奇テーゼ〟には、ヨーロッパの共産党系労働組合やアジアの労働組合関係者が反対し、一旦は公表記録から削除されるのだが、その戦術は正しいのだから公表すべきだとスターリンによる指示が出され、毛沢東もそれに同意した。この結果、中国で成功したきわめて「例外的なもの」と思われていた毛沢東主義が「いまや世界の戦略的方針」に格上げされ、「アジアの労働運動、共産主義運動だけでなく冷戦の行方にも影響を与える決定的な転換」になったのである。[10]

一九五〇年一月六日のコミンフォルム機関誌「恒久平和と人民民主主義のために」は「日本の情勢について」を掲載し、一九四五年一〇月に野坂参三とソ連指導部が合意していた柔軟な対日政策、すなわち米軍占領下での平和革命論を唱えていた野坂参三を批判した。突然一方的にこのような論説が発表された背景には、一九四九年一〇月に中国共産党が権力を掌握したことによって、ポツダム宣言以来の米ソの同盟的利害がほぼ完全に消失し、平和革命論がその基盤を失ってしまったことにあった。

日本共産党政治局は一九五〇年一月一二日に「所感」を発表し、コミンフォルムの批判を「人民大衆の受入れがたいもの」と言及するのだが、同月一七日の中国共産党中央機関紙「人民日報」がコミンフォルムを全面的に支持する社説を掲載した。同月一八〜一九日の日本共産党第一八回拡大中央委員会総会において、「所感」を発表した徳田・野坂たち主流派と、コミンフォルムの批判は受け入れるべきだとする宮本顕治・志賀義雄たち国際派とが対立した。宮本は文化担当の理論家として東京大学細胞や全学連指導部、新日本文学会指導部からの支持があったが、九州地方へ長期出張を命ぜられ、統制委員会議長を務めていた宮本の職は、椎野悦朗にとって代わられた。三月二二日に主流派は「民族の独立のために全人民諸君に訴う」を発表し、民主民族戦線の結成を呼びかけた。

六月六日にマッカーサーが日本共産党中央委員二四名、翌七日に「アカハタ」編集部員一七名の公職追放を指令すると、主流派は表向きの臨時中央指導部を任命したうえで、大半の幹部や党員は地下に潜行した。徳田や西沢、野坂たち最高指導部は北京に亡命機関を作ろうとして離日した。六月二五日に朝鮮戦争が勃発し、一〇月に中国が朝鮮戦争に参戦すると、主流派は次第に急進化して、翌五一年二月二三〜二七日の第四回全国協議会で武装闘争の方針を固めたのである。

党綱領の改定についてスターリンから直接指示を受けるために、一九五一年四月末、徳田や西沢、野坂たち北京機関の幹部はモスクワ郊外にあるスターリンの別荘を訪問した。その頃モスクワにいた国際派の袴田里見も呼ばれて後からこの会議に参加した。一〇月一六〜一七日の第五回全国協議会で新綱領「日本共産党の当面の要求――新しい綱領」（現在日本共産党では、これは正規の機関が定めたものではなかったので綱領とは認めず、「五一年文書」と呼んでいる）を採択し、軍事方針を明確化した。下斗米によれば、このような「日本共産党主流派の動き、非公然活動への移行は、モスクワや北京による緊密な指導下で、朝鮮戦争という状況と連動した動き」であったとされ[11]、「日本共産党綱領を策定する最高責任者は当時「全民族の父」スターリンであった」うえに、「モスクワの決定に中国共産党、とくに劉少奇も関与していたという構図」が明らかであったという[12]。

他方、党中央委員を排除された国際派――宮本・志賀・蔵原惟人・袴田・春日庄次郎・亀山幸三・神山茂夫――は全国統一委員会を組織して対抗しようとした。だが中国共産党が一九五〇年九月三日の「人民日報」で「今こそ団結して敵にあたるべきである」を発表し、党の統一を要望したことによって、国際派内で対立が生じ、党に復帰しようとする志賀と、全国統一会議を組織して独自路線を進む宮本とに分裂した。それと同時に、主流派内でも統一に向けての自己批判の圧力が高まり、自分たちの理論的水準の低さや議会を通じた平和革命論が誤りであったことを認めた。翌五一年八月一〇日にコミンフォルムが四全協の「分派主義者についての決議」を支持し、国際派が主流派へ復帰することを求めたことで大勢は決した。八月二三日に袴田が自己批判をおこなって事実上の国際派の敗北を認め、宮本たちの統一会議も解散声明を出して復帰した。

だがこの間、主流派によって労働者の蜂起と農民のパルチザン闘争が計画され、中核自衛隊が創設された。一九五二年には遊撃隊によって白鳥事件や血のメーデー事件、枚方事件、吹田事件、大須事件がつづけて引き起こされるとともに、山林地帯には山村工作隊が配置され、革命根拠地が形成された。アメリカ主導の日本の農地改革は地主の抵抗によって不完全に終わったとみなされたことから、山岳森林地帯では、未解決の土地問題をめぐって階級闘争を激発させることが目指されたのである。東京奥多摩の小河内村では、学生党員たちが米軍基地に電力を配給するダム建設に反対し、地主の山林を解放する拠点を設置しようとした。無謀ともいえる〝極左冒険主義〟によって国民からの支持は失われ、日本共産党は一九五二年一〇月一日の第二五回総選挙で得票数八九万票、獲得議席ゼロ、翌五三年四月一九日の第二六回総選挙では川上貫一の一議席を確保したものの六五万票まで退潮したのである。

3　新日本文学会の〝中央グループ〟

一九五三年三月五日にスターリンが死去し、七月二七日に朝鮮戦争の休戦協定が締結された。翌五四年一〇月にフルシチョフと毛沢東が新しい東アジアの政策を協議し、中ソと日本の平和条約批准が目指されることになった。五六年二月のソ連共産党第二〇回大会ではフルシチョフがスターリンを批判して平和共存路線を示し、国際社会に大きな衝撃を与えた。

一九五五年七月二七～二九日に第六回全国協議会が開かれる。下斗米によれば、「六全協の新方針はその一年前にすでにモスクワで検討が進められており、それは宮本顕治や志賀義雄等国際派の復権と軌を一にしていた」とされ、「日本共産党の軍事綱領がサンフランシスコ条約の裏返しであったとすれば、六全協はこれまた日ソ平和条約への動きと表裏であった」という[13]。党内外に大きな混乱を招いたにもかかわらず、スターリンに矛先を向けるのが憚られたことや、極左路線に実際に関与した数名の中国共産党員に忖度したことなどから〝極左冒険主義〟への過度な批判は、六全協では控えられた[14]。モスクワの指示に従って今回は逆に、武装闘争方針を修正し、非合法から合法舞台への転換を進めて、国際派の党復帰を認めたのである。

六全協で宮本が新規約採択に関する演説をおこなうことになったのは、北京機関が一九五四年四～六月モスクワで中ソ共産党代表と六全協の決議原案を作成した際、宮本を復帰させて党を指導させることが話し合われていたからである。下斗米によれば、「宮本には北京主導の和解の代償として書記長職が用意された」とされ、「実際には、彼が書記長になるのは一九五八年だが、宮本が党組織を手がかりに権力をねらう構図が透けて見えた」という。(15)一九五五年二月二七日の第二七回総選挙で日本共産党は七三万票余を獲得し、志賀義雄と川上貫一の二議席を確保した。

一九五五年一月一八〜二一日の新日本文学会第七回大会では、徳永直や安部公房、野間宏など「人民文学」作家グループが復帰し新日本文学会に統一されることになった。彼らは同会常任幹事に就任した。統一の方向性はすでに一九五二年三月二八日〜三〇日の第六回大会で呼びかけられていたものであった。

しかし当時の新日本文学会は、「人民文学」に参加した会員による会費滞納が常習化し、財政が行きづまっていた。花田清輝編集長の下で機関誌の増頁増冊を決めたものの、それでも問題は解決されず、会費滞納者の整理が必要になった。発足以来、文学を専門にしないサークル雑誌の書き手などを大量に入会させていた結果、第六回大会時点で会員数は約一、六五〇名に上っていた。そこですべての会員にハガキでアンケート調査をおこなうことになったのだが、回答者は四八〇名しかいなかった。この問題は「真空地帯」の解釈をめぐって大西巨人・武井昭夫と宮本との間でおこなわれていた論争にも影響を与えていた。大西は、野間宏が木谷利一郎一等兵に軍国主義の転覆を期待しているのは「全篇にみなぎるインテリゲンチア侮蔑の感情」とともに「はっきりした反戦的な社会主義的な思想」に無縁な「一種の大衆追随主義・俗情との結託」であると痛撃した（「俗情との結託」、「新日本文学」第七巻第一〇号、一九五二年一〇月)。「真空地帯」の解釈をめぐってはじまったこの論争は、新日本文学会の再編・再組織問題にも及び、会員の整理を進めようとする大西・武井に対して、宮本はそのような機械的なやり方ではなく手段をつくして現会員の確保に努めるべきだと反論した。日本共産党元中央委員の亀山幸三は、第七回大会をつぎのように回想している。

一九五五年二月頃、新日本文学会の大会があった。宮本派対武井昭夫、大西巨人、野間宏らで非常に紛糾した大会であった。私はある人から「傍聴ぐらいしておけ」とすすめられたので、のぞいてみた(牛込公会堂であったと思う)。そのときは、宮本は出席していなかったが、かなり緊迫した空気で、両派がやり合っていた。その頃は明らかに宮本の代弁者は、蔵原だったと思う。自分の背後に政治的実力者の存在をほのめかす発言をしていた。私はこの間の経過を、あとで興味にかられて新日本文学会の人から聞いたのだが、たしかに宮本(またはその代弁者)はこの時点で、党権力に近いところにいる態度であった。それはあとで考えると宮本が中央指導部に入る直前のことである[16]。

さきに紹介した下斗米の分析に従えば、宮本および宮本派が新日本文学内で力を持ったのは、理論闘争によってではなく、会の外部にある《国際的権威》によって彼らの立場が承認されていたからであった。日本共産党は「その宿痾であった国際的権威主義と内部対立」を抱えつづけていたとされるが、残念ながら本来自律的であるべきはずの文学団体においてもまったく同じ傾向がみられたのである。[17] 主流派および国際派ともに何が誤っていたのか、それを十分に見届けてから再出発できなかったのは、「六全協が日本のなかから生れたのではなかったから」であると、後年になって日本共産党を除名された野間は、その原因を追究することになる。[18]

新日本文学会の五〇年分裂を回想した秋山清は『文学の自己批判——民主主義文学への証言』(一九五六年九月、新興出版社)のなかで、「多くの会員の精神的従属性」を非難している。宮本や蔵原惟人たち国際派に属した新日本文学会の〝中央グループ〟について、つぎのように論じている。

たとえば、宮本顕治、蔵原惟人などナップ以来の左翼文学運動のベテランが、その実力と経歴と経験とを、人民文学グループのための混乱期、日本共産党の破壊的工作のつづいた二、三年の重要で困難な時代に出てきて全力的に協力しなかったような経験——中央及び地方における、共産党への気がねや思惑等々のための非協力、さらに新しい常任委にたいする不信と反感からくる非協力等々のために、衰弱し、やせ細って名簿上の会員の過大が借用証文のように積み上げられた現状において、それが現れた。[19]

宮本や蔵原の「気がねや思惑」の原因は、当初はコミンフォルムからの批判を全面的に受け入れようとしていたのが国際派であったにもかかわらず、主流派がスターリンからの指導を容れて武装闘争を新綱領に掲げるや、《国際的権威》からの支持を受ける立場が一気に逆転してしまったことにある。《国際的権威》を前にして、本来文学者には不可欠であるはずの《自律性》が機能不全におちいったといわざるを得ないのである。他方、野間をはじめ藤森成吉や江馬修など主流派の文学者たちが集まった「人民文学」作家グループが新日本文学会の〝中央グループ〟に対しておこなった「非難攻撃」に対しても、秋山は異議を申し立てる。

> 人民文学グループから当時の常任中央委員会に向けた非難攻撃が、会の組織性格を無視したために、会を困乱させたことを、私は一会員として憎んだのである。そのように組織を無視する精神は、彼らが日共主流派の権威を笠に着たところからきていた。私が金輪際軽蔑したいのは、権威権力を笠にきたときはイヤに強くなるその裏がえしの奴隷根生《ママ》である。[20]

中野重治や窪川鶴次郎たち新日本文学会の〝中央グループ〟は「党中央に巣くう右翼日和見主義分派に対するわれわれの態度――党のボルシェヴィキ的統一のために」（一九五〇年八月）という声明書を作成して公表した。第一八回拡大中央委員会総会と四全協の間、まさに主流派と国際派との間で主導権争いが活発化していた時期である。「所感」を批判しコミンフォルムからの批判を全面的に受け入れることを主張した国際派は、主流派から分派よばわりされていたが、自分たちこそ《国際的権威》に認められた本来の《主流派》であって、コミンフォルムに刃向って「所感」を表明した主流派こそ分派であると反論していた。そのうえで国際派は主流派に対して、理論の学習を軽視した「卑俗な「実践主義」」にもとづく「党内官僚主義」や、「統一戦線の名において党内外の芸術家・インテリゲンチャにたいするその場限りの利用主義と事大主義」などの欠点をあげて主流派の文化政策を痛罵したのである。

これに対して臨時中央指導部は「新日本文学会中央グループ内の一部分派主義者の声明について」(一九五〇年八月)を発表し、彼らが「極端な小ブル的セクト的実践」におちいっているために、宮本百合子の「小ブル性のつよい作品」に過大評価を与える反面、江馬修や徳永直、金親清たちのルポルタージュにほとんど正当な評価を下せておらず、「人民の革命闘争とは無関係」な島尾敏雄の「ちっぽけなアヴァンチュール」や「明らかに党の権威と信用とを大衆の面前において失墜させる効果しかもたない分派的作品」である井上光晴の「書かれざる一章」を掲載している。あろうことか「真面目な職業作家の投稿」には見向きもせず、職場サークルを軽視し大衆の参加を実質的に拒否していることや、大衆のなかでの活動の意義を過小評価して「ブルジョア文壇に寄食するという小ブル的態度」をとっていることなどをあげて攻撃した。

そして、このような主流派の主張に沿って「人民文学」が一九五〇年一一月に創刊されたのである。この当時の主流派と国際派との論争は、国際派側の主張は、中野重治『「人民文学」と江馬の言葉」(「新日本文学」第六巻第一号、一九五一年一月)、同「雑誌「人民文学」に対するわれわれの態度――一九五〇・一一・二〇」(同誌第六巻第二号、同年二月)、同「地方選挙と文学の目」(同誌第六巻第五号、同年五月)、新日本文学会常任中央委員会「日本共産党臨時指導部は平和と人間性との敵か」(同誌第六巻第六号、同年六月)、中野重治「嘘と文学と日共臨中」(同右)、水野明善「文化文学戦線統一のために」(同誌第六巻第七号、同年七月)などにみられる。他方、国際派側の主張は、江馬修「文学の大衆路線へ——なかの・しげはるの「人民文学と江馬の言葉」を読んで」(「人民文学」第二巻第二号、同年二月)、島田政雄「文学運動のあたらしい方向」(同誌第二巻第三号、同年三月)などにみられたのである。

4 《政治の優位性》

文化運動に対する臨時中央指導部の方針は、川崎巳三郎「文化運動の当面の任務について」(「前衛」第五三号、一九五〇年一二月)を通じて明確にされた。蔵原惟人に「小ブルジョア的偏向」が存するとし、「政治への文化の従属を口さきだけで一応認めながら、文化運動が党の戦略・戦術に従属しなければならないということを、頑強に拒否する偏向がある」と批判した。平和革命を前提とした文化革命論という〝蔵原理論〟を支持する新日本文学会の〝中央グループ〟を「分派」と決めつけ、「分派を党内から一掃」するとともに「分派との闘争を妨害する中道主義者」と徹底的に闘うことを唱えた。このような方針に沿って、「人民文学」では宮本百合子に対する中傷に加えて、蔵原や宮本顕治への攻撃が執拗におこなわれたのである。

「文化運動の当面の任務について」によれば、イデオロギー闘争では、「宙に浮いたプロレタリア文化作品の優秀性」を誇示するのではなく、「専門文化人がみずから進んで労働者階級その他の大衆の中にゆき、自己を訓練してゆくように指導し、そのうちの優秀分子を党に吸収してゆくこと」が必要とされる。その際、大衆のなかでの文化活動の基本組織は、文化サークルであるとされるのだが、「大衆の自主的組織」という原則を貫きながらも「機関・細胞の指導を確立」しなければならないと結論されている。

さらに前出の臨時中央指導部「文化闘争における当面の任務――全国文化工作者の報告と結語」は、地域人民闘争を「われわれの戦略目標を達成する民主民族戦線の拡大強化を実践的に遂行してゆく戦術の基調」であるとする。「各種文化団体の中央グループによる引廻し指導を排除し、文化運動にたいする党機関の指導を確立しなければならぬ」としたうえで、「ますます悪質になってきている文化面における分派主義者と徹底的に闘い、これら不純分子をわれわれの陣営から放逐すること」が必要であると訴えた。「分派」が新日本文学会の〝中央グループ〟を指しているのは明白で、「従来の文化運動に小ブル的な文化中心主義的偏向」があったことを批判している。文化は人民大衆のものであるとし、第一に労働者階級のためのもの、第二に貧農を中心とする農民のためのもの、第三に小市民・学生・小ブル・インテリゲンチャのためのもの、第四に民族資本家のためのものとランク付けする。もし文化活動の重点を取り違えるならば「プロレタリアートのヘゲモニーが否定され、文化活動を党の戦略戦術に従属させることはできなくなる」と断言している。

「人民文学」は《政治の優位性》――「芸術が政治に従属し、階級闘争の武器として貫かれる」という考え方を自明なものとする。新日本文学会が「文学の普及活動はサークルがやり、達成は職業文学者が担う栄誉であるかのごとき理論と実践指導」をしていたのを批判し、「普及活動を底辺として達成との統一的把握」が「文学者の人間革命」を不断に推し進めるのだとする（増山太助「サークル活動における普及と達成の統一」、「人民文学」第一巻第二号、一九五〇年一二月）。そしてそこで〝小ブル的偏向〟を抱えた職業作家の《思想改造》が要請されることになるのであった。

一九五〇年当時の野間宏は、五月に長篇小説『青年の環』第二部を河出書房から刊行し、翌六月に「皮の街」（『青年の環』第二部第六章）を発表するが、続編の執筆は一九六二年まで中断してしまう。一九五一年一月から二月にかけて「真空ゾーン」のタイトルで「真空地帯」の約三分の一に当たる部分を雑誌「人間」第五巻第一、二号に連載する。翌五二年二月に「真空地帯」を河出書房から刊行し、戦争文学の作家としての声望を高め、対立する作家グループの双方から信頼を得ることにつながった。「人民文学」は編集委員会が雑誌編集をおこなったが、議長の野間が委員会の話し合いを総括して責任を持ち、編集実務については編集委員会から選ばれた編集長が責任を持つという体制であった。(21)

中野重治の「嘘と文学と日共臨中」によれば、野間は新日本文学会常任中央委員に選ばれてからの「丸九ケ月、常任委員を完全連続無届欠席」したとある。九カ月前といえば、ちょうど新日本文学会中央グループが声明を発表した頃になるのだが、本多秋五は「少くとも初期の『文化タイムズ』

時代」に彼らと野間との間に意見の対立があったのではないか、と推測している。(22)

野間は「詩人は動きはじめている」を「新日本文学」第五巻第九号（一九五〇年一二月）に寄稿する一方、「人民文学」に寄稿したのは、一九五一年二月から二回連載した「夜の脱柵」がはじめてであった。内務班の私的制裁《リンチ》が描かれ、兵士が兵営からの脱柵をおこなうという点で、「夜の脱柵」は同時に執筆中であった「真空地帯」のスピンオフとみなせる作品である。漢口の陸軍部隊は揚子江の下流に移動して約二カ月駐屯しているが、まもなく南方に進軍する命令が発せられる。四年兵は召集解除になるどころか彼らも南方に移動する部隊に編入されているのを知って、「その不満のばくはつが一日中部隊のあらゆる班内で繰返し起る」のであった。三〇歳をこえた横田二等兵は、薬種商の次男に生まれるが、兄が中学のときに死亡したので一層大事に育てられた。しかし薬専の試験を二度不合格になって地方の高商に入学した。体力のない彼が羨望せずにはいられなかったのが、頑丈な体格を持った農家出身の山下二等兵であった。なぜなら横田には、山下がその風貌とは似合わない「やわらかい心」を持っていたのが分かったからであった。彼ら初年次兵のなかでもとくに古年次兵から殴られる回数が多いことから、横田と山下は次第に固く結びつくようになっていた。夕食後の食器洗いが終わった後、横田と山下、上山二等兵の三人は、歩兵部隊の柵を潜り抜けて、物資の豊富な輜重隊の酒保へでかける。コーヒーを飲み罐詰を買って帰ろうとしたとき、巡察将校に見つかってしまう。ひとり逃げ遅れた横田の耳には、八時の点呼ラッパの音が自分の部隊から聞こえてくるのであった。

「夜の脱柵」の結末が「真空地帯」のそれと大きく異なるのは、脱柵をして規律違反をした兵士たちが軍隊組織をその根底から否定するような視点を持っていたわけではなく、私的制裁の犠牲になっていた他の兵士一般と何も変わらないことである。「真空地帯」の木谷一等兵は、軍法会議の正当性を疑い、自分を刑務所に送った林中尉の居間を襲って殴り倒し、夜間脱柵して兵営から逃亡する。曾田一等兵は社会主義思想に感化され、ひそかに反軍思想を抱いている。「真空地帯」と対比すれば、「夜の脱柵」は兵士の厭戦気分を表現していたものの、反軍意識にまで高まるものではなかったといえよう。元兵士による戦争体験の回想録など数多くの作品が公刊されてきたが、戦争の悲惨さを語りながらもどこか武勇伝に終わってしまうものが大半であった。真の戦争文学になるためには、生き延びるためには不可避的なエゴと、人びとを疎外する軍隊組織の非合理とを合わせてとらえ返すような視点が不可欠であろう。

ところで、野間が「人民文学」に発表した「国民文学について」は、竹内好や伊藤整、蔵原たちが参加した国民文学論争にかかわるものであった。スターリン理論に沿って戦後日本は植民地従属国の革命方式を目指すべきだとした五一年綱領（五一年文書）をふまえ、野間は「私たちの文学が民族解放の綱領を文学の面で具体化し、それを文学の面でかちとることをめざしている」とした。

私たちのめざすこの国民文学とは、現在の植民地下の日本民族の生活の苦しみや、喜び、それをはっきりと表現しそれを徹底的に解放する文学である。これまでの日本の近代文学は主として小市民層、インテリゲンチャが中心になってきて生れてきたものであってそれはまだ日本国民全体の心と魂を解放する形式をつくりだしてはいなかった。私たちはこの点をはっきりと批判してほんとうにひろく深く国民のなかにわけ入ってその魂を解放し、表現する文学を創造しようとするのである。

このような野間の主張に対して、前章でも触れたように、蔵原は「国民文学の問題によせて」を発表し、野間が「共産主義者もしくは前衛的な労働者、農民、インテリゲンチアにおける思想改造と、一般作家をふくむ国民全体の思想改造とを混同しているのではないか」と疑問を呈した。なぜなら蔵原にとって、野間が主張する国民全体の《思想改造》――「私たちが国民文学運動を日本の思想改造運動の一つとして考えようとするのは、日本文学をただ文壇文学から解放するだけではなく、日本人の認識感情のすべてを根底からかえることを考えるのである」とするのはあまりに性急なものだと思われたからである。

「人民文学」は一九五四年一月に「文学の友」と改題し、第五巻第一二号（一九五四年一二月）に「新日本文学会第七回大会おめでとう」という記事を掲載して「国民の文学戦線統一」を呼びかけた後、一九五五年二月に廃刊になった。「人民文学」は、宮本百合子を中傷したことが誤りであったのは言を俟たないが、松川事件をめぐって被告に詩作指導して特集を組み、広津和郎を闘争に参加させたことや、文学サークルを奨励し、現場の記録やルポルタージュを執筆する勤労者作家を育てたことなど、称賛すべき功績もある。〃党派的〃である面と〃文学雑誌〃である面とを総合的に評価すべきであるとする鳥羽耕史によれば、「それが後の歴史から見て間違っていたから表現を無効としたり、現在の「文学」的価値基準に合わないから切り捨てるのではなく、「党派的」だからこそ可能性を持っていた「文学雑誌」として」読み直すべきだという。[23]

だがあまりにも混迷に満ちた「「断層」の時代」（成田龍一）ともいえる一九五〇年代の文学を、正当に評価するのは困難であろう。[24] なぜなら「人民文学」は〃文学雑誌〃である前に、あまりに〃党派的〃であり、〃文学的〃である以上にあまりに〃政治的〃であったからである。たとえば、「人民文学」が育成した勤労者文学の代表作品は、米軍基地で働く日本人労働者を描いた春川鉄男の小説「日本人労働者」とされる。だが春川は、「日本人労働者」第一部を「人民文学」第二巻第六号（一九五一年八月）に掲載した後、続編が書けないでいた。編集を担当していた江馬修に書簡を送ってその理由を説明していたのだが、要するに、春川が「「全生活を組織活動え《ママ》」という私の党生活」を割いて小説を書こうとすると組織活動で積極性を失い、「われわれの闘争にマイナスを演じる」結果になってしまったからだというのである。[25] 労働現場を記録してそれをルポすることは、闘争そのものなのか、あるいは闘争を助けるものでしかないのか。野間も《実践と創作の環》という概念を提示してこの議論に参加するのだが、たとえ文学サークルが百花繚乱の様相を呈したとしても、組織の機関誌である以上、明確な意思を持った組織の《欲望》が雑誌に反映するのはやむを得ないだろう。どのような文学作品も本来、《読者の欲望》を引き受けた作者と《作者の欲望》を引き受けた読者との合作によって構成される。勤労者文学や職場文学のように、作者および読者の主体が組織のメンバーである場合、しかも組織から信任された編集者がそこに介在するのであれば、そこに集まった人びとの政治的《欲望》が雑誌の性格を決めることになるのである。[26]

サンフランシスコ講和条約の締結直前、非合法の地下活動に入る準備をしていた党員の姿を描いた野間の「地の翼」は、六全協と同じ一九五五年七月に「文藝」に連載が開始されたが五七年三月で中絶し、続編は断続的に書かれるにすぎなかった。作品自体は公安警察と党員との間の虚実をめぐるスリリングなスパイ小説の様相を呈していた一方、日本共産党が武装闘争を掲げていた時代をどのように総括するつもりであったのか、死の直前に約三〇〇枚の続稿が執筆されていたとされるのだが[27]、その構想の詳細は分からない。野間が執念を持って困難な課題に取り組もうとしていたことは、国際派の安東仁兵衛が後年になって回想した野間の姿に象徴されている。安東によれば、一九五〇年当時の文京地区委員会のメンバーが連絡のとれる限り顔を揃えて、分裂の事実と問題点をつき合わせようという会議に出席した野間は「重い口で、ねばり強く討論に加わっていた」という[28]。地域人民闘争に参加した野間を、武井昭夫は「戦後文学とアヴァンギャルド」(「美術批評」第五七号、一九五六年九月)のなかで「完全に認識者としての機能を停止した一個の盲動者が在るのみ」と酷評したが、このときの苦渋に満ちた体験をくぐり抜けることによって、野間は自己の文学に、あらゆる権威主義から解放された「人類の立場」や「人類意識」といった普遍的な視点を導入するようになったのである。

第9章 『青年の環』論（1）——融和運動における「イデオロギー的機能」

1 《中融合体》の運動体

野間宏『青年の環』の時代設定は、日中戦争開始二年目を迎えた一九三九年七月から、ナチスドイツがポーランドに侵攻した同年九月までとされる。三九年七月、中央融和事業協会の「融和事業ノ綜合的進展ニ関スル要綱」と「融和事業完成十ケ年計画」が改訂された。帝国日本が中心となったアジア協同体建設という政策と一体化した融和事業によって、被差別部落の民衆は、戦争遂行のための人的資源として動員されることになった。

『青年の環』では、度重なる皮革統制によって苦しめられていた人びとの姿が描かれている。軍靴などの軍用皮革の需要が増大するにつれて、原料のほとんどを輸入に頼っていた皮革産業への統制が強化され、部落事業者の生活は厳しさを増していたのである。

中央融和事業協会の提唱によって進められた「時局下村区産業状況調査及転業転職状況調査」によれば、大阪府内被差別部落五五地域の一万四千戸数を調査したところ、一九三九年七月現在、失業または失業状態にある者四、四五六名、転業転職が必要と認める者六、一九八名であった。すでに転業転職した者は予想以上に多く二、二四一名に上った。皮革関係に限定すると、従業員総数七、七〇二名のうち失業または失業状態にある者二、六〇四名、転業転職が必要と認める者二、三九五名、すでに転業転職した者六三九名で、失業率は三三%という驚くべき高さであった。その一方、融和団体が奨励していた満洲移民は一三名にすぎなかった（「融和時報（大阪公道会版）」第一五二号、三九年七月）。

一九三八年四月、資源・物資・生産・労働力を戦争に動員する国家総動員法が公布され、六月に改訂物資動員計画基準原則が示された。七月には皮革使用制限規則や皮革製品販売価格取締規則、皮革配給統制規則といった、皮革の使用を大幅に制限する商工省令が公布され、皮革製品の価格と原料配給が商工大臣によって管理されることになった。この結果、大阪市内の靴製造業者四〇〇軒余、靴職人五、〇〇〇名には牛革がほとんど配給されなくなって、たちまち彼らは死活問題に直面したのである。

『青年の環』の登場人物である島崎のモデルになった全国水平社（全水）大阪府連合会委員長の松田喜一は、皮革統制強化に対処するため、一九三八年七月、靴修繕材料の販売を中心とする大阪市内地区出身関係業者が集まった浪速区経済更生会を結成した。〝官製〟融和団体である大阪公道会との協力関係を結んだ松田の手腕が発揮され、旭区と浪速区の経済更生会は各々「材料購入資金二、三千円」を大阪市役所から借入することに成功した（同誌第一四二号、一九三八年九月）。松田は一〇月には大阪府協同経済更生連合会を組織し、大阪府内各地で原料の共同購入や販売をおこなった。翌三九年七月二一日、皮革使用制限規則と皮革配給統制規則が改定されると、鹿皮・猿皮・犬皮も配給統制に加えられ、日本皮革統制会社や日本羊皮統制会社の材料使用も、商工省によって一括管理されることになった。皮革は小売商同業組合を経て配給されていたが、それが切符制度に替わると、大阪府協同経済更生連合会は商工省や統制会社と交渉し、靴修繕用亀半張の配給を受けることに成功した（同誌第一五三号、三九年八月）。

朝治武によれば「水平社活動家は靴修繕業者を組織することによって、融和団体である大阪府公道会とは別ルートで大阪府や大阪市から団体貸付金を獲得し、部落内において政治的影響力をもつようになった」という。[1]『青年の環』には、「部落運動の指導者たち」が「事態を収拾することによつて自分達の運動の影響を部落内外にはつきりとうえつけそしてその地盤にたつて強力な発言を政府に向つてして行こう」としていた姿が描かれている（「皮の街」）。大阪府協同経済更生連合会は、軍需関連産業への転業と満洲移民を奨励していた大阪府公道会に協力し、失業職工救済のために代用編上靴（軍靴）製作講習会を開いたり、「満支商工従事者養成」のために大阪外国語学校教授による「支那語講習会」を開いたりした。さらに満洲視察団を組織して、同連合会設立一周年に合わせて報告会を催すなど、国策遂行に全面的に協力するようになっていた。

松田を含む全水左派メンバーは、大日本青年団本部の北原泰作や、元中央融和事業協会主事で産業組合中央会の山本正男たちの大和会に連絡をつけ、「一君の下に万民の協同体を作る」という「革新的共同体」構想の下、「まず国家協同体の基本単位となる部落協同体を確立し、身分的差別はその間に於て解消する」ために「全水の組織は当然解消されなければならぬ」と考えていた（「社会運動の状況」一九三九年）。

だが、全水中央執行委員長の松本治一郎は、満洲移民政策は「部落民の国外追放政策」でしかないと非難した（「特高月報」昭和一四年八月分）。野間自身がモデルとなった矢花正行もまた、「自分のする仕事、自分の全力をつくしてやろうとしている仕事は社会事業であり貧民のための仕事であるというが、実際その内容をよく考えてみればむしろそれは戦争のために役立っているにすぎないのではないかという疑問」を抱いていたのである（『皮の街』）。

社会主義革命によって差別を解消することを第一義とする水平社運動史では、革命への意欲を減退させる改良主義的性格を持っていたという理由から、融和運動にはネガティブな評価しか与えられてこなかった。階級闘争を激発させて部落解放を実現しようとしていた全水創立当初の原則論からいえば、大阪市役所社会部福利課に勤務して融和行政に携わっていた野間は、《天皇制ブルジョア融和主義》に協力していたにすぎないことになる。

「融和事業完成十ケ年計画」を立案していた地方行政の社会課官僚には差別的態度――「賤視的融和方針」（三木静次郎）――があると批判されていた。中央融和事業協会にいた山本正男でさえ、当時の融和団体が「何等大衆的基礎の上に樹たず、役職員の名を冠せられてゐる少数の智識階級と、関係官庁の官公吏とによつて構成されてゐることを否めない。しかもその運用は、完全に所謂官僚支配の下にある」とみていたのである。(2)『青年の環』でも、「もつともこの部落問題を取扱ふ部落更生事業はこの福利係長の担当する事業のなかでもつとも順位の低い事業」でしかなかった。「部落更生事業のやうな労多くして功少く、その上何か予期できぬやうな突発事件が発生すれば直ちにその責任をとはれなければならぬやうな事業に身を入れるといふことは馬鹿げたことであると考へるのが普通一般の常識であつたであらう」と描かれている（「魂の煤煙」）。

日中戦争が泥沼化するなか、松田や野間たちは、その限界を知りながらも、《水融合体》の運動体に人民戦線の最後の可能性を賭けていた。だがその一方、もはや融和運動にしか社会主義革命のエネルギーを望めないとする社会的現実の認識は、転向を擬装／隠蔽する《イデオロギーの機能》として働くという一面もあった。矢花正行は、経済的支援などの取り組みをおこなって生活環境を改善し、差別を解消しようと努力しながらも、それが社会の構造を根本的に変革することにはつながらないことを知っていた。暴動を起こす「部落の人びと」に、矢花は抑圧された自己の欲望を転移させていたのではないか、とも考えられるのである。しかし、たとえそれらの点が存したとしても、あらゆる社会運動が国家権力に呑み込まれようとした時代に、そこにあり得たかもしれないと実感した自己の体験にもとづいて、野間が、平等に生きる権利と生命の尊厳を護るために人びとが団結して立ち上がった理想社会を描き出したことは、高く評価されるべきである。

2 経済更生運動

融和運動を再評価する秋定嘉和は、同和対策審議会答申（一九六五年）から同和対策事業特別措置法施行（六九年）によって、「それ以前からの行政闘争の成果とあわせて部落の社会的経済的変化は大きく、差別解消への何らかの寄与をもたらす条件をつくったことはあきらかではなかったか」

と問題提起した(3)。そのうえで、自分は安全な場所にいながら、充足できない自分の願望を解放運動に投影し、彼らに犠牲を払わせることを通じて、ある種のカタルシスを味わっている「一般民」の欺瞞を暴いた。

たとえば身分差別と階級的貧困という二重の差別をうけ、最も矛盾の集中したところであるというのは、理論的にそうであるにしても、それが社会主義革命との連結でしか解消しないとするのは、一つの現実無視と論理飛躍があるのではないか。差別がきびしいということは資本主義社会の階層のなかで、より即時的に、せめてブルジョア的に、一般民と同じように解放されたいと願ってはいけないことなのか。現在の秩序が保守的で、体制的であるから、そのなかでの解決は、本当の解決にならないという意見は、その歴史的段階や階段的身分的位置を体験し、経過し、絶望して批判する一般民の言うべきことであり、まだ、それを体験していない被差別の側に一般の側からとりわけ強調すべきではないと思われる。とくに、戦前からの、孤独な左翼革命の強力な味方としてあってくれという願望はこのあたりで反省すべきではないかと思う(4)。

秋定は権力追従の態度を容認しているわけではなく、水平社運動も融和運動も最後は、天皇中心の国家主義に転落してしまったことを非難したうえで、部落解放運動と社会主義革命を分けて考える必要性を説く。「最も差別された人々が人間回復をはかるとき、原理的には敵対せねばならぬ天皇制が臣下の平等（日本的天賦人権論の変型）を主唱していたことこそ、このテーマにまつわる幻想と矛盾の結節点ではなかったか。それだけに被差別民の側からする天皇制糾弾は一般民側よりもさらに重苦にみちた作業をともない、この課題は、いまなお果たせないまま続いているのではなかろうか」と、部落解放運動のなかに深刻な矛盾が孕まれていたことを指摘したのである。[5] 天皇制と部落解放は、日本社会の根源的な矛盾を最も象徴的に体現したテーマである。

さらに秋定によれば、「最近のファシズム研究」には「戦時下の権力の民衆統合操作を重視する視点から、権力に依拠しながら社会変革に関与しようとする民衆の積極性」がみられたことを評価するものがある。「権力内部でも「天皇制国防国家派」と「天皇制権威主義的民主主義派」の対抗があり、また社会のなかで、経済的、社会的な流動性（平等化・近代化）をもとめる動向」があったことに着眼した研究も現れているという。[6]

聖戦遂行のためには労働力を保護して生産力拡充に努めなければならないとする風早八十二や大河内一男の生産力理論は、戦時統制経済を積極的に支持する一方、社会政策は人道主義やマルクス主義によって導かれる救貧事業ではなく、資本主義体制を維持するためには不可欠の、社会的総資本にとって合理的な手段であると主張した。大河内は「人々は今や「厚生」又は「厚生事業」といふ言葉をもつて、この社会事業の新たな反省を言ひ表はさうと試みてゐる」と述べ、マルクス主義退潮後の左翼知識人を鼓舞し、労使一体の官製労働組織である産業報国会の活動を推進したのである。(7) 一九三九年当時「厚生」という言葉が流行って、舞踊サークルも「厚生舞踊研究会」という名前に替えたと、大道陽子が矢花正行に伝えていた（「華やかな色どり（三）」）。

このような生産力理論は、松田のような、経済更生運動をはじめていた全水左派メンバーにも影響を与えていた。秋定によれば、彼らは「部落産業の近代化と移民・雇用拡大の機会の積極化を提唱、差別糾弾も配慮」して、「時局の深化とともに地方行政のなかの「同和」行政を多くの融和運動家とともに担当しながら、戦時下の生活難を苦慮しながら打開する姿」を示していたのだが、それは「しばしば擬装「転向」ととられた」とする。(8)

『青年の環』には、労働者出身で神戸人民戦線の指導者である矢野元治と矢花が武庫川の堤防沿いの道を歩く場面で、「フロン・ポピュレールは彼等の祖国だつた。或いはもつといいかえるならば、過去の祖国だつた。しかしいまそれは、刑務所のなか以外どこにも存在しなかつた。そして彼等はなおそれをそのように考えて、なおそれに執着していたのだ」と描写された（「美しい夜の魂」）。《水融合体》の浪速区経済更生会に、松田や野間宏たちは「人民戦線の新しい展開」を期待していたことが分かる。

しかし中村福治によれば、野間や羽山たちの人民戦線運動には、「風早八十二の生産力理論の亜流的形態」としての評価しか与えられない。風早は官僚主導の産業報国会を活用しながら、それを「人民に有利なものに転化させうる」と考えたものの、「ついには昭和研究会に迎えられ、新体制運動のイデオローグに〝上昇転化〟」してしまったというのである。(9)

中村はこのように言及したうえで、野間たちは「擬装から真実の転向へ」と移ったわけではなかったにせよ、「擬装以外のなにものでもない」状態であったと評価せざるをえないとする[10]。軍国主義と侵略戦争に対する抵抗のモーメントは失われ、擬装すること自体が活動の目的になってしまっていたというのである。だが本書第2章でも触れたように、この時代における偽装転向と右翼組織への加入とは、活動家を生き延びさせるだけでなく、対立する陣営に潜入する戦術として認められていたことも考慮しておくべきであろう。少なくとも野間はそのようにとらえていたとみられるのである。

野間たちの眼には、融和運動が最後に残された〝左翼運動〟として映っている。だがそれは社会主義革命の主体を欲望するにもかかわらず、すでに転向してしまっているという裂け目――「自分の欲望の〈現実界《リアル》〉」――から眼を背けるために構成された「社会的現実《リアリティ》」ではなかったか。スラヴォイ・ジジェクによれば、「イデオロギーの機能」は「われわれの現実《リアリティ》からの逃避の場を提供することではなく、ある外傷的な現実《リアル》の核からの逃避として、社会的現実《リアリティ》そのものを提供することである」という[11]。被差別部落以外の社会運動は壊滅し、もはや融和運動にしか社会主義革命の可能性が望めないと描写された『青年の環』の「社会的現実《リアリティ》」は、矢花／野間が目を背けようとしている、転向という「外傷的な現実《リアル》の核」を擬装／隠蔽するものであったのかもしれない。

作品のなかで皮革使用制限規則という第一回目の統制令（一九三八年七月）が出されたとき、矢花は部落の「代表者達と一緒になつてその混乱の収拾にあたつたのであるが、当時はそれ以外にはなんの方法もなかったといってよいだろう」とする。だが「平和産業としての部落の皮革産業を軍需工業に急激に切りかえる」ことが「一応成功しはじめるや」、「軍需産業として出発し直した一部の間にはむしろ従来以上に資金の流入が見られる」ようになった。生活擁護といいながら戦争遂行に協力する結果におちいったことに矢花自身は内心で不満を抱いていた。しかしその不満は「日本の政治がいつも部落を犠牲にして行われてきた」という事実から、「日本の国内に大きな混乱がまき起らない限り、部落の人々も彼自身も、……つまり支配される人間は全く救われることがないのだ」と考えることによって霧散されてしまうのであった（「皮の街」）。

再びジジェクによれば、「イデオロギー的な「ユダヤ人」像」はヨーロッパ人の「自分の欲望の行き詰まりを打開するためにその像をつくりあげたのだ」というのだが[12]、矢花が抱いている、「大きな混乱」を引き起こす「部落の人びと」というイメージには、矢花の「無意識的欲望が反映している」といわざるを得ない[13]。自分たちの手によって社会主義革命をなし遂げられなかった代償を、「部落の人びと」に払わせようとしていたようにもみえるのである。しかし野間はあくまでも自己の眼でたしかめた感覚にもとづいて、あり得たかもしれない社会革命の可能性を「部落の人びと」に託していたことを考えれば、矢花の欲望は野間の実感に裏打ちされたものであったといえる。ただし、作品中の矢花がおかれた立場は、彼は「部落の人びと」と積極的に関わりはするが、あくまでも行政側にいる人間である限り、彼が引き受けられる役割は、「部落の人びと」が「大きな混乱」を生じさせるのを目撃し、その光景を語り伝えてゆくことでしかなかったといえるのではないか。

『青年の環』が描き出した浪速区経済更生会の活動は、《水融合体》の成功例とされているのだが、矢花が関わっていたとされる融和運動を、つぎに検証してみよう。

3　水平社運動の〝沈衰〟と〝凋落〟

一九二八年の三・一五事件と翌年の四・一六事件によって全水左派メンバーが一斉検挙され水平社運動の〝沈衰〟と〝凋落〟が生じると、一九二九年一二月、昭和天皇の即位を記念して開かれた全国融和団体連合大会で、中央融和事業協会は「内部同胞ノ自覚向上ヲ促シ共存共栄ノ実現ヲ期ス」という内部自覚運動を提案した。この運動は差別の原因を、従来は反省や懺悔を一般（差別者）の側に求めていたのに対し、「「部落民の自覚」なくしては、「一般民の自覚」を促すことの困難」があるのを訴えて、被差別の側の意識変革を求めたのであった。[14]山本正男によれば、「部落民の自覚」を「新しき指導方針」とする融和運動は、「水平運動の衰微によつて消失せんとせる部落大衆の自覚意識を直接的に融和運動それ自体が把握せんとする」ことを通じて「社会運動の領域に進出せしめんとする」ものであった。[15]

昭和恐慌の長期化による失業者増大と農山漁村経済の破綻、欠食児童の増加とを懸念した政府は、地方改善応急施設費を予算化して部落経済更生運動をはじめた。この運動は、自力更生の精神が原則とされ、同情的恩恵にもとづく施策では差別は解消されないという水平社運動の精神に通じるところがあった。一九三二年の部落経済更生運動から三五年の「融和事業完成十ケ年計画」、そして四一年の同和奉公会の成立へと至る三〇年代から四〇年代までの融和運動には、部落解放運動の主体になろうとする積極的な姿勢がみられた。

他方、全国水平社は改善費闘争を基本とした部落委員会活動（一九三三年）によって融和運動への対抗を試みた。前出の秋定によれば、「それまで改善費で部落ボスに押さえられていた部落に、新しく改善費闘争をやった時に、それと闘える組織を全水の下部が持っているかどうか」がポイントであった。「改善団体のボスが、生活から職業の世話まで含めて全部作った」のに反発して全国水平社が結成されたものの、全国水平社が負けるケースが多発した。そこで改善費闘争でもう一度対抗しようとしたことから、「当然、部落のボスは自分が支配している居住村の秩序を動揺させるものとして怒」ることになったのだが、秋定は「これが本当の解放運動であり、解放運動の第二段階の始まりだ」と意味づけた[16]。松田が活動した浪速区（西浜）でも「部落ボス」は強い影響力を持っていた。松田の盟友木村京太郎は、松田がその地で苦労して水平社を結成した経緯をつぎのように回想している。

当時の西浜は日本で一番大きな部落で、皮革の製造加工の本場であったから、資本家（親方）たちの保守的な勢力が強く、その人たちの支持で代議士になった沼田嘉一郎（政友会所属）が町内会や青年団を牛耳っていたので、大正七年夏の米騒動のときも、その力で町民の参加を阻止したのであった。こうした所であるから、革新的な水平運動には反対で、演説会を開くのにお寺や学校に圧力をかけて会場を貸さないとか、街頭演説も警察が干渉し、手下の暴力団に暴れ込ませるなど、さまざまの妨害があった。(17)

「部落ボス」の問題は『青年の環』でも、高利貸的支配を基盤にした有力者である亀多田宗太郎の姿を通して描かれているが、部落解放運動の理論史においても、部落内階級闘争第一主義と労農水統一戦線主義との違いが表面化していた。部落内階級闘争第一主義の典型は、高橋貞樹『特殊部落一千年史（水平運動の境界標）』（一九二四年五月、京都更生閣）にみられる。高橋によれば、資本主義経済の発展に伴う部落民衆の有産者と無産者への階級分解が進展しているかぎり、ブルジョア民主主義的課題が実現しても無産部落民は解放されないとする。これは水平社解消論という全水左派の考え方――全部落民を結集して差別的待遇を撤廃しようとする水平運動自体を否定し、水平運動を無産階級運動に同化させるという方針につながる。

他方、労農水統一戦線の主張は、労農派経済学者の櫛田民蔵「対角線的に観たる水平社問題」（「我等」第一〇年第五号、一九二三年五月）にみられる。櫛田によれば、部落内には階級分化がみられるが、部落無産者は、差別的観念を解消するための身分闘争において、部落資本家・中間層との統一戦線のみならず、階級的利害に立脚した部落外の一般労農との共闘も可能であるという。『青年の環』の矢花正行が「部落に対する革命的な望み」を抱いていたように、野間宏の考え方は、全水左派に属していた松田と同じく部落内階級闘争第一主義であったように思われる(「皮の街」)。

民衆蜂起を期待する矢花は、島崎から「一揆主義」だとたしなめられる(「裏と表と裏」)。藤谷俊雄は、「戦争とファシズムが激化してゆく反動期の孤立感の中で、反戦思想をいだくインテリ青年が、戦時統制に抵抗して生活をまもる努力を続けている部落大衆に「期待」をもとうとした心情は理解できるけれども、客観的に見れば、観念的な革命論者の幻想であって、歴史的な部落解放運動とは縁のない無責任な発想といわねばならない」という。[18] 差別を受けて生きる人間が不平等を是正しようとする欲求を強く持つのは当然であるが、過酷な弾圧が予想されるなかで蜂起の責任をその人たちの肩に背負わせようとするのは、欺瞞そのものであると非難したのである。

戦時統制が強化された日本社会において、人民戦線運動の試みは潰えたかのように思われたが、作品のなかで矢花は「日本のもっとも下層に追いつめられてきた特殊部落には日本の労働者さえも持っていないような人間尊重の心があることを知って、力を得ることが出来たのだ」と考える(「皮の街」)。民衆のエネルギーを感じて、「部落のなかには解放があった……いや長い年月人々から差別され賤められてきた特殊部落の人々には解放に対する限りない欲求があった。そこには日本の如何なるところにも見出すことのできない「人間」に対する愛があった」とする。だが藤谷によれば、このような矢花の認識も、「当時の労働者・農民の抵抗運動は全く存在せず、部落だけが抵抗の拠点であったとする作者の歴史観」に由来する。[19]『青年の環』の描写が「観念と現実とを勝手につなぎ合わせたようなものとなっていて、現実をかれの観念によってゆがめて描いている」のは、「かれの戦後の転向とかかわりあることであろう」というのである。[20]

野間の「戦後の転向」とは、一九六四年に野間が日本共産党を除名されたことを指しているのだが、津田孝もまた、『青年の環』改訂に際して大道出泉の転向を「多少とも批判的に見るえがきかたは、歯切れの悪さだけはいささか残っているが、改訂後は完全になくなってしまった」とする。改変箇所を具体的に指摘すれば、「炎に追はれて」のなかで、「彼はのがれた。彼は逃げた。確かにそれは逃げたのだ。どういう理由がそこにつけられようと、それはそうである」という表現が「俺は決して逃げたのではない。俺は逃げたりはしない。俺はのがれたりはしてない。絶対にしていない」に書き換えられている。津田によれば、書き換えの原因は、「革命運動の組織に戦後再接近していた一九四八年当時の作者の思想と、再び運動からの離脱と対決へ向かうにいたった一九六〇年代の作者の思想のちがいが、なまのかたちで作品に投影している」ことにあったとし、改訂版『青年の環』の主題の一つが「作者自身の一九六〇年代における革命運動からの逃亡と「転向」の自己救済でもある」と非難したのである。[21]

だが、ここで「転向」とは何かをもう一度問うてみる必要があるだろう。社会運動の成果は、特定の党派による活動の達成度に従って測られるものではないし、転向の定義は、ある特定の政党から除名されることを意味するものでもない。白か黒かという明確に判定できるものではなく、〝転向のイデオロギー〟は、その場を生きる人間がその本質を知らないことを前提としているような社会的現実のなかにこそ規定されているものではないか。

たとえば、一九三八年一〇月の大阪府協同経済更生連合会の設立総会は、府社会課長による開会挨拶の後、「一同宮城遙拝、戦死者並に皇軍武運長久等の黙禱をなし声高らかに国歌を斉唱」（『融和時報（大阪公道会版）』第一四四号、三八年一一月）している。さらに同年一二月の浪速区経済更生会の臨時総会は、松田喜一会長による開会の辞の後、「宮城遥拝、君が代合唱、英霊へ感謝の黙拝」をおこなっている（同誌第一四六号、三九年一月）。これらの所作は日常生活で繰り広げられる習慣になっていたために、もはや意識に上らない社会的現実となっていたのである。国威発揚の所作が常態化したこのような光景は、『青年の環』ではほとんど描き出されていない。国体イデオロギーによって馴致されているのに気づかなくなったとき転向のプロセスはすでに完成していたといえるのである。

日中戦争開始後の一九三七年から三八年にかけての二度にわたる人民戦線グループ一斉検挙事件によって、反戦反ファシズム闘争は壊滅され、全国水平社は「非常時における挙国一致」体制に組み込まれることになった。三八年二月の全水第一回中央委員会では、「現下戦時体制下に於ては国難に殉じ」、「国内の相剋摩擦の解消、挙国一致の立前からなされる革新政策の遂行は当然に部落問題をも解決し得ることと堅く信ずるものである」という声明を発表した。さらに同年六月の全水第二回中央委員会では、「融和事業完成十ヶ年計画」を排撃してきた方針を「融和事業施設の拡充」に転換したのであった。

4　部落更生皇民運動

中央融和事業協会の機関誌「融和時報（大阪公道会版）」第一三六号（一九三八年三月）巻頭には、「水平運動の大転換／闘争主義へ「サヨウナラ」大日本青年党へ／近畿全組織に大衝動」という見出しが掲げられていた。

わが左翼陣営にあつて不断に尖鋭な態度を持し来つた全国水平社内部に従来の闘争組織両方針を現下の非常戦時体制に処して百八十度の根本的大転換を試みるべく、新しい動きが表面化するに至つた（中略）人民戦線派総検挙に次ぐ日労党解散の新事態を前に俄然関西の中間派間に、徒らに左翼固執主義を捨て絶対日本主義へのイデオロギーの清算を行ふと共に、闘争組織両面の再検討の要が叫ばれるに至り、先づ全水大阪府連中央委員長松田喜一氏外幹部十余名に組合数十名は大日本青年党に、個人の形式で正式加入、同党との密接な連繫のもとに新政治闘争への転換を導くと共に組織経済闘争の拡大強化を図ることとなった。

この記事によれば、全水大阪府連の「大転換」は、府内全域のみならず近畿の全組織に「極度の衝動を与へる」に至った。今後、全国水平社は「天皇帰一」のイデオロギーへと転換することが予想され、創始者の一人である西光万吉が「加盟」していた右翼組織の大日本青年党に、他の全水地方組織も加わるのが「必至の形勢」になったと報じられている。

一九三八年一一月の全水第一五回大会では、「我等は集団的闘争を以て政治的、経済的、文化的全領域に於ける人民的権利を擁護伸張し、被圧迫部落大衆の絶対解放を期す」という綱領を改訂し、「国体の本義に徹し国家の興隆に貢献し、国民融和の完成を期す」と明言した。経済更生の重要方針として、部門別に協同組合を組織し、原料の共同購入や価格の統一、販売の協力などを通して生産拡充に努める銃後部落厚生運動を決議した。《水融一体》が進むなかで、それらが「依拠した国家がファシズムに、内部自覚が民族主義思想に彩られたとき、それは後には軍国主義的統制経済（全体主義国家）に吸収されてしまう」のであった[22]。

さきに引用した記事にみられるように、松田が大日本青年党に入党したのは「全水運動の沈退はその運動方針が当時に於ける客観情勢を無視せるが為にして、之を打開するにはその当時の社会情勢に合流するを要すべく、現在に於ては右翼団体との提携を第一義とすべし」と考えたからであった。しかし、マルキシズムによる強い影響を受けていた全水左派の松田の行動が擬装であったとみなされていたのは、府警特高課からも「時局柄きわめて不利なる客観情勢に逢着して案出せる自己防衛の一策なりと認めらるる疑いきわめて濃厚」で「その発展性に乏しく、たとえ全水の右翼転向実現の機に至るもその具体化は至難なるものと想像せらる」と考えられていたことからも分かる（「特高月報」昭和一三年一一月分）。

松田は一九三九年になると、岡山・野崎清二、京都・朝田善之助、三重・上田音市といった全水左派メンバーたちとともに行動し、全水解消を策謀する。彼らは、全水総本部派の松本治一郎たちの「伝統的社会民主主義的指導精神」に対抗し、「協同体的一君万民の国民運動」を提唱して部落厚生皇民運動をはじめる。彼らが日本建設協会や皇民協同党、大日本青年党などの右翼団体と連携し、時局に便乗しようと試みていたにもかかわらず、社会大衆党支持の全水総本部派からみれば、彼らには「左翼的イデオロギー残滓の片鱗」がみられるのであった。

全水解消派によって示された運動方針――「盛り上る下からの大衆組織を結成し、その国民的政治勢力によって資本主義機構を打倒して革新断行に邁進すべき」(「特高月報」昭和一五年六月分)――などは、治安当局からは「いわゆる思想転向者の擬装運動にほかならず、全水としては格別の打撃あらず」ととらえられたのである(「社会運動の状況」一九四〇年)。治安当局の側からも活動家の側からも彼らの転向が真の転向ではなかったことを指摘されていたことを考えれば、戦局が厳しさを増すなかで、彼らは社会変革の信念を決して失ってはおらず、猜疑の眼を向けられながらも、究極的にはそのどちらにも与しない独自の道を模索していたといえるのではないか。

一九四一年四月一四日、全日本靴修理工業組合連合会を結成しようと奔走していた松田は、治安維持法違反の容疑で検挙された。府警特高課から「部落民の経済厚生を藉口して之を部落大衆結集のより所となし、階級運動に利用せんとするの恐れ多分に認められその推移相当注意の要」があると警戒されていたのである(「特高月報」昭和一七年六月分)。

あると考えていた。

『青年の環』のなかで矢花正行は、大阪市による「現状糊塗的な方針」を早急に転換する必要が

5　浪速区経済更生会

これまで主として懇談会などのやうな会議費に置かれてゐた事業予算の中心を、生活指導費に移し、一挙に予算の増額を計上すること、更に転業資金を現行の三百円から倍額の六百円に増すこと、物資統制によりもっともひどい打撃をうけた靴製造及靴修繕業者の組合に対して、生業資金の団体貸付を無制限に、従来よりもさらに低利で行ふことなど（下略）（「魂の煤煙」）

矢花は政策転換を具体的に提案しようと考えていたのであるが、野間宏自身は浪速区経済更生会に、実際どれほど関わっていたのだろうか。融和運動の関係資料にもとづいて、野間の足跡をたどってみよう。

一九三九年四月一一日、浪速区経済更生会第二回総会が栄第二小学校で開催された。来賓と会員あわせて七〇〇名が集まった。「融和時報（大阪公道会版）」第一五〇号（三九年五月）によれば、大阪市役所から来賓として古藤敏夫福利課長と「野間宏書記」が出席した。

一九四〇年になると、浪速区経済更生会は「約五百五十名余の会員」を獲得し、「腹心たる山本鶴男（左翼分子）」を書記として「（イ）文庫設置、（ロ）講習会・講演会の開催、（ハ）中堅幹部養成講習会の開催、（ニ）特別会員の獲得（内職関係者）、（ホ）慰安会の開催等」を計画したとされる（「特高月報」昭和一五年七月分）。

「融和時報（大阪公道会版）」第一六二号（四〇年五月）には、浪速区経済更生会の発展がつぎのように報告されている。

浪速区経済更生会の材料共同購買部は最近頓に発展し毎月一万円近くの売上を見る様になったが、此の成功振りに発奮した幹部は二千六百年記念事業として

（一）、家庭の夕べ、を催し婦人や家庭の中へ更生運動を持込むこと。

（二）、青年講座を開くこと等を協議し四月七日から毎月七日と二十一日に大阪市の福利課の野間氏を招き経済学日本歴史其の他一般常設の講座を開いて居る。現在参加人員十五名いづ［れ］も熱心なる青年である。

右の記事には、野間が「経済学日本歴史其の他一般常設の講座」を開いていたとある。大正の米騒動以来の〝暴動〟を警戒して〝赤化〟を恐れていた陸軍憲兵隊でさえ、松田の目が光っているためにに立ち入れなかった場所で、野間はひそかにコミューンの実現を企図し、マルクス主義経済学や

唯物史観を教えていたとされている。差別された場所にしか自由な空間が残っていなかったという逆説は、野間の偽らざる本音であっただろう。『青年の環』には、矢野元治が矢花と一緒に被差別部落に出かけた体験を、大道出泉に話して聞かせる場面がある。矢野によれば、相談に訪れる人びとから「矢花先生」と呼びかけられるほど、矢花は信頼が厚いのだという(「小無頼」)。

大阪市内の経済厚生会は、浪速区以外でも活動が活発化し、一九四〇年四月三〇日、西成区経済更生会が今宮第七小学校で開催され、大阪市から「福利係野間書記」が出席した(「融和時報(大阪公道会版)」第一六三号、四〇年六月)。さらに六月一二日、大阪市北区経済更生会の第四回総会が豊崎衛生会館で開催され、大阪市からは古藤福利課長と「野間書記」が出席した(同誌第一六四号、四〇年七月)。

全水左派の松田が全水解消を画策してはじめた部落厚生皇民運動全国協議会の第一回全国会議が一九四〇年八月二八日、浪速区の有隣勤労学校と栄第二小学校で開催された。このとき来賓として「大阪市役所社会部野間宏」が出席している(「特高月報」昭和一五年八月分)。別の資料では、この会議に野間は「浪速区経済更生会中堅幹部養成講習会講師」という肩書で出席し祝辞を述べたとある(「皇民運動」第二号、四〇年九月)。

近衛文麿首相による新体制運動がはじまると、融和事業の《新体制》を推進する大阪協議会に、野間は大阪市役所書記として参加し、一九四一年一二月一〇、一一日に奈良県橿原市で開かれた紀元二千六百年奉祝全国融和団体連合大会に出席した。厚生大臣諮問「融和事業ヲ一層徹底セシムルノ要アリト認ム仍テ之カ方途ニ関シ其ノ会ノ意見ヲ諮フ」に関する答申を討究する研究委員に選ばれている（「融和時報（大阪公道会版）」第一七〇号、一九四一年一月）。それと同時に文部大臣諮問「融和教育ヲ一層徹底セシムル具体的方途如何」に関する答申案の起草委員の一人にも選ばれていた（「融和時報」第一七〇号、同年一月）。

同じ一九四一年一月六日、野間は浪速区経済更生会の第四回評議会に出席し（「融和時報（大阪公道会版）」第一七一号、一九四一年二月）、一月三〇、三一日、大阪府立青年塾堂で開かれた融和促進運動指導者養成講習会に大阪市を代表して受講した（「融和時報」第一七二号、同年三月）。さらに七月八、九日、修養団関西道場で開かれた融和事業関係地方青少年団幹部講習会に大阪市から講習員として出席していた（同誌第一七七号、同年八月）。

これらの資料からは、野間の活動とともに、『青年の環』の作品背景になっている大阪市社会部福利課の動向がうかがえる。『青年の環』の矢花は「浪速区の東端に位置する貧民街の小学校の中に二ヶ月程前から建設中の職業転換施設に関する書類」を職場の机上に広げているが、この施設は実際に一九四〇年九月に設立された有隣職業教習所であった（「魂の煤煙」）。『大阪市社会事業要覧（昭和一六年版）』によれば、「本教習所は産業報国の主旨に基き機械工の養成を図り、事変下に於ける労働力の拡充を目的として建設せられたるものである」と説明され、建設費は二万三五二〇円、木造平屋建六〇坪で、学生の定員は昼間部の第一部（高卒以上）四〇名、第二部（高卒以上）二〇名、夜間部速成科二〇名であった。[23]

ちなみに『青年の環』に登場する三浦市長は坂間棟治、アメリカ留学の経歴を持つ那須助役は森下政一、「自由主義的な開放精神の持主」(『魂の煤煙』)とされる大浦社会部長は田坂茂忠、池上福利係長は増田裕治、浪速公民館長は望月武夫がモデルになっていたと考えられる(24)。

6 〝国民融和〟への道

一九三七年一〇月現在、浪速区経済更生会に属する地域人口のうち朝鮮人が九・六%を占めていた。「特高月報」(昭和一三年五月分)によれば、「殊に在阪朝鮮人の皮革業界への著しき進出は内地人業者に多大の脅威を与えつつあり。即ち之等朝鮮人は低廉なる労賃と頑健なる体力により漸次業界を侵食しつつあり」とされた。その当時「朝鮮人業者は製靴材料の入手及び販路の統制を図る目的」から「株式会社厚生会(資本金五千円)の組織計画を立て奔走中」であった。松田喜一と大阪市会議員の栗須喜一郎は、朝鮮人労働者による「脅威」への対策を「考究中」であるとされ、府警特高課は「将来之等両者の動向相当注意を要すべきものあり」と警戒していた。前出の朝治武によれば、「経済更生会は靴修繕業者などを組織して部落民衆の生活を擁護しようとするものであったが、一方では朝鮮人の部落居住による皮革業進出に対抗しようとする排外主義的な一面をもっていた」という(25)。

差別を解消し経済格差を是正する民主的な目的を掲げた融和運動は、最後は天皇中心の国家主義に転落し、「排外主義的な一面」を抱える結果を招いてしまった。野間によって、「日本の如何なるところにも見出すことのできない「人間」に対する愛があった」と表現された民衆は、みずからの解放を〝国民融和〟への道に求めて戦争協力に動員されてしまう結末におちいったのであった。

第10章

『青年の環』論（2）

——大道出泉における革命主体の形成

1 「反社会性」

『青年の環』には田口吉喜による数々の悪事――大道出泉への恐喝や陽子のゴシップ記事、内山酒造再建事業に関わる利権入手など――が暴き出される。田口の性格は「あらゆる悪計をもって、ひとをおとし入れ、ひとの秘密を握っては、その家に入り込み、しぼりとれるだけ、しぼりとり、その家をついには取りつぶすということで、自身の差別されてきた生涯の復讐をとげるのに憑かれて」いたとされる。出自を隠して生きている人びとから金品をゆすりとることさえ厭わない田口を、大道は「部落のなかから生れてくる反社会性」と呼ぶ。そして矢花正行に「君は部落のなかから生まれてくる反社会性というものを、その暗いものを徹底して知っているのか」と警告した（「炎の場所（一）」）。田口は、矢花が阪神間の人民戦線運動に関わっていたのを嗅ぎつけ、矢花が「部落のなかを赤にしよう」と考えていると警察に密告し、プレイガイドで闇チケットを販売していた矢花の母親よし江を恐喝することも企んでいたのである。

大道によれば、「人間は類的存在であるがゆえに、人を殺すことが出来る」のであり、「俺が田口を殺すことも出来るのや」と言い放つ。大道はこの「反社会性」を「革命」に結びつけ、「人、一人も殺さずして革命がなしとげられるとはどうしても考えられはしないよ」とし、「この反社会性を逆に梃子にして、運動を展開するということを考えぬ限り、それは真の力を発揮しえんやろう」

と訴えた。

その反社会性こそは、また当然、資本主義社会を越えて行く重要な要素を、毒としてそのなかにふくんでいる。その反社会性は二重の反社会性であり、一つは本質的な反社会性、そしてもう一つは資本主義社会に対する反社会性であって、僕はこの二つのものを、運動のなかで分離することによって、その反社会性を、資本主義社会を越えて行く要素として行きたいものと考えている。

大道は「本質的な反社会性」と「資本主義に対する反社会性」とを分離すべきだとし、後者を「資本主義社会を越えて行く要素」に転化させたいという。マルキシズムの強い影響を受けていた昭和初期、水平社運動は、経済的不平等を是正するために階級闘争を激発させ、社会主義革命を実現しようとしていた。黒川みどりは、自分たちを無産者に同化させ、無産者階級と一体化することによって差別を解消しようとしていた全水左派の考え方を、つぎのように説明している。

彼らは「部落民」と自らを位置づけながらも、彼らが重視しているのは被差別の立場にある「部落民」としての一体性ではなく、部落のなかの「貧乏人」であることだった。彼らは部落のなかの「少数の金力家」との間にこそ根本的な利害の対立を見出し、部落という枠組みを超えた「無産階級」に共通利害を見出していった。[1]

『青年の環』には、月三割という高利小口貸しによって勢力を維持してきた亀多田宗太郎と、大阪市の生業資金を役員名で借り受けて小口融資をはじめた経済更生会――靴、履物修繕業者組合――との抗争が描かれている。大正の米騒動では、大阪陸軍歩兵第八連隊の兵士が帯剣、銃武装して市内に治安出動した経緯もあって、経済更生会には、大阪府警特高課のみならず陸軍憲兵隊の監視の目が光っていた。

矢花は、「反社会性」を「革命」に結びつけようとする大道に同調せず、それは大道の自殺を正当化する理論でしかないといって、「ひとは類的存在であるがゆえに、ひとを殺すことは出来ない」のだし、田口を殺すこともできないのだと正反対の意見を陳べる。たとえ田口がどれほどひどい男であっても「部落の人間を裁くに正当な権利をもっているものは、一般の人間にはいない」というのである。これまで地域の人びとに接してきた矢花にとってみれば、人を殺すことではなく、「すでに過去の水平運動、部落解放運動によって自分が部落民であるという意識から全く解放されきっている人間」、「平等観にこれほど徹しているひと」（島崎浪速区経済更生会長や京都の麻石）を手本にすることによって「反社会性」が克服できるのだと反論する。

事実、島崎や麻石のような指導者は、「吾等は人間性の原理に覚醒し人類最高の完成に向って突進す」という全国水平社綱領を体現していたとともに、地方行政が全国水平社に対抗して推進していた融和運動――「内部同胞の自覚向上を促し、共存共栄の実現を期す」とする内部自覚運動――とも接点を持つこともできたのである。

突然、黒鶏の時を告げる鳴き声がして、大道は田口との待ち合わせ場所に出かけようとする。矢花は彼を引きとめようとするのだが、自分の上司である大阪市役所社会部の池上福利係長から至急の電話がかかってくる。別れの場面で大道は、矢花が触れたヘーゲルの『精神現象学（*Phänomenologie des Geistes*）』の「動物のもっとも発達した器官は生殖器である」という言葉を、「もう一度、改めて考えてみることにするよ」と語ったうえで、矢花に向かってつぎのように話す。

しかしやはり俺は部落をまわってよかったと思うのや。この最低の、生きられるか生きられんかわからんような条件のところに、こう光りが、射しているとは俺にはとても思えんかったな。君はほんまに、よいところにいるのやな。ほんまによいところに。

この地域にもっと早く来るべきだった、と大道は繰り返しつぶやき、矢花の生き方を承認する。そして、大道は意を決して田口のところに出かける。二度の中断をはさみながら二三年もの長い時間をかけて執筆された『青年の環』は、このようにしてクライマックスに達するのだが、大道が「もう一度、改めて考えてみることにするよ」と語った『精神現象学』の言葉を手がかりに、この作品に登場する人びとの関係を読み解いてみよう。

2 《承認をめぐる生死を賭した闘争》

「炎の場所（二）」では、大道出泉は田口吉喜に死の制裁を加えた後、拳銃によって自殺する。田口を殺すことで「田口に対する差別から脱けだし、田口と対等になれる」と考えていたからである。ヘーゲルにおける「生命」とは、個々の人間を存在させる「個別的生命」であると同時に、それらの存在を廃棄することによって自己を維持させる「普遍的生命」でもある。個別を廃棄して全体として統一された存在は「類」と名づけられる。

ヘーゲルによれば、対象を自分のものにしようとするのが「欲望」であるとされ、それは対象を否定しようとする動きでもあるのだが、「欲望」が生じるのは対象がそこにあるからで、対象が存在しなければ「欲望」も生じない。人間の「自己意識」は、他者を否定しようとする「欲望」ではなく、「普遍的生命」の運動から生じるもので、「自己意識」によって自己と他者との相互承認が可能になるという。

> 自己意識に対して、ひとつの他の自己意識が存在する。つまり自己意識は、じぶんの外部に出ているわけである。この件には二重の意義がある。第一に、自己意識はみずから自身を喪失してしまっている。自己意識はじぶんを他の実在として見いだすことになるからだ。第二に、

自己意識はかくて他のもの《ダス・アンデレ》を廃棄している。自己意識はまた他者《ダス・アンデレ》が実在であるとは見なさず、みずから自身を他のもののうちにみとめるからである。[2]

「自己意識」は、自己を否定して他者のうちに自己をみいだすと同時に、他者のうちに自己がみいだされることによって他者が否定され、弁証法的統一に至る。いささか乱暴な大道のロジックによれば、他者としての田口を殺し、自殺という自己否定を企てることによって、両者の間に生じていた矛盾が止揚されるというのである。亀井秀雄が指摘しているように、「田口を追及するというのは、けっきょく出泉にとって、自分自身を狙うことでもある」。なぜなら「父親の財力と不始末に吸着していたかぎりにおいて出泉と田口の間柄は、むしろ事情をよく知らぬ矢花正行がそれなりに見抜いていたように、ヘーゲルの『現象学』に言う主と僕の関係のごときものであったのだから」という。[3] 関西電力業界の重鎮である大道敬一は、電力統制の機運に乗じて新しい国策会社の経営に乗り出そうとしていた。その恩恵に与って世を渡ってきたのが出泉であったのだから、出泉にとって、敬一の不始末につけ入ろうとする田口を断罪しようとするのは、「忠実な友」であったはずの田口との関係を根本的に見直さざるを得なくなるだけではなく、みずからの不甲斐なさを正視せずにはいられなくなるのである。

「ヘーゲルの主と奴、主人と奴隷の関係」は、「重心」（第六部第一章）で矢花が言及したヘーゲル哲学の核心である。『精神現象学』によれば、《承認をめぐる生死を賭した闘争》が主人と奴隷の間で生じ、「他者の死をめざすことのうちには、みずからの生命を賭することがふくまれている」[4]。人間が真に自由で自立的な存在であるためには、他者からの承認が不可欠である。奴隷は労働を通して事物を加工し、自己を形成することができるが、主人は消費に没頭するだけで労働による自己形成ができない。その結果、主人の生活は奴隷に依存したものに堕してしまう。奴隷が自由と自立を獲得するようになるのに対し、逆に主人はそれらを喪失するだけになる。秘密を握られた大道が田口にとらわれてゆくのに対し、悪事を自在におこなう田口は大道を脅かすまでになっており、主人と奴隷の地位が逆転したかのようにみえてくるのであった。

大道は自己の「腐敗の哲学」に触れながら、「羞恥する場所、それは人間の汚穢物を排泄する場所に、隣りあわせにあるわけで、俺はこの羞恥の場所と汚穢の場所を、いまでは誰よりも鋭敏に感じとることが出来る人間になれた」という。大道の言葉を聞いて矢花は、「動物のもっとも発達した器官は生殖器である」と語ったのだが、生殖器と排泄器官の接合は、『精神現象学』V「理性の確信と真理」（A「観察する理性」）の末尾に「無限判断」の説明として使われている。

そこには深みと無知（知られていないこと《ウンヴィッセンハイト》）との結合があり、その結合は高きものと低きものとの結合とひとしい。そのような結合なら、生けるものにかんして自然が、その最高の完成の器官つまり生殖器と、放尿の器官とを結合したことにおいて、むぞうさに表現しているところである。無限判断は無限なものとしては、じぶん自身を把握する生命の完成ということになるだろう。意識は、それが生命の意識であるにしても、表象のうちにとどまったままであるならば、しかしながら放尿めいたふるまいを示すだけなのである。(5)

生殖と排尿とは本来異なる機能であるが、それらを同一の器官が担っている。排尿という個体維持のための低次の機能を通らなければ、生殖という普遍的な価値のある高次の機能を持つことはできない。ヘーゲルにおける「無限判断」とは、まったくかけ離れた二つのものが、その徹底した否定性ゆえに結びつけられた判断形式である。「精神とは骨である」という命題に示されるように、そこに貫かれているのは、主語と述語の間に共通する普遍の領域がなく、比較することも区別することもできないという徹底した否定性とされるのである。

スラヴォイ・ジジェクによれば、旧来の封建的秩序を打ち砕き、近代国家の新しい合理的秩序を形成するためには、ヘーゲルの「無限判断」にみられるような「ラディカルな抽象的否定性」が必要であった。(6) ジジェクはそれを「革命的テロリズム」と呼び、「「主体の無限の権利」の不可避的主張」――「「具体的普遍」への道はただ、「抽象的否定性」の十全なる主張を経なければならない」――を強調したことによって「ヘーゲルがヘーゲルになった」と断言する。(7) この「ラディカルな抽象的否定性」は大道の主張、すなわち「反社会性」を「逆に梃子にして、運動を展開する」とした「革命」理論と同時に、「腐敗、腐敗、くされやぶれる、そのなかに自分を置いて生きて行くのや」という「腐敗の哲学」にもつながる。『精神現象学』Ⅷ「絶対知」の末尾には、つぎのような表現がある。

じぶんのうちへ立ちかえることで精神は、みずからの自己意識という闇夜《ナハト》のなかに沈みこんでしまうけれども、精神にとっては消失してしまった現存在《ダーザイン》はたほう、その〔想起という〕夜の闇《ナハト》のなかで保存されている。特定の定在《ダーザイン》はこのように廃棄されるが、その定在こそ――以前に現に存在《ダーザイン》したものとはいえ、知からあらたに生まれてそこにあるもの《ダーザイン》でもある――あらたな現存在《ダーザイン》であり、あたらしい世界であって、精神の更新された形態なのである。(8)

ヘーゲルにおける「闇」と「夜」は否定性を意味する。否定の徹底を媒介させながら新しい生成をたゆみなく誘発することによって「精神の無限性」に達するというのである。ジフィリス菌（梅毒）に身体を冒された大道は、「しかし君はじつにうらやましい男だよ。うらやましいよ。健全だよ、そして昼だよ。真昼だと言ってもよい」と矢花正行に語りかける。翻って自分自身に触れ、「君とは反対に病気持ちで、真夜中の人間がいるということ、一歩一歩積み重ねて行くというのではなく、跳び上り、そしてまた跳び降りして歩いて行くような人間がいるということが、君の眼には入っていないのだよ」と訴えた。

大道が使った昼と夜の喩えは、『精神現象学』でも使われている。「絶対的な実体である精神」の「転換点において意識は、感覚的此岸という彩られた仮象、超感覚的彼岸という空虚な夜から脱出して、現在という精神の白昼へと歩みいっている」[9]。時を忘れて昼の日中に鳴く黒鶏の声をきっかけに、大道は「腐敗の哲学」、すなわち「空虚な夜」からの脱出を図って、ヘーゲルのいう「私たちである〈私〉であり、〈私〉である私たち」である」状態への止揚を目指したのであった[10]。

3　滝川事件

「華やかな色彩」では、かつての恋人大道陽子が矢花正行に〝京都の事件〟を知らせる。矢花の友人たちは「人民戦線事件のしばらく後で、それとは別個に学生運動、その他の部面《ママ》で昨年検挙され、不起訴処分で出てきていた」（「美しい夜の魂」）。歴史上の事実を時系列に沿って説明すれば、第一次人民戦線派事件（一九三七年一二月）、第二次事件（三八年二月）、日本共産主義団事件（三八年九月）と一斉検挙がつづくなかで、「学生評論」関係者として永島孝雄が逮捕され（三八年六月）、京大ケルン関係者として布施杜生が逮捕された（三八年九月）。この時期はまさに『青年の環』の時代設定に重なる。

『青年の環』冒頭から矢花は〝京都の事件〟にいきなり巻き込まれ、作品の結末部分に至るまで特高警察による捜査が自分の身まで及ばないかを恐れつづける。ジジェクによれば、「主体は、彼が知っているべきことをすでに知っているかのように扱われる状況へといきなり放り込まれることによって、告発されるのだ」という[11]。検挙からもれ、普段の生活を送っていた自分にも、過去の活動が治安維持法違反に問われる危機が迫っている——矢花は否応なくその現実を突き付けられたのである。「炎の場所（一）」では、中淀区経済更生会の会計帳簿を調べにきた二人の警官に対し、思想犯の〝正体〟を見破られないように、矢花は言葉や調子、言い回しなど相手に同調させることを忘れなかった。ちなみに中淀区は架空の場所である。作品には阪急電鉄崇禅寺駅が登場するが、経済更生会が実際に設立されていたのは、東淀川区・東淀川区北部・東淀川区日之出町の三カ所であった。ちなみに角岡伸彦『ピストルと荊冠』（二〇一二年一〇月、講談社）は、現代における「部落のなかから生れてくる反社会性」を、『青年の環』の舞台と重なる場所で追及したルポルタージュである。「部落解放運動や同和対策事業は何を残してきたのか?」という視点から、東淀川区の部落解放同盟をめぐって発生した飛鳥会事件が取り上げられている。

他方大道出泉は、過去の対象関係を強迫的に反復させている。「暗い色をつけた炎が彼の内にさし込んで来た」と、明／暗が相剋する「炎」に喩えられた「それ」、「そいつ」が大道の焦燥感をかき立てるのであった（「炎に追われて」）。

「炎に追われて」には、大道が佐々木三郎と連れ立って、梅田新道の喫茶店を出て御堂筋沿いに歩く場面がある。堂島ビル（通称：堂ビル）の前を通って、大阪市庁舎北側の堂島川に架かる大江橋にさしかかると、「それ」、「そいつ」が大道の脳裏を過ぎる。「ぱっと心の内を光りのように照らしながら、何ものかが通る。重量のあるものが、彼の身の隅々を重くする」。そして「彼の熱の意識のなかに動くそいつのさらに向う、彼の心のさらに深い暗みの中から、一人の男の顔」が浮かび上がってくるのだが、その「男の顔」こそ、市役所最上階の五階にある社会部に勤務している矢花であった。「幾度その矢花の風態を見下げたことだろう」という過去の記憶をよみがえらせながら、大道は「奴はどこか汚れてやがる、奴の体のどこかに卑しさがくっついている」と矢花の幻影を突き放そうとする。

矢花が第三高等学校の学生であったとき、彼にマルキシズムの運動を教えたのは、左翼学生運動に没頭していた大道であった。しかし、矢花はそれを素直に受け入れず、運動の正しさを疑っていた。大道には、矢花がいかにも愚鈍であるという印象に加えて、「父の下役の息子の正行の姿は、じっさいうすぎたないのろのろした格好」にしかみえなかった。だが『青年の環』が進むにつれて、その「汚れ」や「卑しさ」が実は、大道が自分自身の「汚れ」や「卑しさ」を矢花に投影したものにすぎなかったことが明らかになる。大道にとっての矢花は、心理的な転移関係にあったといえる。

矢花が三高に入学したのは、「あの大きな学校ストライキが起った二年あと」とされるのに対して、大道は「あれは俺が、大学にはいったときのことだ」と「学校ストライキ」を回想している。滝川幸辰教授が文部省から休職処分を受けた滝川事件は、一九三三年五月に発生した。その二年後に入学したのであれば、大道と矢花の出会いは三五年四月頃で、それはちょうど野間宏が京都帝大文学部に入学した時期に当たる。その一方、作品の別の場面では、大道と矢花が出会ったのは「小林多喜二の死がつたえられてしばらくしてからのことであった」とされているのだが、築地警察署で多喜二が虐殺されたのは三三年二月であることから、作品中の矢花の入学年に二年間の齟齬が生じているといわざるを得ない。

滝川事件が起こると、学問の自由を侵すものだとして京都帝大法学部教授は総辞職し、助教授や講師、助手もそれに同調した。学生も抗議運動に影響され、全学学生代表者会議や全学学生中央部会などの中央指導部を結成し、他の帝国大学の学生自治会に決起を呼びかけた。日本共産同盟京大細胞は一九三三年六月一〇日に結成され、機関誌「京大学生新聞」を二回にわけて学内に撒布したが、六月二〇日京都府警特高課によって一斉検挙されてしまう。この年、京都帝大では五四名の学生が検挙され六名が起訴に至るとともに、五名が放校、六名が退学、一五名が停学、二名が訓戒処分を受けている。「裏と表と裏（二）」には、大道が外国語の勉強のために京都に下宿していた時期に発生した「思想事件」で、父親の敬一に「府庁の内務関係に手を廻して、処分を不起訴処分」にしてもらった。

三高を中途退学後に阪急百貨店宣伝部に勤めていた大道が特高警察に連行された記憶――「私服をつけた鼻の低い一人の刑事につれられて歩いて行ったときの姿」――を呼び覚ます（「炎に追われて」）。堂島ビルと堂島川との間にある「細い道」の先には、大阪地裁や大阪高裁（控訴院）、大阪府天満警察署などの法執行機関が集まっていた。運動から離れてしまうことになった経緯を、大道は矢花に話していない。大道は矢花との対話を空想しつつ、自分が「解るはずはない。俺はまだお前に何一つ話していないんだから……」というと、空想上の矢花は「解るよ。……別に、お前が話してくれなくとも、お前のさがしているものくらい……」と応える。大道の声に耳を傾ける矢花の瞳の奥には、彼に理解してもらおうとして話しかける大道の姿が映っていたのである。井上隆史によれば、大道が抱く幻覚は「梅毒による幻覚症状」によるものだが、「綜合された読者の視点」に立てば、長編作品の全体を貫くイメージの連関が感受できるのだという[12]。

思想弾圧が波及してくる恐れを感じつつも、経済更生会の支援にのめり込んでいる矢花の姿は、検挙の危険が迫るなか、救援カンパに奔走していた三高時代の大道に遡及できる。「彼の前にはいまは全くその位置を変えて矢花正行が立っているかのようである」(「炎に追われて」)。大道が過去への遡及を繰り返しながら、これからはじめる社会革命の行為遂行的《パフォーマティブ》な認識を抱くようになるのが『青年の環』における弁証法的プロセスであるといえよう。

大道は矢花に「どうやら俺は君に会うのが遅すぎたという気がする。もう一日早ければよかったのに、といま考えているところなのや。いや、早すぎたのかも知れん、もう一日、遅ければよかったのかも知れん」と告白する。ここに典型的にみられる「「適時」であることの構造的不可能性」――「「いまだなお」を「つねにすでに」へ転倒する形式、「早すぎ」を「事後的」へと転倒する形式」の反復を通じて「それ自身」へと止揚するものこそ、『青年の環』の壮大なドラマを形成する弁証法的プロセスである[13]。

弁証法についていえば、野間は、サルトルが「実践的開示による世界把握と創造行為の関係」を取り扱わなかったと批判し、「作家が実践を通して把握した世界の、欠如している全体を想像力をもって得ようとする」ところに文学における構想の世界があるという独特の全体小説論を展開していた。[14]

「ひとつ大爆発でもやらんといかんのやろな」（「血とつながり」）といって大道家の転覆を企てようとしていた大道と、「爆発せんのかなー。爆発せんのかな」（「舞台の顔」）と蜂起を待望していた矢花との間には、権威や秩序の解体を志向する点では通底するものがある。しかし、「爆発」への関わり方には大きなちがいが存していた。大道はみずから革命の主体になろうとしていたのに対し、矢花は革命の観察者・伝承者にすぎない。[15]『青年の環』の掉尾を飾る「炎の場所（三）」は、カンテキを並べて米を炊くという奇抜な戦術を採用し、警官隊の介入を警戒しながら亀多田派と対峙する、中淀区経済更生会メンバーの獅子奮迅の活躍ぶりが描かれているが、そこでも安河や島崎、山森たちが主役であって矢花は脇役でしかない。『青年の環』における革命の真の主体は、「部落のなかから生まれてくる反社会性」を断罪しようとした大道から生まれるのであった。

そこで、「俺はどうして、もっと前から行かなんだのかと、ほんまにくやしい思いをさせられたよ」（「炎の場所（一）」）という大道の発言に着目し、大道が矢花との間にみられた転移関係を解消させ、真の主体を形成させたプロセスを分析してみよう。

4 〝無産者との一体化〟から〝国民との一体化〟へ

喜田貞吉は、《所謂融和問題に於ける部落の史的研究》に取り組んだ歴史学者であった。喜田が一九三九年七月二三日に死去すると、三好伊平次（黙軒）の「国史界の権威／融和事業の偉勲者／喜田博士の逝去を傷む」という追悼記事が「融和時報」第一五三号（一九三九年八月）に掲載された。喜田は全水左派とはちがって、融和事業による集団的・漸次的生活改善と、個人の努力による立身出世の機会保障とを通じて、差別が解消できると考えていた。身分的上昇と下降が起こり得るという身分移動の動的プロセスこそ日本民族融合のプロセスであり、天皇一族といえどもこの動向とは無縁ではないと大胆に論じたのである。奇しくも喜田の死は、『青年の環』の作中時間に重なっていた。

〝同和〟という言葉が使われるようになったのは、一九四一年六月に中央融和事業協会の後継団体として発足した同和奉公会や、翌四二年八月に文部省が公開した『国民同和への道』にもとづく同和教育など、「高度国防国家」の建設を目指した太平洋戦争の総力戦体制下であった。その傾向は、日中戦争勃発時からすでに顕著になっていたのだが、水平社運動は〝無産者との一体化〟から転じて〝国民との一体化〟を目指して戦争協力をおこなうようになっていたのである。

だが、そもそも不当な差別が続いてきたのはなぜだろうか。たとえばそれをユダヤ人差別から類推して考えれば、ヨーロッパ人がユダヤ人を差別するのは、実際のユダヤ人とは何の関係もない。ジジェクによれば、ユダヤ人は、他のヨーロッパ人を経済的に搾取しているとか、時おり娘を誘惑するとか、定期的に風呂に入らない者がいるとか、さまざまな偏見が持たれているが、それらを一つひとつ実証的に論破したところで差別は解消しないという。〝部落民〟に対する差別の原因は身分差にあるのか、経済的不平等にあるのか。実は、それらの原因が取り除かれたとしても究極的に差別は解消されないのではないか。なぜなら「イデオロギー的」な民衆の姿は、「われわれ自身のイデオロギー体系の綻びを繕うためのもの」でしかないからである。[16] すなわち〝部落民〟に対する差別は〝単一民族国家〟のイデオロギーがその内部で抱える矛盾――〝均質な国民〟を担保するためには、つねにその内部からはじきだされる存在を必要とする――に起因しているといえるのではないか。

大道は矢花に向かって「俺はどうして、もっと前から行かなんだのかと、ほんまにくやしい思いをさせられたよ」と語り、「これは、ほんとうのところを言うてるのやぜ。そう、俺の、心の底からぐっとのぼってくる言葉そのままやで」という。学生時代から革命を志した大道は、矢花が関わっている地域に足を踏み入れることによって、それまで目撃したことのない社会的矛盾を目の当たりにした。父親の地位と財産に寄生している大道は、自分が社会変革の志から背を向けてしまったと感じていたが、実はその志自体、裕福な家庭に育ったインテリ学生の幻想であって、真の抵抗精神を一度も抱いたことがなかったのではないか。革命を必要としている人びとが「これほどすさまじい、ひどい条件のところに置かれているとは解らんかったな」という言葉のなかに、そのような大道の真意が託されていると思われる――。このとき彼は「この最低の、生きられるか生きられんかわからんような条件のところに、こう光りが、射しているとは俺にはとても思えんかったな」といってそこに「光」を発見している。転向によって、そして病気によって生きる希望を失ったと思っていた大道にとって、この「光」は彼がそれまで抱いたことのなかった理想でもあった。再びジジェクによれば、「自身が失ったものを自身が一度も所有したことがなかったという体験、これこそ、精神分析の終結の瞬間の、つまりは転移からの出口の十分に厳密な定義と考えることができるだろう」とされる。(17) 大道は転向体験に固着するあまり、矢花を否定することでしか自我を防衛できなかったのだが、「同じ道を歩いて」いるようにみえた両者が実は「まったく別の道を歩いている」のを認めることを通じて、ようやく転移関係からの出口を発見するに至ったのである。

たしかに俺と君とは同じ道をたどってきたよ。しかしもともと二人は同じ道を通りながら、別々の道を歩いていたようなものやないか。いや、それはいまも同じことで、いまも二人は同じ道を歩いているのかも知れんよ。そう、そうして、それでいてからが、まったく別の道を歩いているということになる。

磯貝治良は大道を《転向者》と呼ぶことに異議を唱えた。父親に対する彼の要求――「内山酒造再建の汚れた計画から手を引け、関西電力界の実力者という現在の地位から退け、腐臭が立ちこめる〈ブルジョア階級の家庭としての〉大道家を崩壊させてしまえ」などは、彼にとって「体制的なものへの向日的とさえいえる異議申し立てであり、闘争宣言」であったとし、磯貝は大道の「「正義」の情熱」がそこに見出せるとしたのであった。(18)

大道にとって「忠実な友」であったはずの田口が、実は「復讐」に憑かれた人間であった。大道は、敬一と田口との共謀関係に巻き込まれていたことを後から知ったのだが、田口との悪しき因縁は自分が気づく前からすでに存在していたのである。『青年の環』のクライマックスにおいて、田口という《反社会性》を体現した人間に対する認識を媒介にして大道は、ついに真の主体を形成することができたのであった。しかし、それは結果として大道の自死という代償を伴うことになったのである。

大道はみずからの死をもって、人間存在にとって本質的な「反社会性」を排除し、資本主義社会に対する「反社会性」を掬いだして、差別を生み出す原因となっている資本主義社会を克服する社会革命への道を拓いたのである。その意味で、大道は革命主体を獲得したといえるのだが、それは自死という自己消滅の悲劇を伴わなければ獲得できない極限の逆説において示されるものであったのである。

第11章

野間宏における一九六〇年代の政治と文学

1 〝血のメーデー事件〟

一九五二年五月一日、サンフランシスコ講和条約と日米安全保障条約に抗議し、警察予備隊の〝再軍備反対〟と〝人民広場（皇居前広場）の開放〟を要求するデモ隊が皇居前広場周辺で警官隊と衝突した。デモ隊側の死者二名、重軽傷者千数百人に達し、警官隊側も負傷者が八〇〇名に上ったことから、戦後初のメーデーは〝血のメーデー事件〟と呼ばれるようになった。デモ隊が過激な行動をとった背景には、日本共産党が武装闘争方針を掲げていたことがあった。このときデモに参加した野間宏の様子を、新日本文学会組織部の専任書記としてみずからもデモに加わっていた窪田精は、つぎのように描写している。

私のすぐ傍ら、三メートルぐらいの距離のところに、車座になってすわりこんでいる男たちの真んなかに、はちきれんばかりにふとった大きな体の男が一人、あぐらをかいてすわっていた。それが野間宏であった。

野間宏はいつもの背広ではなく、古ジャンパーに作業ズボンのようなものをはき、ズック靴にゲートルという服装だった。

古いジャンパーに作業ズボン、それにズック靴にゲートルというのは、自労や土建の労働者などならともかく、メーデーに参加する文学者の服装としては、めずらしいものだった。それに大きなからだにくらべて、身につけているもののサイズがすべてちいさすぎるのか。野間宏のからだは、よけいにはちきれんばかりにふとってみえるのだった。そして、その大きな体の両方の肩から、水筒（のようなもの）と弁当いれらしきズックのカバンとタスキのように十文字にかけていた。それが、ものものしく、異様な感じであった。[1]

新日本文学会のメンバーの多くが「背広」や「軽装」で集まっていたのに比べて、「古いジャンパーに作業ズボン、それにズック靴にゲートル」という野間の服装は、彼が労働者とともに、むしろ労働者の一人として意識的にデモに参加しようとしていたことが分かる。

一九五〇年の党分裂にともなう文学団体の分裂に際し、野間は、職場文学サークル運動を通じて労働者自身による作品創造を推進した「人民文学」作家グループに参加してはいたが、専門作家による創作活動に評価を与えていた「新日本文学」作家グループとの関係修復にも努めたとされる。だが六〇年代になると、党中央に復権し執行部を固めていた宮本顕治や袴田里見たちとの間で次第に対立が深まって、最後は除名処分を受けることになる。処分に至る経緯を振り返りながら、野間における《政治》と《文学》の関係を考察してみよう。

2　要請書の提出

日本共産党第七回大会は一九五八年七月二一日〜八月一日に開かれた。党綱領草案をめぐって、宮本顕治の「反帝・反独占の民主主義革命」論と、春日庄次郎に代表される「構造改革・社会主義革命」論との間で意見対立が生じた。宮本は、当時の日本社会を「高度に発達した資本主義国でありながら、アメリカ帝国主義になかば占領された事実上の従属国」と規定し、独占資本とアメリカ帝国主義という《二つの敵》に対する民族解放民主革命を基本方針とした。民族解放民主革命、すなわち人民の民主主義革命から社会主義革命へという二段階革命論は、一九三〇年代の日本資本主義論争における講座派にまで遡る日本共産党の基礎理論ともいえるものであった。

これに対して春日は、日本帝国主義が自立発展しているとし、独占資本を打倒する社会主義革命を目指す一段階革命論を掲げた。党内外の革新的分子を結集し、社会党を含めた革新戦線の統一を通じて、平和的な民主改革を推進しようとするものであった。春日にとって、宮本の理論は戦後の日本社会とかけ離れた、かつてコミンテルンから与えられた〝三二年テーゼ〟と同じものにしかみえなかったのである。ところが、宮本からみれば、支配機構の根本的変革ではなく部分的な構造改革を進めようとしていた春日の方針は、国家権力を奪取するという革命政党の第一目標から外れたものであり、アメリカ帝国主義に対する対決を回避する〝現代修正主義〟――アメリカとの平和共存を唱えるフルシチョフ路線――であった。

この大会では、五〇年に生じた党分裂の原因の一つが徳田球一書記長の「家父長的個人中心指導」であったという反省に立って、党中央委員会は（1）「いかなる事態に際会しても党の統一と団結、とくに中央委員会の統一と団結をまもること」、（2）「民主集中制と集団指導の原則を貫くこと」、（3）「中央委員会内部の団結とともに中央と地方組織との団結」、（4）「いかなる場合にも党の内部問題を党外にもち出さず、それを党内で解決する努力」、（5）「中央委員会をはじめとする全党がマルクス・レーニン主義理論の学習を組織し、党の政治的、理論的水準を向上させるために努力すること」を教訓として示した(2)。

分裂という事態を二度と招かないために、民主集中制と集団指導の重要性が繰り返し強調された。その際、具体的に「下級の意見を集約し、党の政策と戦術を決定し、これを全党に返して党の行動を強力に実践する」ことが求められるとともに、「下級と党員大衆は上級と指導機関の決定と指導について、全体の意見と経験にもとづく集約されたものとしてこれを尊重し、その実践に力をそそがなければならない」ことが確認されることになった。この原則は革命政党としての党内の結束と引き締めのためにも使われた。

上級の指導や決定にたいして、これを実行にうつす原則的態度を拒否したりあいまいにする傾向がある。これを徹底的に克服しなければ党内民主主義は党を解体にみちびくものとなる。

たとえば、上級が誤った決定をしたと考え意見を上級にのべた場合は、実行を保留しうるとか、決定を実行しなくともよいとか、上級の決定と下級の決定は抵触してもよいという考えである。党内民主主義が集中的指導のもとにある民主主義であり、党の統一的な革命的実践のためのものであることを忘れたこのような傾向は、ついに党を破壊する反党的行動にみちびくことは全学連グループの最近の事件で明らかである。上級の集中的指導を否定し、無制限な党内民主主義を要求する考え方は、さまざまな形であらわれているが、これは民主集中制の原則を否定する党についての修正主義的偏向である。(3)

ここで《政治》と《文学》の立場の軋轢が生じる。止むことのない懐疑と尽きることのない議論が文学本来のあり方だとすると、党の規約にそれを当てはめて考えれば、文学者はみな〝修正主義的偏向〟におちいっており、文芸誌は「形式的な内容のない討論クラブ」にすぎないことになるだろう。(4)

一九六四年六月一一日、野間宏を含む一二名の党員文化人は、部分的核実験停止条約をめぐってソ連との対立が明確になった党の基本政策の再検討を求める要請書を提出した。そのなかには、党指導部の「偏向」と「官僚的な指導」を厳しく批判する言葉が記されていた。

われわれは、党の存在と実践のために規律の重要な意味を知っている。しかし、規律や決定の名において、党員心理を呪縛してきたいまわしい慣行をこれ以上黙過しておくならば、〝五〇年問題〟の惨たる悲劇を経てわが党の健全な伝統が発揮した六全協の精神は遂に死滅し、党の行方はプロレタリア国際主義の原則からも現綱領からも逸脱し去るのは必至であろう。(5)

これは文学・文化の立場からの主張といえるものである。このときの経緯を振り返って、野間も「「規約」に反するということ、これが全党員の心をとらえしばるわけですよ」と述べている。(6)しかし党は自由な討議を禁じ、「これは明らかに党内分派の論理ではないか」と断言し、「党内のすべてのものが自分が正しいと思っていることのために党の規律や決定を無視し、もしくは軽視していったら、党はどうなるだろうか。党はプロレタリアートの前衛党であることをやめ、革命党であることをやめてしまう」といって党の原則を示した。(7)この原則に従えば、党籍を得た作家は、党員として活動するのであれば党が定めた〝党内民主主義〟のルールを受け入れることが不可欠であり、〝党内民主主義〟のルールに沿って行動できないのであれば党を離れるしかない。党内で意見を陳べる権利は与えられているとはいえ、議論が尽くされているかどうかを判断するのは「党員大衆」ではなく党中央委員会の権限であるとされたのである。

だがその一方で、「規律や決定」の呪縛からの解放を唱えた党員文化人による要望書には、つぎのような言葉が記されていた。

いまや明らかに反ソ的分裂へ導くような決定にさえ盲従しなければならないのか。各国の共産党にとって前提的な国際規律を守るべきであるのかのジレンマに深い苦悩をつづけてきたわれわれは、後者を選ぶことこそ共産主義の精神であり、責任でなければならない、と確信を一つにした。(8)

党員文化人たちはコミュニストとして、国内の党に従うべきなのか、国外の党に従うべきなのか、その「ジレンマ」に苦しみながら国際共産主義運動の「国際規律」を選んだという。しかし、そもそもこの二項対立のなかでしかコミュニズムは成立しないのだろうか。かつてコミンテルンから示されたテーゼに従って、日本社会の労働者が打倒すべき相手を《君主制》から《天皇制》と読み替えたように、コミュニズムは国際的権威に《正統》の起源をおく思想であった。国内の党に異議を申し立てた野間たち文化人にも、国際的権威に自己の主張の正当化の根拠を求める弱みがあったといわざるをえない。まさしくこれは彼らの精神の根底に、すべての人間を解放するという本来のコミュニズムが内在化されていなかったことの証左であろう。野間が「暗い絵」において描き出した思想的現実――左翼学生運動家の永杉英作が明晰な頭脳を駆使してコミュニズムを理解しつつも「自分の絶対性が動いていない」とされ、深見進介が「やはり、仕方のない正しさではない。仕方のない正しさをもう一度真直ぐに、しゃんと直さなければならない」と《正しさ》の根拠を自己の外側にある権威ではなく、自己の内側にある信条に求めねばならないと胸中を吐露したこと――が戦後のこの時期に至ってもなお克服されずに残存していたのである。

一九六二年九月二〇日、野間は光子夫人同伴で、横浜港からソ連定期船オルジョニキーゼ号に乗って、ソ連、ヨーロッパ旅行に出発した。ソビエト作家同盟によって招待されたのであった。同年一二月に帰国した。六三年にチェコ語訳、六四年にハンガリー語訳『真空地帯』が刊行され、東欧諸国で野間の名前が知られるようになる。

3　部分的核実験停止条約

日本共産党綱領をめぐる論争は党第八回大会まで引き継がれ、宮本顕治はその採択に向けて党内の引き締めを図った。同大会は一九六一年七月二五日〜三一日に開かれたが、七月八日に春日は党綱領草案に反対して離党を表明した。さらに山田六左衛門・西川彦義・亀山幸三・内藤知周・原全五・内野壮児の六名が「党の危機にさいして全党の同志に訴う」という声明を発表した。しかし七月二〇日、党は春日の離党を認めず、構造改革・社会主義革命を唱える彼ら全員に除名処分が下りる。

この事態を受けて、七月一九日に新日本文学会の党員有志は、「中央は綱領草案の民主的討論をさまたげたから、大会を延期せよ」という意見書を党第一八回中央委員会総会に提出した。野間宏に加えて安部公房・大西巨人・岡本潤・栗原幸夫・国分一太郎・小林祥一郎・小林勝・佐多稲子・

竹内実・菅原克己・針生一郎・檜山久雄・花田清輝の一四名によるこの意見書は、綱領草案の審議において反対意見を表明する機会が十分に与えられず、賛成意見を持つ者のみが大会代議員に選ばれるように事前に画策されていたとして党中央委員会の姿勢を非難したのである。

七月二二日、国分・佐多が外れ、あらたに泉大八・且原純夫・黒田喜夫・武井昭夫・玉井伍一・中野秀人・浜田泰三・広末保・征木恭介が加わった二一名のメンバーは「真理と革命のために党再建の第一歩をふみだそう」というアピールを党内外に発表した。さきに出した意見書が党中央委員会に無視されたことで公表にふみ切ったのだという。第八回党大会終了後の八月一八日に、さらに七名が加わって「革命の前進のために、ふたたび全党に訴える」というアピールを発表するのだが、このアピールに関わった武井・大西・針生・安部たちは党規違反を問われて党を除名され、野間には権利停止一年の処分が下された。

戦前から人民戦線の思想に共鳴していた野間にとって、革新戦線の統一を目指す点で春日たちの構造改革・社会主義革命は共鳴すべき点を多々含んでいたのだと考えられる。戦前の左翼学生運動時代から抱えていた社会革命の運動の理想がこれによって実現されるという確信を持ったのだろう。意見書を提出したことに関して、野間は「もう一度ほんとうに、党と文学、政治と文学というものをこれを通じて検討し直して、そして文学創造というものを確立していこう」というテーマを抱いて行動していたと説明している(9)。

ちなみに中野重治は、第一六回中央委員会総会（三月一～一三日、二五～二八日）での党綱領草案を決定する際に、神山茂夫とともに判断の留保を表明していたのだが、新日本文学会の党員有志からの説得があったにもかかわらず、第八回党大会ではその留保を撤回し、党中央委員会の提案に賛成するという優柔不断な態度をみせた。後に野間は「このときにぼくは、中野さんにたいしてほんとうに大きい疑問をいだいたわけです」と批判している(10)。

一九六四年は日本共産党と新日本文学会との亀裂が決定的に深まった一年であった。三月二七～二九日の新日本文学会第一一回大会では、米英ソの間で合意ができた部分的核実験停止条約をめぐって、その批准に反対する党と賛成する新日本文学会メンバーとの間で対立が生じた。武井昭夫による一般報告草案「今日における文学運動の課題と方向」が大会開催前の「新日本文学」第一九巻第三号(一九六四年三月)に掲載された。大会終了後に反対意見も取り入れて完成させたものを発表するのが慣例であったが、このような異例の方法が採られたのは、党に対する対決姿勢を鮮明にし、新日本文学会の組織の引き締めを図るためであった。大会準備委員、議長団、資格審査委員会、常任幹事会には、一般報告草案を賛成する人たちが選出されていた。ちなみに党東京都委員会の幹部であった武井は、全学連を支持したという理由で批判されて七月二四日に除名されることになる。

一般報告草案冒頭の「第十回大会以後、われわれをとりまく情勢はどのように推移してきたか」という章では、部分的核実験停止条約に賛成するとともに、日本帝国主義が自立発展していると考える党の方針とは明らかに異なる見解が示されていた。さらに「こうした情勢のもとで、文学創造の現状はどのようになっているか」という章では、「政治の優位性」論にもとづく政治主義が残存し、

「文学の優位性」論を掲げる「反政治」主義への動揺が発生しているとして、「運動主体の統一と強化のために、わが文学運動の内部と周辺にあるこの二つの癌を徹底的に批判し克服することが急務でなければならない」と訴えた(11)。

このような武井の意見は、一九六一年一二月一五〜一七日に開催された新日本文学会第一〇回大会において、常任幹事であった野間が創造活動報告として総括した内容と重なるものであった。野間によれば、独占資本による支配強化と日本帝国主義の復活のなかで、文学者たちみずから安保反対闘争に参加したのは意義深い行動であったという（「日本文学の現状と創造の方向」、「新日本文学」第一七巻第三号、一九六二年三月）。野間はさらに、戦後文学の主要なテーマの一つであった《政治と文学》の関係が新しい局面に達しているのだとした。

このような状況のなかで、これまでのプロレタリア運動とプロレタリア文学運動時代、共産党とそれに所属する文学者およびシンパとしての文学者によって採用された、いわゆる「芸術に対する政治の優位性」という理論の誤りが明らかにされ、その裏返しとしての政治と文学の二律背反という戦後提出された主張ももはやその力を失うにいたっている(12)。

野間は、かつて「近代文学」の平野謙・荒正人と「新日本文学」の中野重治とが《政治と文学》の関係をめぐって激しく論争した経緯に触れつつ、文学者たちが党の方針に拠らずに主体的に政治に参加した経験を踏まえて作品を創作しはじめたことによって、《政治と文学》の関係に新しい可能性の地平が拓けたのだとするのである。

野間の提言が広く共有され、新日本文学会第一一回大会以後、幹事会内部に設けられた整理委員会によって清算と事後処理がおこなわれた。新日本文学会が発足した当初は「民主主義文学の創造と普及」を目的とすると規定していた総則を、朝鮮戦争が勃発した二カ月後の一九五〇年八月、「平和擁護と民族独立のためにたたかう文学」へと明確化したのだが、新日本文学会第一一回大会に規約改正がおこなわれて、「新日本文学会は、進歩的・大衆的な文学芸術創造運動のための文学者の団体である」とし、作家たちが政治目的ではなく「文学芸術の新しい創造のために」結集するのだと書き換えられることになった[13]。

大会当日、幹事の江口渙・霜多正次・西野辰吉は、対案を提出しようとして大会議長団によって拒否され、彼らの案は参考意見として希望者にのみ配布するにとどめられた。しかし、大会終了後に「文学運動の新しい前進をめざして」(「文化評論」第三三号、一九六四年七月)という批判論文を発表した津田孝と彼らは新日本文学会を除名されることになる。除名処分に付された作家たちは、翌六五年八月二六日に日本民主主義文学同盟を結成し、〝民主主義文学〟を継承することを宣言した。

このような混乱を経て、新日本文学会は党による影響力を排除できたものの、民主主義文学を創造するために党派をこえて作家が集まるという新日本文学会の本来の目的は弱められてしまう結果になったのである。

4　声明の発表

一九六四年五月一五日、党の方針に反して衆議院本会議で部分的核実験停止条約に賛成票を投じた志賀義雄と、彼に同調した鈴木市蔵とを除名する方針が五月二一日の日本共産党第八回中央委員会総会で決まる。この総会で中野重治はこの処分の決め方について志賀と鈴木とともに反対し、神山茂夫は留保を表明した。五月二五日、鈴木は参議院本会議で部分核停止禁止条約に賛成票を投じることになる。七月一五日、志賀と鈴木たちは週刊「日本のこえ」を創刊した。ソ連共産党機関紙「プラウダ」は翌一六日に賞賛の言葉をもって彼らの行動を伝えた。

野間宏は六月一一日に佐多稲子らとともに「党文化懇談会」の名義で党中央委員会に共同の要請書を提出した。野間に加えて朝倉摂・出隆・国分一太郎・佐多稲子・佐藤忠良・本郷新・丸木位里・丸木俊子・宮島義男・山田勝次郎・渡部義通の一二名が名を連ねた。要望書の内容は、党が中ソ論争のなかであくまで国際共産主義運動の統一を団結のために努力するという基本方針を逸脱し、党内で何の議論もおこなわないまま、公然かつ組織的に反ソ宣伝を強行し、それに反対した者には修正主義者や反党分子という烙印を押して排除している、というものであった。それに対して党は「一部文化人党員の〝要請〟について」（「アカハタ」六月二九日）を発表して反論した。その記事によれば、野間たちが名を連ねて意見を具申したことは分派活動に当たり、党内の問題を党外に持ち出したことも規律違反である。党が反ソ的立場をとって国際共産主義運動を分裂させているとするのは事実にもとづかない中傷でしかない、というのである。

党第一〇回中央委員会総会（八月二三〜二七日）で神山茂夫と中野重治の党員権が三カ月間制限される。九月一日、神山と中野は東京ダイヤモンドホテルで記者会見をおこなって、「党内外のみなさんに」という党批判の声明を発表すると、九月三日「プラウダ」と国営タス通信がその内容を好意的に報道した。それに対して党は第一一回中央委員会総会（九月二五〜三〇日）で両名の除名の方針を決める。中野に対する処分の理由として、中野が〝反党修正主義者〟に同調していたことがあげられている。さきにみたように、新日本文学会第一一回大会において、党員作家たちが武井の一般活動報告への対案を提出しようとしたのを妨害し、対案を取り上げないことに積極的な役割を果たした、というのである。

一〇月三〇日、志賀・鈴木・神山・中野は衆議院第一議員会館で記者会見をおこない、「みなさんに」という共同声明を発表した。党第九回大会（一一月二四日〜三〇日）で志賀・鈴木・神山・中野の除名が正式に決定される。彼らは一二月二日に「日本共産党（日本のこえ）」を結成して、党に対抗する姿勢を明らかにした。

ところで一〇月一四日には、「さきの要請が憂えた事態は、いよいよ破局的な形で展開している」として、再び野間や佐多たち一二名が党指導部を批判する声明を発表していた。[14] 彼らによれば、さきに提出した要望書が顧みられなかったことに加えて、志賀、鈴木に続いて神山、中野を除名したのは「指導部の思想の弱み」であるとし、「幹部専制と官僚主義的思想管理のもとに、党内民主主義は死にひんしている」という強い言葉を使って厳しく批判した[15]。この声明も「プラウダ」に掲載されるのだが[16]、党は一一月九日、本郷と宮島を除く一〇名に除名処分を下したのである。

野間によれば、「その除名は誤りであると考えており、認めていず、この虚偽の党指導部の誤りをただしてゆこうと考えています[17]」。そして「党をよくする」という目標は決して一つの政党の問題にとどまらず、日本の政治全体を良くしたいということであり、「これから始まるぼくの後期の文学を導く目標」は、「現代の人間の悪行一切をじっと見つめ、現代の悪行から自由になり、現代そのものから現代をつきぬける方法をその日本人の悪行の大系のうちから引き出すもの」である[18]。それこそが「新しいコミュニズムの文学であり、新しいコミュニズムの文学を開くもととなるもの」であるというのであった[19]。

では、野間における「後期の文学」とは何であったのか。党から除名された野間が「ぼくは自分を極悪者であり、愚者であって、そして日本文学を根底から変革する力と可能性を持っているもの」という自己認識を明らかにしたことから、一つは『わが塔はそこに立つ』にみられるような仏教思想――親鸞への傾倒――につながる道であり、もう一つは部落解放運動にたずさわりつつ、畢竟の大作『青年の環』を完成させる道であった。

一九六九年七月、同和対策事業特別措置法（同対法）が施行され、国や地方自治体の責任で被差別部落の生活、教育、雇用の環境改善、福祉の向上などが図られるようになった。だが同時に党派的対立がそこに持ち込まれ、日本共産党員である中学教師に対して部落解放同盟が糾弾をおこない、法廷闘争に発展するという大阪の矢田教育事件が発生した。〝糾弾権〟の是非が法廷で争われるに至るのだが、この事件の背景には、党派的な対立の激化が存していた。野間は「部落差別批判――矢田教育差別事件をめぐって」(『新日本文学』第二四巻第一二号、一九六九年一二月)で土方鉄、国分一太郎と鼎談をおこない、部落解放運動を全アジアの解放へと結合してゆくことの重要性を訴えている。野間によれば、この前年インドの不可触賤民とカースト制を現地調査してきた、部落解放同盟の指導者である北原泰作も同じ意見を持っているのだという。

部落問題というのは沖縄問題でもあり、在日朝鮮人の問題でもあり、アジアのカーストの問題でもある。インドではカーストというが、朝鮮にもあるし、各国にも同じ問題がある。これを解いていく問題として、全アジアを解放する、基礎にある問題というか、そういうものとして部落解放の方針というのが受け入れられていかないといけないし、逆に部落解放同盟の運動そのものが、全アジアの解放に積極的に自分の共通の問題として進んで結合してゆくということがなければならない。[20]

このような野間の発言の後、土方が「部落民自身だって沖縄の人間に対して差別する、あるいは在日朝鮮人に対して差別するということが残念ながらある」という事実に触れると、野間は「部落の人自身に、差別意識というか劣等感がある」とし、その意識を解消する闘いを貫けば、ガンジーでさえ撤廃できなかったヒンズー教の不可賤民に対する差別を撤廃し、全アジアを解放することができるのだとするのである。

このような主張の基本にあるのは、日本社会の部落差別はマルクス主義における社会の発展段階の「古代制・奴隷制・封建制・資本主義制・社会主義」という基本型とは異なる、「アジア的生産様式」に原因があるとする考え方である。[21] 野間によれば、部落差別の解消は、ヨーロッパの革命とは質の異なる、全アジアの解放に繋がる可能性のあるものだという。一九七〇年九月、野間は『青年の環』六部作全五巻を脱稿する。完成まで二三年を要した八、〇〇〇枚の大作は、被差別部落における《反社会性》を体現した田口吉喜という人間に対する認識を媒介にして、自死の瞬間にというパラドックスを孕みながらも大道出泉が社会革命に向かう真の主体を形成するクライマックスを迎えるのであった。このようなねじれを持った主体のあり方は、階級闘争を通じて人間を解放するというそれまでのプロレタリア文学や民主主義文学にはなかったもので、野間が目指した「新しいコミュニズムの文学」の一つであったといえよう。

第12章

「わが塔はそこに立つ」論

——「親鸞とマルクスの交点」

1　アンビバレントな宗教観

在家念仏信者の家に生まれた野間宏は、「わが塔はそこに立つ」の執筆に際して、それまで自分が抱いていたイメージとは異なる、新たな親鸞像を示した。それは親鸞が承元の法難（一二〇七年）によって越後に配流され、その後移住した常陸において生活をともにした農民たちの視点に立つものであった。親鸞は越後に旅立つ前の心境を「もしわれ配所におもむかずんば、何によりてか辺鄙の群類を化せん。これなお師教の恩致なり」（『御伝鈔』）と記している。二度と京都の土を踏めないかもしれない状況におちいっても、その逆境を衆生教化の機縁としてとらえ直した宗祖の生き方は、実は野間にとって、自分の父親卯一に重なるものであった。火力発電所の電気技師であった卯一は専修念仏門に帰依して、実源派という一派をみずから創基し、西宮今津の社宅に説教所を開き、勤務のかたわら民衆に布教活動をはじめるという経歴を持っていた。

野間によれば、「私の父は織田信長にとらえられて石山のほとりで、首をはねられた、親鸞より十二代目の祖」であるという。斬首されるとき一心に念仏をつづけた四人のうちの一人の生まれ変わりとして、父親は「念仏をひろめるとともに、阿弥陀仏の像を描いてそれに息をふきかけ、それを信者たちに与えて仏とともにある生活をひろげようとしつづけたが、その絵は暗い狭い日本の農家、商家の奥座敷の空気のなかに置くにふさわしい一種気味の悪い感じの付着しているものだった」

と回想する。[1] この「一種の気味の悪い感じ」という言葉のなかに、宗門に対する崇敬と同時に、それとは逆のある種の違和感とがせめぎ合うというアンビバレントな気持ちが表現されている。

野間の父親が布教の際に示したという阿弥陀如来の巻物は、臨終しようとする信仰者の前に、阿弥陀仏と眷属たちが極楽から迎えに来た場面の描かれた「山越えの如来」と呼ばれるものであった。「父が百日の行という親鸞が法然に会う契機となった京の六角堂の百日の参籠からとられた行を終った直後に描いた」とされる画幅には、「宗門の成立の秘密」が隠されていた。[2] その「秘密」を解き明かそうとしたのが野間の長篇小説「わが塔はそこに立つ」(「群像」第一五巻第一一号～第一六巻第九号、一九六〇年一一月～六一年九月)で、京都帝大文学部仏文科の学生海塚草一が、父親実鸞(裕八)の宗門に隠された「秘密」が「あまりにも簡単すぎてまるで子供だましに近いものに思え、それをひとに語ることさえはばかられる」ものであったことを知って、そこから離脱しようとするプロセスが描かれている。

ただし野間が父親の宗門を完全に否定していたのかといえば、決してそうではない。むしろ「貧相な彼の父親の顔」は「哀れな、虚しい、貧相な人たちに対する献身」と一体となったものとされる。財宝を喜捨し功徳を積むことによって西方浄土の光明を招き寄せようとした摂関家の藤原頼通が建立した宇治平等院鳳凰堂の壁扉画「九品来迎図」の荘厳さに比して、人びとの臭いと埃に満ちた一般民衆の生活空間におかれた如来図にこそ、一切衆生に回向された阿弥陀仏の本願力が発揮されていると考えられたのである。

「貴賤緇素を簡ばず、男女老少をいはず、造罪の多少を問はず、修行の久近を論ぜず」(『教行信証』信巻)といって一切衆生に「如来の誓願」が届けられるとする親鸞の教義は、阿弥陀仏に帰命することでしか拯われない煩悩具足の凡夫に差し向けられたものであった。野間にとって、その思想的な革新性は、資本主義社会における階級対立を解消し、格差や矛盾を克服した自由な人びとの協同社会の実現を目指すマルクス主義に通じるものであったといえよう。

親鸞の寺院否定、僧侶否定の上に立った信仰は、かつて貴族の一員として貴族たちの信仰を支えていた比叡山に入って、自分も加わった僧侶生活そのものと真正面から対立するこれらの農民の生活に支えられているのである。寺院の僧侶の生活は貴族たちの生活の根拠である労働奴隷によって同じように根拠づけられているのであるが、それがどのように仏から遠いものであるかは親鸞の知りつくしているところであった(3)。

野間の眼には、貴族社会から武家政治に移る鎌倉期は、資本家階級から労働者階級への社会の主体が変わる現代に通じるものがあった。自伝的小説ともいえる「わが塔はそこに立つ」を取り上げて、野間の内部にあるアンビバレントな宗教観を解き明かしたい。

2 《反権力の象徴としての親鸞》像

親鸞が京都から追放されたのが三五歳（一二〇七年）、そして流罪が赦されたのが三九歳（一二一一年）であった。服部之総『親鸞ノート』（一九四八年九月、国土社）によれば、親鸞が専修念仏を布教した主な対象は、親鸞が四二歳（一二一四年）のときに常陸国に移ってから六三歳（一二三五年）までの間に共に暮らした農民たちであったとされる。島根県の浄土真宗本願寺派正蓮寺に生まれた服部は、自分を〝呪はれたる宗門の子〟と称したように、寺院と訣別して唯物史観に立つ歴史学者であった。奇しくも『親鸞ノート』は服部の父親の一三回忌にあわせて刊行された。

服部は親鸞が「鹿島、行方、南荘の常陸の人々」、すなわち「その人々は教養のうへで最下等だつたばかりでなく社会的地位と身分のうへでも最下等の農民たち――多く北越から役畜にひとしい労力としてつれてこられた「下人」たちであり、または下人が解放されて自営農民となつた「新百姓」で、本来の庄民たる「本百姓」からは昭和の今日にいたるまで根強く下賤視されてきたやうな人々」であったと唱えた(4)。親鸞が社会の最下層に位置する人びとに直接、阿弥陀仏の本願によって回向されることを教えたとするのは、この当時きわめて斬新な視点を提供した学説であった。近藤俊太郎によれば、「服部親鸞論は、戦後の民主主義革命といった実践的課題を背景に、政治主義的色彩を帯びながらも、親鸞の信仰にいかなる歴史・社会的意義があったのかを探ろうとした点で、画期的な成果であったといわねばならない」とされる[5]。

ただし現在の歴史学会では、服部が唱えた「新百姓」説は実証性に乏しいものとして退けられている。しかし、野間は服部が描き出した《反権力の象徴としての親鸞》像に共鳴し、「わが塔はそこに立つ」を執筆するに当たって、「親鸞とマルクスの交点」を探し当てようと試みたのである[6]。野間は「現代にいきる仏教」のなかで、創作のモチーフをつぎのように説明している。

ある一人の大学生がいた。その大学生の家庭は父親と母親が在家仏教徒であったから、小さいときから仏教思想をそそぎこまれ、いずれは在家仏教徒として父親の跡を継ぐように育てられた。ところが、だんだん大きくなり、学問をするにつれて、仏教にたいする疑いがでてくる。唯物論的、あるいは無神論的な方向に自分の思想がむかっていく。それは仏教にある地獄とか極楽とかいう思想そのものに疑いをいだいたことにはじまっている。そこで思想的には仏教とは反対の方向にむかっていくが、どうしてもむかいきれない。そしてからだの半分は仏教のなかにとどまっている。そういう大学生が、鎌倉期において親鸞はいかに生きたか、親鸞の生き方をもう一度仲立ちにして現代に生きることはできないだろうか、と考える。そして仏教をもう一度現代のなかで考えなおそうとする[7]。

「親鸞の生き方をもう一度仲立ち」にすることによって、左翼学生運動に身を投じようとする海塚草一が、現代における仏教の意味を再発見しようとする――そこに「わが塔はそこに立つ」のモチーフがあったというのである。

戦争を体験し、戦後文学者として活躍した野間の問題意識は、戦乱に生きた親鸞の生涯から導き出された反戦思想と「現実肯定の戦後思想」に核心がおかれていた。(8) 後鳥羽上皇が承久の乱（一二二一年）を起こしたとき、親鸞は四九歳であった。承久の乱の終わった日と太平洋戦争の敗戦の日を重ね合わせて考えるという野間によれば、法然と親鸞の「念仏に徹する考え方の底」には「さらに戦争を考えつくして、戦争を行なうものに対する、一定のはっきりとした戦闘的ともいってよい態度を定めたものの思想」が存在していた。「その半生を戦争のなかに生きたとはいえ、四十九歳の時から戦後に生き、戦争の体験そのものに徹してしかも戦争そのものから、人間を解きはなつ時代の課題を、自分の前に置かなければならなかった」親鸞の生涯に、野間は自身の半生を重ね合わせていたのである。(9)

「わが塔はそこに立つ」の海塚草一は、民衆に諦めと慰めを説き、現実社会を改革するために民衆が立ち上がるのを妨げているのは宗教であると批判するマルクス主義に傾倒しながら、それでもやはり親鸞から離れることができずにいるのは、親鸞が「農民とともに二十年間すごしている」からであった。「俺がいまなお親鸞を否定しきることが出来ないのは、このことがあるためではないだろうか」という草一の感情は、親鸞に向けられたものであると同時に、父親へのある種の敬意でもあった。なぜなら実鸞は、「貧困者にたいする、いつも火を噴きだしているといえる共感」をつねに抱いていたからである。

みずからの「生死出づべき道」を求めると同時に一切衆生とともに拯われて往く道を求めた親鸞の京都六角堂百日参籠を完全に模倣した、実鸞の百日行は、「親鸞を僧侶と見ることを否定し、また親鸞を僧侶のものとすることを否定する」という見方、すなわち「親鸞を商人のうちにともに生きて布教をつづけ、商人に専修念仏の道を開いた先師」としてとらえる独特のものであった。草一は父親の百日行を「あまりに簡単すぎてまるで子供だましに近いものに思え、それをひとに語ることさえはばかられるのである」と感じていたが、「わが塔はそこに立つ」に描かれた実鸞の専修正念会は、最盛期には信徒が一、五〇〇名に達し、京阪神に名が知られるほどであったとされる。

草一が浄土真宗の七高僧につながる宗門の系譜に疑いを抱きはじめたのは、父親が死んで一年も経たない、中学三年生の終わり頃であった。そして京都の高等学校に入ってから一人で暮らすようになるとそれまでの「信仰の緊張」に替わって、「生命の緊張という言葉で呼ぼうとした自己快楽に中心を置く一つの快楽主義」を享受し、それから同人誌サークルに誘われて「芸術の緊張」というものに移行していったのである。その結果、「自分がひとりでに宗門から離れ、自分の内に宗門の何の痕跡も見出すことが出来ないと考えることの出来る時」が訪れると同時に、「激しい羞恥」に襲われることになった。このときまさに、実流という法名を与えられている草一は一二代目教祖になることに抵抗しはじめたのであった。

弾圧を受けた親鸞と同じように、実鸞も死去する二年前、布教に関して警察の取り調べを一カ月も受け、宗教法人として認可されていなかったことを理由に彼の宗門は「四、五年の間追放」されていたとされる。作品のなかで実譍が正式な得度式を経た〝僧侶〟ではなく、往生浄土と念仏の教えを説く導き手としての〝善知識〟と呼ばれているのも、それが異安心とされるような秘事法門であったからであったといえよう。

学生サークルの資本論読書会への出席を通して草一が加わろうとしていた京都の左翼運動も、一九三三年の滝川事件や、「わが塔はそこに立つ」で設定された作中時間――一九三五年五月――の前月に発生した四・七事件など度重なる弾圧を受けていた。作品のなかで資本論読書会のメンバーである山川によって知らされた四・七事件では、袴田里見たちの党中央とは異なる立場から党再建を目指す、〝多数派〟と呼ばれたグループの指導部および関西地方委員会のメンバー二七名が一斉検挙された。そのうち学生運動関係者は一名にすぎなかったが、合法舞台の日本労働組合全国評議会（全評）や消費組合関係者が含まれ、全協フラクションの鰐淵清虎は西陣署特高係によって拷問死するに至ったのであった。

3 「中之町」の人びと

ところが、野間宏が示したような《反権力の象徴としての親鸞》像を根本的に批判する歴史学者が現れた。今井雅晴は「一九六一年（昭和三六）に挙行された親鸞聖人七〇〇回御遠忌のころの雰囲気は、現在から見ればやや異常な部分があったのではないでしょうか」と提起する。[10]今井は当時「唯物史観にもとづく親鸞像が幅をきかしていたこと」に疑問を投じたのである。保守対革新の図式で激しく争われていた政治状況をそのまま投影して、親鸞を「被支配者の希望の星」、「革新勢力のシンボル」として祭り上げていたことを批判したうえで、[11]「親鸞聖人の生きた時代と私たちが生きている現代とを混同しないこと」を求める。[12]今井は野間の名前をあげて批判を直接加えているわけではないのだが、今井の触れた親鸞聖人七〇〇回御遠忌が「わが塔はそこに立つ」の連載期間に重なっていたことを考えれば、「親鸞の生き方をもう一度仲立ち」しようとする野間の方法へ向けられた疑義でもあったといえよう。

だが「実鸞の心の中にあったものは東国常陸の国の農民のなかにあった時の親鸞の姿であり、その燃え立つ行為だったにちがいない」と野間が描写するとき、阿弥陀仏への帰命によって五悪濁世の群萠が拯われることを説こうとした親鸞の原点が伝わってくる。そして親鸞の生き方を継承すべく、実鸞は「狭い暗い小さい中之町の家々」の間で、貧しい農民たちの間で宗教者としての生涯を全うしたのであった。

草一は宗門を否定しようとするものの、亡き実鸞が住民のために奔走し、今も母親里野が服修理の店を構えて暮らす「中之町」への想いを禁じることができない。「わが塔はそこに立つ」第五章には、送金が途絶えた母親に会うために草一が「中之町」に帰ってくる場面が登場するのだが、そこで草一は「中之町に住まう人たちの、あの忘れることのできないあつい息づかい」を身近に感じる。すると彼の脳裏には「必ず引き返して来るよ。必ず来るからな」という声が高まり、「俺の行くところはそこ以外にはない。それを俺はよく知っている」という衝迫に襲われるのであった。

同じ第五章には、十分に治療も受けられず死んでいった「中之町」の貧しい信者細田の湯灌を、草一が母親に協力しておこなうシーンが描かれる。死者のまわりに集まった者たちが念仏を唱えるなか、納棺する前に死者を洗い清めるのだが、マルクス主義思想に目覚めている草一は、その〝秘儀〟めいた作法を神妙におこなう母親の「滑稽な姿」に距離をおきたいと思う。だが子どもの頃から、死者が男性の場合、下半身を清めるのが草一の役割であったことから、母親の「二本の白い手」に導かれて、気乗りがしないながらも清めの作法を手伝ってしまうのである。以前と同じように自分を温かく迎え入れ、感謝の気持ちを口にする遺族の声を聞くと、草一は「やはり、俺はここへ来なければいけなかったんだ。この家に住んでいる人、ここの家で生きている人を、俺は少しも知ってはいない」と痛感させられるのであった。

旺盛な創作意欲に駆られて野間が発表してきた作品の系譜を考えてみると、「中之町」に対する草一の「俺の行くところはそこ以外にはない」という感情は、「暗い絵」の結末部分にある「そう、俺はもう一度俺のところへ帰ってきたのだ。正に俺のいるところへ」という深見進介の独白に通底するものがある。深見はこのときマルクス主義思想に共鳴し、プロレタリアートの解放のために非合法学生運動に参加しなければならないと切に思いながらも、獄死すら厭わないという覚悟を求められる状況に違和感を抱いていたのである。

武井昭夫は、野間が戦後作家として出発し、その後政治紛争にも巻き込まれながら苦闘をつづけて創作活動をおこなってきた軌跡をたどりながら、「わが塔はそこに立つ」の成果を意味づけた。

敗戦直後の四六年に『暗い絵』で出発しながら、やがてその道からそれて、ついには『地の翼』を中断せざるをえないところに追いつめられた野間が、五〇年代に味わねばならなかった苦さを噛みしめながら、再出発のために、もう一度『暗い絵』の時代をくぐりなおそうとした、息ぐるしいまでの、文学者のたたかいのドキュメントなのである。[13]

「暗い絵」から「わが塔はそこに立つ」に至る一四年の歳月を経て、野間は人びとの生活と乖離した公式的なマルクス主義思想ではなく、親鸞の専修念仏門のような民衆の生活と密着した方法にこそ、「自己完成の追究の道をこの日本に打ち立てる」可能性があると考えるに至ったのではないか。資本論読書会のメンバーで、かつて検挙され一年間休学を余儀なくされた由畑の下宿の本棚には、かなりの数のマルクス主義思想の書籍に加えて『親鸞文集』がおかれていた。彼もまた寺院の出身で、歴史学を専攻していたとされるのである。

また作品の相関関係でいえば、「中之町」に対する草一の感情は、『青年の環』における矢花正行の大阪市中淀区の人びとへの仰望ともいえる親密な心情との類似性が指摘できるだろう。矢花は役場の行政組織の息苦しさに辟易しながら、「部落のひとびとのものではじめて生き返ったような自分を感じることができた」のである。沖浦和光によれば、「中之町」の一隅が被差別部落であるとは明記されていないものの、『親鸞ノート』に啓発された野間は「親鸞を読み直しながら、あの念仏聖のように布教活動をやっていた父が、なぜ中之町の人々を深く愛したのかということが、心底から理解されるようになったのではないか」とし、「父の敬愛した親鸞を通じて、専修念仏と被差別民との深い結びつきが、思想史の上でもはっきりと了解できたのである」という[14]。

『仏説無量寿経』の本願文に「唯ダ五逆ト誹謗正法トヲ除ク」とあるところ、親鸞は「五逆のつみびとをきらひ、誹謗のおもきとがをしらせんとなり。このふたつの罪のおもきことをしめして、十方一切の衆生みなもれず往生すべしとしらせんとなり」(『尊号真像銘文』)と解釈した。親鸞によれば、五逆の罪を犯したり仏法を誹謗したりした者が拯われないというのではなく、悪を犯させないためにあらかじめ誡め、たとえ罪を犯した者であっても念仏の功徳により往生させるところに阿弥陀仏の本願の真意が存するというのである。第四〇回カンヌ国際映画祭審査員賞を受賞した三國連太郎監督の『親鸞　白い道』(一九八七年)に触れて、野間は親鸞が「清目《きよめ》・犬神人《いぬじにん》・非人・乞食・猟師・漁民・行商人など差別されている賤民、農民のなかに入り、平等の生死の拠りどころを把え、大衆に開いた。大信知者、大思想家であり、大実践者である」と賛仰している[15]。このような親鸞と被差別民との関わりは、河田光夫が「被差別民は、その生業を「悪」とされ、その存在が「悪人」として差別されているが故に、解放(拯い)への熱烈な願求を持つ」とし、彼らが「不動の「悪」を持つが故に、自らの「善」に頼る自力の道へと心を動かすことがない」と説明した。親鸞は「その被差別民と接する事によって、往生の「正因」としての悪人を認識し、そこにこそ、親鸞を含むすべての人間の到達点を認識し得たはずである」と主張したのである。[16]

このような親鸞の生き方を実鸞が継承しようとしていたことは、たとえば宗門の幹部の反対を押し切って、家計が苦しく毎月納める会費が払えない信者のために、実鸞が特例を設けて減額したとき、「中之町の人々がこの特例を恥じることなく受けることが出来たのは、実鸞の内に差別心のないことを明らかにしていたからである」という表現のなかにもみられる。

親鸞が晩年に記した『唯信鈔文意』のなかに、「ヒトスヂニ、具縛ノ凡夫、屠沽ノ下類、無碍光仏ノ不可思議ノ本願、広大智慧ノ名号ヲ信楽スレバ、煩悩ヲ具足シナガラ無上大涅槃ニイタルナリ」（ただひとすじに、具縛の愚かな人も屠沽を生業とする下賤な人も救おうと誓われた無碍光仏の、思惟を絶した本願の、広大な智慧のみ名を心から信ずるということで、そうすることによって、煩悩にまみれながら、この上ない仏のさとりに至るのである）とある。「屠」とは「ヨロヅノイキモノヲコロシ、ホフルモノナリ。コレハレウシトイフモノナリ」（屠はすべての生物を殺し切り裂く人で、これは猟師といわれるものである）、「沽」とは「ヨロヅノモノヲウリカウモノナリ、コレハアキ人ナリ」（沽はすべてのものを売り買いする人で、これは商人である）とされ、これらの人びとを「下類」と呼ぶという。そのうえで親鸞は「カヤウノサマヾヽノモノハ、ミナイシ・カワラ・ツブテノゴトクナルワレラナリ」（このようなさまざまなものはみな、石・瓦・礫のような、このわたしたちのことである）として自分もまたその一人であることを明言している。善悪、賢愚、貴賤を選ばず、万人を平等に摂取する阿弥陀仏の本願こそ真実であるとする親鸞の本質が最もよく示されている部分である。

「中之町」から京都に帰った草一の胸には「中之町に帰れ」という声が繰り返し聴こえてくる。野間は「親鸞に帰るということは、戦争と末法の世のただなかに置かれた人間を見つめ、一切のことをそこから考えつくす親鸞を、自分の傍に、すぐそばに置くということ、自分が絶えず歩みをともにし、つきしたがった親鸞の傍に自分を置くということなのである」という。[17] 尾末奎司によれば、「個として自立すべき自己と「中之町」的下層庶民の、肉体の中に共に内在するものとして、この時確かに親鸞は両者を結ぶ有効な契機たり得るものであった」とする。[18]「親鸞は弟子一人ももたず候」(『歎異抄』第六章)、「造像起塔等は彌陀の本願にあらざる所行なりこれによりて一向専修の行人これをくはだつべきにあらず」(覚如『改邪鈔』)という専修念仏門本来のラジカルさは、実は、草一が宗門を否定しようとし、「僕はマルクス主義の立場にたってやって行く、文学をやって行く」として、自分の信念を芸術主義からマルクス主義へと移行した激しさにも通底する。まさに草一はこの瞬間すでに親鸞とともに歩みはじめていたといえるのである。

4　五・一六宇治学生集会

戦前の東西本願寺教団では、死後の極楽往生を意味する「真諦」と世俗権力への従属を指す「俗諦」のいずれをも真理とする「真俗二諦」が正統教義とされ、「信心為本」と併置された「王法為本」

の宗風を顕揚するとして天皇制国家への従属を正当化してきた。親鸞を護国思想にもとづいて理解した教団とは異なって、親鸞の「還相回向」――浄土に往生した者が再び穢土に還ってきて、人びとを教導してともに浄土へ向かうことを、エンゲルス『空想より科学へ』(一八八〇年)における「自由の王国への躍進」としてとらえ直した西光万吉や栗須七郎のように、[19]被差別部落の解放を訴えた初期水平社の同人は、親鸞に社会改造の実践原理を見出した。再び近藤俊太郎によれば、彼らの親鸞理解は「親鸞の宗教的・社会的立場の内実を護国思想的に解消してきた近代真宗の総体に対する批判的位相にあり、その歴史的意義は極めて大きい」と評価する。[20]このような考え方はそもそも釈尊が「王権の廃止による国家をこえた平等社会の実現」を目指していたとする野間の仏教観と完全に一致するものであった。[21]

『教行信証』「後序」には「主上臣下《しゅじょうじんげ》、法ニ背《そむ》キ義ニ違《い》シ、忿《いかり》ヲナシ怨《うらみ》ヲ結ブ。コレニ因リテ、真宗興隆ノ大祖源空法師ナラビニ門徒数輩、罪科ヲ考ヘズ、ミダリガワシク死罪ニ坐《つみ》ス。アルイハ僧儀ヲ改メテ姓名ヲ賜フテ遠流《おんる》ニ処ス。予ハソノ一ナリ。シカレバスデニ僧ニアラズ俗ニアラズ。コノ故ニ禿《とく》ノ字ヲ以テ姓トス」(天皇ならびに臣下、ともに真実の教えにそむき、人の道にさからって、怒りを生じ、怨みをいだくに至った。そして、そのために、浄土の真宗を興した太祖、源空法師ならびにその門弟数人は、罪の当否を吟味されることもなく、無法にも死罪に処せられ、あるものは僧の身分を奪われて俗人の姓名を与えられ、遠国に流罪となった。わたしもその一人であるが、こうなった以上はもはや僧侶でもない、俗人でもない。だから、以降わたしは禿の字を用いて姓とする)という言葉がある。「主上」とは、後鳥羽・

土御門・順徳上皇のことで、不当な弾圧に対する激しい抗議の意思が込められていたのである。しかしながら、その本来の激しさとは矛盾するかのように、一九四〇年四月、西本願寺は「聖教の拝読ならびに引用の心得」を配布し、聖典にある一部文言の削除を指示し、「主上臣下、法ニ背キ義ニ違シ、忿ヲナシ怨ヲ結ブ」の一行を空白にしてしまったのである。これはまさに教団が天皇制国家への屈服を強いられたことを象徴する事件であった。

京都帝大法学部高等学校代表者会議（高代会議）のメンバーは一九三三年秋に、滝川事件にちなんだ二六会を結成し、学生運動の再建を目論んでいた。合法舞台で活動する二六会が実質的な主催者となって滝川事件記念集会をドイツ文化研究所で開催した。佐々木惣一・末川博・滝川幸辰元教授や約三〇〇名の学生が集まったのだが、「京都帝大新聞」はそれを取材して記事にしようとしたところ、新聞部長西田直二郎教授――「わが塔はそこに立つ」の金田教授のモデル――によって禁止されてしまう。

「わが塔はそこに立つ」に描かれた一九三五年の五・二六宇治学生集会は、非合法の集まりであったために、警官隊に踏み込まれて四散させられたと描かれている。岩井忠熊によれば、昼間に平等院で高代会議が平穏におこなわれたようであるが、同夜に平等院の近くで別の重要な集会が開かれ、おそらく野間も参加者の一人であった。故山本宣治の遺族が経営する「花やしき」の二階に、滝川事件で活動した学生を含めて一〇〇名ほどの学生たちが集まり、学友会の改革を進めることや研究会を発足させること、雑誌「学生評論」を発行することなどが話し合われた。このなかには、「暗い絵」の永杉英作のモデルとなった永島孝雄が含まれていたという。[22] 篠田浩一郎は、「わが塔はそこに立つ」冒頭の「衆徒、僧兵の騎馬隊」と結末の警官隊を結びつけ、「警察のサーベルと靴の音は、七世紀前に長薙刀《ながなぎなた》をきらめかせて黒谷を駈けた叡山の僧兵を思い起こさせ、こうして、円環を描いて発端と終末は結びつき、幻想と現実は次元を高めながら統合される」と指摘した。[23]

野間が発見した「親鸞とマルクスの交点」とは何であったのか。作品のなかで、潮源—実鸞—実流とは異なる系図を立ち上げようとし、川部潮流の指示の下で、密かに真如堂で百日行を企てていた吉間浩吉から海塚草一は「あんたにはただいわんや悪人をやというこの八字が必要なのや」といわれ、「しかし社会主義というものにはこの八字というものがありますかしら」と詰め寄られる。この場面では、この議論はそれ以上深められることはなく両者は別れてしまう。

「わが塔はそこに立つ」連載終了から約三年半後、臼井吉見との対談「日本共産党の中の二十年」のなかで、野間は「現代の人間の悪行一切をじっとみつめ、現代の悪行から自由になり、現代そのもののうちから現代をつきぬける方法をその日本人の悪行の大系のうちから引き出すもの」の大切さを説き、それが『わが塔はそこに立つ』を書いていた時にも、すでにこのような考えが、ぼくの底になかったわけではありませんが、あれを書いているうちに迎えた二十八名の声明の問題を経、こんどの十二名の要請の問題にはいり、除名というような結果の後で、この考えはぼくのうちでようやくはっきりしてきたわけです」と語っている。[24] 日本共産党執行部との激しい対立のなかで、野間は《悪》を《悪》として決めつけて切り捨ててしまうのではなく、むしろそれを包摂するような、たとえば『教行信証』「化身土巻」に「信順を因とし、疑謗を縁として、信楽を願力に彰し、妙果を安養に顕さむ」（信順の心を因とし、ときに疑いそしる人があっても、そのことが縁となって、ともに本願の力によって信心を開き、安養の浄土に仏のさとりをひらくだろう）と記した親鸞に学ぶところがあったのだろう。

「わが塔はそこに立つ」に描かれる真如堂の三重塔、それは草一が「見えないな。……見えないな。……俺の眼はみつけられないな……」（第一章）と独白し、「この場所に立って、如何に上を見上げようとも、この塔の全姿を自分の眼がとらえることが出来ないことをよく知っている」（第八章）と感じているように、その全景は容易に眺望できない。強く抑えつけられた狭い空間のなかで垂直志向をみせるところに、この三重塔の特徴がある。草一は「中央に宙づりの心柱を持ち水平に拡がる屋根を重ね、さらにその上に相輪をつらねて、人間の心を上へ上へと興奮させて、引上げつづけるこの建物とは一体、何物なのだ」という思いにとらわれる。実際、一八一七年に再建された三重塔は、耐震のため心柱を塔の上から大鎖で吊り下げ、基部は浮かせるという構法で造られているので、その心柱は文字通り「宙づり」の状態、すなわち三重塔の基底には空白の《穴》が開いているともいえるのだが、ここには野間文学に通底する《穴》というイメージが立ち現れているのである。

5　「架空のあるかなきかの一点」

空間あるがゆえに塔を聳えさせる、空虚あるがゆえに主体を確立させるという《穴》。だが、草一は「横たわった自分自身をつらぬいてそこに立とうとする自分の塔が、たちまちそこにくずれる一瞬を見る」。そして宇治集会で「滝川事件の当事者である某氏」を目撃して「この某氏の姿の上に未来の自分ではないものを見るように思った」とあるように、自分は到底マルクス主義思想に徹して生きられないのではないか、という予感を抱くのであった。実際、警官隊に追われると、彼は「どうしてあの松崎の言う誘いに、うまうまとのって、こんなところに来てしまったのだ。あの薄っぺらな奴に。もう今日俺はつかまる。この俺だけがつかまってしまうよ」と激白するのである。

警官に捕らわれる危険が去ると、草一は同じように集会から逃げてきた由畑と、鳳凰堂を眺めながら藤原時代の貴族と民衆の文化について話す。由畑は服部之総の名前を引きながら親鸞に触れ、「主上臣下、法ニ背キ義ニ違シ、忿ヲナシ怨ヲ結ブ」という例の言葉について、「天皇と貴族をこれほどはっきり否定した仏教徒はほかにいないね」と断言する。この部分は「わが塔はそこに立つ」のクライマックスを構成する最も重要なところなのだが、子安宣邦はそこに作品の時間設定の矛盾がみられると指摘した。子安によれば、作品のなかに「戦後の服部による「歴史の中の親鸞」理解（一九四八年）を読みいれる」ことは、一九三五年の京都が舞台とされた「この小説がもつ真実性《サンセリテ》を喪失させることではないか」というのである。[25] しかし本文を正確に読めば、由畑は「服部之総さんは浄土真宗の寺に育った者として、親鸞の研究をすすめようとしている」と草一に話していることから、あくまでも親鸞の研究に携わる服部の《未来》が予測される形で記されているのであって、『親鸞ノート』を刊行した業績を持つ服部の《現在》を意味していたのではない。

作品当時の服部は「マルクス主義と宗教」論争――三木清「文芸と宗教とプロレタリア運動」（「中外日報」、一九三〇年一月一日）がきっかけになって、座談会「マルキシズムと宗教」（同紙、一九三〇年一月一六日）、座談会「仏教とマルクス主義」（同紙、同年三月一八日）など――にマルクス主義者の立場から積極的に参加した。宗祖親鸞は革命家であったのではないか、という見解が出されたのに対して、服部はその理想主義を認めるものの、現実に人類解放の条件が整った時点では、かつて持っていた革命性を喪失し反動化するものであったとする。さらに、宗教は生産力に規定された歴史的産物なので、科学的認識に立った場合、やがて消滅せざるを得ないのだとする一方、服部は宗教者の運動は無産階級の運動に合流する可能性があり、両者は協力し共存すべきものだと主張したのである。[26]

ちなみに一九三〇年代の服部は、『日本資本主義史発達講座』（一九三二年五月～三三年八月、岩波書店）において「幕末に於ける世界情勢及び外交事情」（第一巻所収）や「明治維新の革命及び反革命」（第二巻所収）、「条約改正及び外交史」（第五巻所収）を担当するなど、講座派を代表するマルクス主義歴史学者として活躍し、三木清の唯物史観研究を批判する「唯物弁証法と唯物史観」（『マルクス主義講座』第一一・一二巻、一九二八年一二月）を発表して論争をおこなった。『親鸞ノート』に収録された巻頭論文「三木清と『親鸞』」は、敗戦後釈放されないまま豊多摩刑務所で獄死した三木の遺稿「親鸞」（「展望」創刊号、一九四六年一月）を読んだ服部が「同じ人間的な真実が沁みとほってゐる」ことに感銘を受けたことから、追悼の念を込めて筆を執ったものである。(27)

承元の法難において僧籍を剥奪され、「藤井善信」という俗名を強要された親鸞は、〝愚禿釈親鸞〟という《非僧非俗》の生き方を選んだ。僧でもなく俗でもないという宙づりの状態、それを野間は、親鸞が「この世には実際にはないのだが架空としてある一つの位置を考え、そこに自分を置くことを見出した」とする。(28) 野間は、「架空のあるかなきかの一点」を説明するには「具体的普遍というようなヘーゲルの言葉」を持ち出すまでもないと断りつつも、(28)「これは仏教とは限らず、思想というものの根本のところにたえずあるといってよい問題なのであって、このような架空のあるかなきかの一点に身を置くことがなければ、その思想家の思想は生きることがない」という。(29) 親鸞の教義が「架空のあるかなきかの一点」、すなわち《穴》によって、具体的かつ普遍的な思想として結実するに至ったのである。「わが塔はそこに立つ」とは、《象徴的秩序》に支えられた《党》ではなく、《非僧非俗》という「架空の一点」――《穴》――を仮構することによって形成される新たな主体のあり方を示していたのだといえよう。

第13章 「生々死々」論——未完の全体小説

1 「欠如」と「全体性」

野間宏は『青年の環』の最終巻の執筆に取りかかった一九六九年、右手が動きにくくなり、万年筆を走らせることが難しくなった。神経性書痙症という病名が診断されるのだが、神経を鎮めようとして飲酒の量が増えたことが逆効果となって、『青年の環』を完結させてからの約二年間は、ほとんど病気のなかに沈み込んでいたという。神経症の治療では、聖マリアンナ医科大学病院の岩井寛教授（一九三二―八六）による診察を受けた。岩井教授による指導の下、症状への囚われから脱して「あるがまま」の自己の心の姿勢を獲得できるようになるという森田療法をはじめる。また、悪質の痔の手術をおこなって、高血圧症の治療を勧めたのは、山梨県甲府市の中村克郎医師（一九二五―二〇一二）であった。中村は、産婦人科と肛門科の医師として中村医院を開業し、地域医療を支えるとともに、太平洋戦争中にフィリピンで戦死した兄徳郎から生前に託された手記をきっかけに、戦死した学生たちの手記を集めた『きけわだつみのこえ』の編集に携わった。平和運動に尽力して日本戦没学生記念会（わだつみ会）理事長を務め、二〇一八年、中村医院の古い建物を利用して「わだつみ平和文庫」（中村徳郎・克郎記念館）が設立された。野間は中村の印象を「臨床に徹して、しかも絶えず進む世界の新しい医学理論、医術を検討してとり入れることを怠らず、患者に医師として接すると同時に、人間として向かう、その独自の医療によって市民の信頼と尊敬を集めている」[1]と語った。

私の内には、しだいにこの童顔の中村院長に対する、信頼、尊敬の心が生まれてきた。そしてこの信頼の念が患者の心に生じるとき、はじめてその病気を微妙に動揺させつづける不安は、人間である患者の内から徐々に去り、患者の人間そのものが、治療者の欠如することのない人間に向かい合うことによって、病気という自分の人間の内の欠如した部分を、自身の内で明確に描き出し、それを埋めるために、全力をつくして治療者である医師の人間の全体をとらえ、自身の人間の全体を回復する歩みの上に出ていくのである。[2]

何人であってもひとたび病気になれば、自己の身体の不完全性を思い知らされ、それが重篤な場合、死を予感する。しかし、主治医による治療への信頼を通して、健康で完全な身体を取り戻そうとする――これが「欠如」の認識を通して「全体性」を獲得しようとする運動である。「生々死々」では「院長診察」といった権威主義への批判や、医療情報処理と診療システム高度化に対する懐疑もみられるものの、「病気になるということは、人間本来の姿を示していることであって、病気にならない人間がいるとするならば、その人はむしろ人間たる条件を欠いていると言わなければならない」という岩井教授の考え方にもとづいて[3]、野間はつぎのように主張する。

人間としての自分の全体、これを自分自身に描き出しながら、病気によって欠如している自分を、欠如することのない人間全体へと歩ませてゆく可能性が、自分のうちに訪れてくるのを感じる。(4)

野間は独自の全体小説論のなかで、全能の神の視点に立って描かれる三人称の近代小説を否定するとともに、神を否定したサルトルが「神にかわる全知の証人をば、つくり出そうとしてもがいていること」を批判した。そもそも作家が「全知の証人」になれるのだろうか、「全知の証人」にならなければ全体をとらえられないのだろうか、と疑問を呈したのである。(5)

野間による全体小説への試みは、未完の長篇小説「生々死々」(『群像』第三三巻第一号～第三九巻第四号、一九七八年一月～八四年四月)で示されている。篠田浩一郎は、「おそらく作者は、一九七〇年代末、この作品を書きだしたころ抱懐していた自己の問題のすべてを、この一作のうちに全部叩きこむ意図をもって、これに着手したのだ」と推定している。(6) 躁状態ではないかと疑われるほど登場人物が饒舌な「生々死々」は、作品内の時間が前後し、病室や料理屋、鉱泉旅館など場面が突然変わるとともに、医療問題や環境問題などテーマが多岐にわたるためにきわめて難解な小説である。そこで野間による全体小説論の観点から、この作品の試みを整理してみよう。

2 「首穴」

野間が唱える全体小説とは、不完全な存在である一人の人間が、小説の展開に従って、自己本来の姿を取り戻すとともに、自己の個別性を止揚して人間存在の全体性を認識するに至るというプロセスを包摂したものである。サルトルから援用した野間の言葉を借りれば、「一人一人の人物（人間存在としての）とそれがいまだ欠如している人物の人間の全体性とのあわい目」から発せられる「「自由」の光」によって照射された作品世界である。(7) 作品の出だしでは、困難な状況におかれた登場人物がそれぞれバラバラに生きているのだが、「テーマを次へ次へとみちびきテーマの円環をとじさせる筋の歩み」に沿ってストーリーが展開して、最後には「小説の全体」が現れてくるというのである。(8) この場合「筋」とは、作品における「各人物と各人物を条件づける状況の互いの結合、衝突、分離をみちびくもの」とされる。「生々死々」においても、俳優の菅沢素人と、木場興産を経営する木場一春、「六人を越える社長達を死に追いやっている」山東興行の東山長三郎とは、病院以外にも、事務所の地下フロアにあるパーラーなど、一見すると別々のところで登場し、彼らには接点がまったくないようにみえる。

作中人物の自由はその各人物が未だに欠如している人物の人間の全体に向かってすすんで行

こうとし、しかしまたその欠如している人間の全体から突き戻されてそこに到りえないという、そこのところに起こる各人物とその各人物の欠如している人間の全体との対応、衝突、たたかいのところで証明され、また見出されるということができます。自由は各人物とそれに重なるようにしてある、その未だ欠如している人物の人間の全体との対応、衝突、たたかいのところにつくり出される炎のようなものであるといってもよいでしょう。[9]

「衝突、たたかいのところにつくり出される炎のようなもの」という野間の言葉から、『青年の環』「炎の場所」が想起されるのだが、そこでは作品のクライマックスに臨んで、「小説の全体」と「人物の全体」とが一体となって現象するように仕組まれていた。美学者の山縣煕は、「具体的な登場人物や事件、物語の描写等は、それ自身は非物語的なみえない「全体」を見えるようにし、読む者に感じ取らせるための仮構にすぎない。優れた作家は無意識にせよそのことを知っており、それを実現する」とし、芸術の責務は「みえないものを見えるようにすること」を企図するところにあるとする。そこに「サルトル、野間宏、ジル・ドゥルーズをつなぐ一本の、決して細くはない糸」がはっきりと感じられるという。[10] 芸術作品の定義を、サルトルはそこに存在しない対象を志向するための「心的な類同的代替物《アナロゴン》(analogon)」であるとし、ドゥルーズは在るものを通して無いものを描き、みえないものを見えるようにする「標識図《ディアグラム》(diagramme)」だとしたのである。

では「生々死々」の場合、それらに当たるものは何であろうか。菅沢は、医師から「糖尿病、それも軽度のもの」と診断されるが、自分では「死に至る病」である癌の疑いを抱いている。癌とは、さまざまな環境汚染によって免疫細胞に異変が生じることから発症するものであると考えれば、癌はミクロの細胞からマクロの環境まで、世界の全体を貫いてとらえる視点を与えるものといえよう。

野間は「現代と病気の概念」（『海燕』第一〇巻第二号、一九九一年二月）のなかで、五五歳で九時間におよぶ食道癌の手術を受けた後藤明生の『メメント・モリ』（一九九〇年四月、中央公論新社）と『首塚の上のアドバルーン』（一九八九年三月、講談社）に触れながら、後藤には「現代の病気の概念」に関する認識が欠落していると批判する。野間によれば、「現代の病気の概念」を端的に示している癌は、「非常に特殊の病気、大きな時代の変化による生体内病気、生体の実体の異変状態により生じた病気」であり、「近代の病気の概念」、すなわち「これまで、病理学で概念づけされていた病気」とは「何等かの形で」違っているとする。(11)

多くの首穴、大地より生じている首塚、古いものであって、しかも近代のものであるこの首穴のナゾを、いまにも、解こうと思いながら、解くことのないのは、この作品の病気の概念の把握の根底からの変化、現代の変化の提出のないことによると、言わなければならない。(12)

野間の「現代と病気の概念」は、一九九一年一月二日に癌性リンパ管症および胸水貯留によって死去する野間にとって、実質的に絶筆となった一文であった。食道から発した癌は、肺や胃など他の臓器にも転移していたとされる。当時、「海燕」の編集担当者であった大槻慎二によれば、後藤明生は自分の病気を作品に直接反映させることは避けながらも、後藤が描いた「首塚」は、食道癌の手術による「首のつけ根の傷痕から「首塚」への連想を感じさせもする」という。そして野間が「首塚」と並列に「首穴」という言葉を用いていることに注目したい」とし、「ここには明らかに『暗い絵』の冒頭の描写が念頭に置かれている」と指摘するのである。(13) このように大槻は「暗い絵」からはじまった野間の文学的創造活動の全体をとらえてみせ、「現代の病」という決定的な新しい「欠如」、すなわち《穴》は、個人の生命を潰えさせる致死的な病と、人類を滅亡させる環境の危機とを貫いて、われわれが生きる現代の世界の全体を認識させるものになっているというのであった。

そこでもう一度、「生々死々」に戻れば、作品の「欠如」は、入院した菅沢の病気ということになるのだが、さらに何か深刻な病気にかかっているのではないかという不安、その病が何であるのか、致死率の高い癌なのではないか、という不安と焦燥が根底にある。菅沢素人と下沢当直責任医、病室の世話係の富井《ふい》、患者の樋口とが、本来は夜勤の看護師の待機場所であるガード室で、菅沢の入院祝いだといって酒を飲みはじめる。「病室にあっては、機械人形であった二人の男たちは、ここでは、自由に振る舞っている人間なのである。下沢当直責任医の放つ光線の前で、この二人の男たちは、何等か演技せざるを得ないのだろうか。それとも下沢当直責任医が、たくみに俳優を自由に動かす演出家ということなのだろうか」とある。この後、菅沢は酔いに任せるかのように、過去の記憶を自由に回想するのだが、残念ながら読者には、単純にはストーリーが読みとれないほど無秩序で冗漫なものになる。

「生々死々」では、落語や古浄瑠璃、歌舞伎といった多彩な語りが混入されるとともに、医学的知識や分子生物学的知見、演劇論、環境問題など次元の異なる言説が作品のなかで氾濫を起こしているようにみえる。だが作者の野間にとっては、地の文と会話文、小説の語りと引用文とが交錯しながら作品が展開するのは「複数の声、世界全体を再構成するために複数の声を使わなければならない」という全体小説の創作手法の一つであったといえよう(14)。

3 「現代の病気」

「生々死々」のなかで、木場一春と東山長三郎は、豪雨と洪水によって山崩れが生じ、水が引いた後に地割れを起こした千葉明星ゴルフ倶楽部に、九億円近い資金を投じて修復し、現在そこを所有している泉山観光から経営権を奪おうと密談している。菅沢素人は、ガード室での飲酒をするうちに、過去を回想し、ゴルフ場をめぐる災害は天候が原因ではなく、山林の乱開発と化学肥料の乱用、地権争いによる人災であった事実が結びつくことになる。

一見したところ決して相交わることのない、さまざまな語りが交錯するうちに作品の全体がみえてくる全体小説の特徴を、宇波彰は「相互浸透」の原理という観点から説明した(15)。この作品では「舞台の転換がけっして新しい場面を作り出すのではない。この作品のなかで設定されているいくつかの領域は、きわめて不確実な境界線によって仕切られているのであり、相互に浸透し合っている」のだという。[16] まさに「生々死々」というタイトルそのものが《生》のなかに《死》を、《死》のなかに《生》を見出す「相互浸透」の原理を表現していたといえる。そのなかで「三重人格俳優、四重人格俳優の実現」を目指す菅沢は、俳優として自己のアイデンティティーの解体を企てていた人間であった。たとえばつぎのような描写――「しかし彼の口から出てきた、それらの言葉は、彼がまったく考えてもいなかったものだったのだ」、「菅沢素人は答えている。しかし何故このような答をしたりするのか、彼には解りがたいのだ」、「はたしてここは廊下なのか。彼は左右の壁を見廻し、これが病院の廊下に違いないことを、認めたが、そこを歩き続けているこの彼は、一体、誰なのかと考えなければならなかった」などの表現は、彼の自己同一性が解体していることを示している。宇波は「バフチンが二〇年代に考えていた主体についてのポリフォニーの概念が『生々死々』で実現されていることに深い印象を受けないわけにはいかない」とする。[17]

他方、高橋敏夫も菅沢のアイデンティティーの解体に着目し、菅沢の存在は「自己同一性をうしない、諸関係が交叉し闘争するステージとなる」とする。[18]

ただし、菅沢素人の自己同一性解体の受容は、解体の事実を他との関係の捨象のもとにただ認知するのではない。解体をすすめる力を物語は明らかにしようとする。ここが、一九七〇年代後半にあらわれた楽天的なポストモダニストたち、自己同一性解体の現状に自足してしまった者たちと、野間宏とをわかつ点である。「近代」の解体が解放に直結せず、より強力な権力関係のリゾーム状の形成であることへの注視が、野間宏にはあったといってよいだろう。(19)

野間によるポストモダニズム批評家に対する批判は、さきにみた「現代と病気の概念」が掲載された「海燕」の前号に発表された「爆破されようとする現代文学創造理論――首塚の上のアドバルーン」(「海燕」第一〇巻第一号、一九九一年一月)のなかで、蓮實重彦への厳しい言及に示されている。後藤明生の『スケープゴート』(一九九〇年八月、日本文芸社)について、蓮實が「世の中には殊のほか「批評」を勇気づける「小説」というものが存在」していると肯定的な評価を与えたのに対して、野間は「まことに不思議な、呼吸困難な肯定的リズムをもって批評を身近に呼び寄せるこの批評家の一文の奇怪な語尾にあやつられはするのだが、私はこの批評家のめざすところへ誘いこまれるわけはなく、私はこの批評家が批評のペンを折るほどにも、その一文曲折が、天と地のもとへもどされんことを望んでいる」と痛罵した。(20)野間は晦渋な表現を使いながら、さらに批判を続け、「蓮實重彦氏の文体は、少々健康に曲折し、いたって極度に読者を強制し、しかも快いといったものだ」とし、「長寿の時代と病気の時代とが同時にという考え」は蓮實の中心にはなく、「私はかりに蓮實重彦氏が病気にかかり、病気の時代を生きる気があるなどとは少しも考えないのである」という。(21)野間は、長寿化すればするほど病気をかかえた人間が増えるという現代社会の矛盾を蓮實は理解していないと指摘したのだが、蓮實に投じた野間の言葉を理解するために、再び大槻慎二の言葉を引用してみよう。

乱暴を承知で約まった言い方をしてしまえば、果たして「健康な曲折」をもって「病気の時代」を描けるだろうか、ということだ。

この野間さんの問いかけは、いまとなっては様々な想念を呼び寄せる。特に八〇年代からこちら側、「ポストモダン」という呼称で括られていた言説は、総じて一定の中心を持たないことで対象をズラしながら、軽やかに迂回する運動そのものに価値を見出していたもののように思える。いまはその功罪を論ずる場ではないが、しかし一つだけ、その「健康に」迂回する運動が、「現代の病い」を回避する言い訳として作用していなかったか。[22]

野間が課題としていたのは、病巣を腑分けできる、従来の病理学的療法が有効な「近代の病い」ではなく、人間をとりまく環境の変化によって生体内の細胞の一つひとつが異変を来す「現代の病い」をとらえ切ろうとすることであり、そこに「生々死々」の重要なテーマがあったといえよう。

小説の冒頭に近い部分で、病室の鏡を覗き込んだ菅沢は、自分の顔がそこにないことに気づく。これまで何百、何千回と鏡を使ってそこに自分の顔を映し出すという操作をおこなってきたのだが、顔を失うということは、アイデンティティーの喪失であると同時に、自己の死を先取りして認識することでもある。「彼は居ないのである。彼は存在しないのである。彼は何処にも存在しない」という菅沢に関する表現は、日常性に頽落していた自己が死を先取りして認識することによって、自己に固有の決意――死の了解――をおこなう瞬間になる。それをきっかけにして世間的な価値や規範から自己を切り離し、代替不可能な自己に固有の本来的自己の実存が可能になるであろう（ハイデッガー「脱自態（Ekstase）」、『存在と時間』第二編第三章）。

ベッドやシーツ、壁はあるのに自分の顔がない、なかったということに気づいた菅沢が自己の実存に目覚めた場面は、つぎのように表現されている。

すると何か怪しげな、いかにも柔らかいというような柔らかさを備えた、咲きおくれの桃の花のように色あざやかな、しかも植物のように動くことの出来ないものが、彼のうちに訪れてくる。それはもはや、のびたその爪で胸の中をひっかくなどというようなものではない。しかも、なお、またかと彼は、それをこころよく迎えいれているのか。そうであるという必要がある。まずもってそうであるという必要があるが、つづいて、やはりそうでないという必要がある。それはまことに色あざやかであるが、その色はもちろん、一瞬にして色でないものに変わってしまうからである。色ではない熱とでもいう風に。

「桃」は古来「不老長寿を与える仙果」といわれているが、菅沢の場合、その「植物のように動くことの出来ないもの」を快く受け入れているのかどうか分からない。なぜなら鮮やかな色が一瞬にして色でないものに変わってしまうからであるという。色ではなく熱であるという表現は、さまざまな認識を捨象して自己の実存に触れた瞬間であったといえるのではないか。

4　未完の全体小説

酒を飲んでいた菅沢素人は、夫がありながら木場一春に身も心も奪われた自分の妹が三千万円もの資金の融通を依頼してきこと、そして彼女は自殺未遂をしてしまったことを思い出す。そして菅沢は突如、「この僕は、以前にひとを殺したことのある人間なんだよ」と告白する。菅沢のいう「あの死人《しびと》、彼の殺した死人《しびと》」とは、睡眠薬の多量服用によって自殺した劇場の支配人であった。菅原が関わっていた劇団に内紛が生じて解散したことから、悪意をもって彼の妻に近づき、資産家の娘であった彼女を奪う。その結果、支配人は劇場の運営費にこと欠くようになってそれを売却する破目におちいって自殺するに至る。通夜の際、寝棺に近づいて死顔をみようとした瞬間、菅沢は「その死人《しびと》の、口中の歯並みを失ってしまって、肉の落ち込みのはげしい顔が自分の臀部のところに、とりついているのを、知ったのである」。しかし「その死人《しびと》の顔が、よく知りつくしているが故に、かえってそれと見定めることの出来なかった、自分の顔であることに気附いたのである」。このときまさに《上》と《下》、《生》と《死》とが同時存在、すなわち「相互浸透」する原理を典型的に体現する状態におちいっていたのである。

病院とは何か、病気とは何か、というテーマは、「生々死々」が未完に終わったために、十分に解明されることはなかった。磯田光一との対談「現代という病院」（「群像」第三九巻第六号、一九八四年六月）のなかで野間が語った「この病院は一つの収容所に近いといっていいようなものであるかもしれない」という言葉がわずかな手がかりとして残されているだけである。[23] 中村真一郎は「生々死々」を高く評価して、「今日、世界的に衰退し、矮小化しつつある小説形式の現場における、掉尾をかざる記念碑的作品」と位置づけながら、「小説形式に、もし新しい未来を追求しようとする冒険者は、この作品が小説表現の手段として取り入れた数々の新しい技法と古い技法の再生とを、無視することはできないだろう」と賛辞を送った。[24]

野間は「生々死々」を執筆していた頃、狭山裁判を批判した論文を、「世界」第三五一号（一九七五年二月）から第五五三号（一九九一年四月）まで、何度かの休載も含みながら一六年間にわたって連載した。しかも野間の死後も、彼の口述原稿やメモを使って連載は続けられ、最終的に一九一回にも達したのである。狭山事件とは、一九六三年五月、埼玉県狭山市に住む女子高生が誘拐殺害された事件のことで、容疑者とされた石川一雄は、強盗強姦・強盗殺人・死体遺棄・恐喝未遂の罪で起訴され、一九六四年の一審の浦和地裁では死刑判決、一九七四年の二審の東京高裁では無期懲役判決が言い渡された。一九七七年に最高裁で上告棄却の決定をおこなって無期懲役刑が確定した。一九八〇年に第一次再審請求が棄却され、八六年に申し立てられた第二次再審請求の途中で野間が死去する。石川は一九九四年一二月、三一年七カ月に及ぶ獄中生活の後、仮出獄を果たすのだが、一九九九年七月九日、東京高裁は第二次再審請求を棄却する。二〇〇六年に第三次再審請求の申し立てがおこなわれて、現在はその審理中である。野間が死去して三二年が経過しているが、冤罪を起こさないための司法制度と法執行機関の改革は、一向に進捗していないといわざるを得ないのである。

おわりに

野間宏が戦前から関わりつづけてきた大阪の町を歩くと、その風景が激変していることに気づく。リゾート型高級ホテルが開業し、海外富裕層のインバウンド客の宿泊需要に応える一方、JR環状線の駅前周辺には、かつての街並みが撤去され、海外の投資家によるマンションや住宅が建設されている。一九二二年三月、部落差別の撤廃をめざして全国水平社が京都の岡崎公会堂で結成された五カ月後、浪速の地に「西浜水平社」が結成された。しかし現在は、その活動を継承してゆくために旧栄町小学校の校舎を活用して運営されてきた資料館も移転され、その場所は更地になった。市行政の方針転換によって、そして市民の意識の遷移にともなってこのような変化が起きたのだが、野間の取り組んでいた問題が根本的に解決されたといえるのか、慎重な検証が必要であろう。

《差別是正措置（affirmative action）》をめぐっては、アメリカでも大きな議論が起こっている。二〇二三年六月二九日、米国連邦最高裁は、大学入試において志願者の人種・民族を考慮するハーバード大学・ノースカロライナ大学の制度が、市民の平等な保護を定め権利を保障する合衆国憲法修正第一四条に違反するという判決を下した。ところがその直後の七月三日、アフリカ系アメリカ人やヒスパニック系アメリカ人などの支援活動をおこなう市民団体は、大口の寄付をした人の関係者や卒業生の子どもが優先的に入学しているため、ハーバード大学では白人が有利になっていると連邦教育省に申し立てたのである。バイデン大統領はこの二つの出来事に触れて、連邦最高裁の判決を批判すると同時に、大学関係者の入学が優遇されていることについて「機会の代わりに特権を広げている」という談話を発表した。

「ニューズウィーク日本版」(二〇二三年七月一一日号)によれば、「カリフォルニア州では、一九六六年の住民投票でアファーマティブ・アクション禁止が決まった後、カリフォルニア大学の中でも競争率の高いキャンパスのマイノリティー入学者数が五〇%、またはそれ以上減少している。これは、同州の人口統計上の変化に即さない傾向だ」と指摘されている。カリフォルニア州の事例は、ひとたび流れの向きが変わるとそれは加速度を増して二度と戻れない状況におちいることの証左となるだろう。

二一世紀の今、平等で公正な社会の実現はなお難しい状況にある。アメリカに限らず日本でも同じである。新自由主義的な手法によって目先を変えようとする試みはあるものの、医療・福祉・教育の保障が十分になされているとは言い難い。野間の文学は、治安維持法によって思想・表現の自由が制限されていた学生時代や市役所時代、そして忘れてならないのは軍紀と軍法会議、残酷な私的制裁によって人権が蹂躙されていた兵士時代の体験にもとづいて描かれていることである。野間は、日本近代文学において定型である私小説の方法ではなく、個人と社会とをダイナミックにとらえる全体小説の構想をもって、死の不安と絶望のなかで日本社会の矛盾に直面していた人びとを描き出した。サルトルの小説論に影響された野間の全体小説とは、自己の「欠如」に目覚めることをきっかけに、それまで自分が気づかなかった社会の「欠如」を知るようになり、それらの克服を通じて人間が真の「自由」を獲得するプロセスを体現した作品を意味する。野間は、社会現実に厳しく対峙する文学作品を示すことによって、人びとの意識を変え、社会変革を引き起こす道を拓こうと試み続けたのである。

現代はわかりやすいもの、すぐに結論が導き出されるものが重宝される。野間の文体は晦渋でその内容はきわめて難解なため、ＡＩが作成する文章とは対極のところに位置するものである。文学史上、第一次戦後派作家と位置付けられる野間の文学は、彼が取り組んでいたテーマの困難さを反映したものであった。戦後の荒廃した日本社会で自己の体験をつきつめて考えていった真摯な姿勢は、今もなお高く評価されるべきものである。

最後に、藤原書店の藤原良雄社長に謝辞を申し上げたい。藤原社長は「野間宏の会」を主宰し、野間に関する書籍の刊行に尽力してこられた。これらの成果の恩恵をいただきながら、本研究を進めることができた。本書の出版にもご理解を示してくださったことに深く感謝申し上げる。

二〇二三年一一月

尾西康充

注

はじめに

(1) 野間宏「乱世のなかの泰平と『歎異抄』」(『歎異抄』改訂版、一九八六年八月、ちくま文庫)、引用は『野間宏作品集』(一九八八年一月、岩波書店)からおこなった。

(2) 斎藤幸平『人新世の「資本論」』(二〇二〇年九月、集英社新書、三四〇頁)。

(3) 野間宏『サルトル論』(一九六八年二月、河出書房)、引用は『野間宏作品集』第一一巻(一九八八年九月、岩波書店、八五頁)からおこなった。

(4) 同右、一〇八頁。

(5) 同右、一〇六頁。

(6) 網野善彦「歴史としての戦後史学」(二〇一八年九月、角川文庫、三三四頁)。

(7) 網野善彦「戦後の〝戦争犯罪〟」(岩波新書編集部編『戦後を語る』、一九九五年六月、岩波新書、九～一〇頁)。

(8) 野間宏「荒正人の問いの前に立って」(「群像」一九五六年七月)、引用は『野間宏全集』第一六巻(六〇二～六〇三頁)からおこなった。

(9) 野間宏「日本共産党の中の二十年」(「展望」第七六巻、一九六五年四月)、引用は『野間宏全集』第一六巻(一九七〇年一一月、筑摩書房、六六〇頁)からおこなった。

(10) 尾末奎司「解説」(『野間宏作品集』、岩波書店、一九八八年一一月、三五五頁)。

(11) 平雅行『日本中世の社会と仏教』(一九九二年八月、塙書房、二三七～二三八頁)。

(12) 網野善彦『悪党と海賊』(一九九五年五月、法政大学出版局、三六八～三六九頁)。

第1章 「暗い絵」論（1）――「暗い穴」の意味

（1）スラヴォイ・ジジェク『もっとも崇高なヒステリー者』（鈴木國文訳、二〇一六年三月、みすず書房、二七六頁）。

（2）同右。

（3）小野義彦『「昭和史」を生きて』（一九八五年四月、三一書房、一七六、六一頁）。

（4）布施辰治「日本共産党事件弁論速記」（『現代史資料』第一八巻「社会主義運動」第五巻、一九六六年九月、みすず書房、四〇一頁）。布施によれば、拘留中の人たちに加えられる「白色テロ」は、「共産党員の国賊呼わり、或は天皇の敵であるから殺しても構はない、殺しても自分等は執行猶予であることを放言して、ひどい目に合はせるところの惨虐が行はれるのである」という。

（5）司法省刑事局「思想研究資料」特輯第六七号（一九三九年一一月）の佐藤欽一検事による「日本共産主義者団」（二〇八頁）。

（6）前掲（3）、六〇〜六一頁。

（7）並木洋之「〈一九四〇年問題〉への視覚――野間宏・布施杜生・中野重治・大西巨人」（「言語文化」第一六号、一九九九年三月、九一頁）。

（8）ブレット・ド・バリ・ニー「野間宏と『暗い絵』」（「文学」第五三巻第一号、一九八五年一月、一五〇頁）。

（9）野間宏「『暗い絵』の背景」、「学生評論」第四号、一九五〇年二月）、引用は『野間宏全集』第一巻（一九六九年一〇月、筑摩書房、三三八頁）からおこなった。

（10）同右。

（11）スラヴォイ・ジジェク『真昼の盗人のように』（中山徹訳、二〇一九年七月、青土社、三四三頁）。

第2章 「暗い絵」論（2）――《第三の途》と戦中日記にみる無意識の罪責感

野間の日記は『作家の戦中日記 一九三二―四五』上（二〇〇一年六月、藤原書店）に拠った。

（1）小野義彦「学生無名戦士の思い出――永島孝雄のこと」（『学生評論』第四巻第五号、一九四七年九月、六一頁）。

（2）京都府労働経済研究所編『京都地方学生社会運動史』（一九五三年二月、京都府労働経済研究所、一七八～一七九頁）。

（3）渡部徹編著『京都地方労働運動史（増補版）』（一九五九年一二月、京都地方労働運動史編纂会、一五〇九頁）。

（4）本多秋五「『暗い絵』と転向」（『野間宏集』「解説」、一九五三年八月、河出書房）、引用は『野間宏全集』第一巻（一九六九年一〇月、筑摩書房、三五一頁）からおこなった。

（5）『近代日本社会運動史人物大事典』（一九九七年一月、日外アソシエーツ、六五九頁）。

（6）鶴見俊輔「第二篇の要約」（『改訂増補共同研究　転向』中、一九七八年四月、平凡社）。

（7）高畠通敏「生産力理論――大河内一男・風早八十二」（同右、二〇五頁）、栗原幸夫「近代天皇制下の論理と倫理」（『現代の眼』第一八巻第一二号、一九九七年一二月、六八頁）。

（8）風早八十二『労働の理論と政策』（一九三八年一〇月、時潮社、一頁）。

（9）同右、二六五頁。

（10）中村福治『戦時下抵抗運動と『青年の環』』（一九八六年一〇月、部落問題研究所出版部、一八五頁）。

（11）前掲（7）「近代天皇制下の論理と倫理」、七三頁。

（12）同右、七一～七二頁。

（13）小野義彦『「昭和史」を生きて』（一九八五年四月、三一書房、一九〇頁）。

（14）ディミトロフ「ファシズムの攻勢と、ファシズムに反対し労働者階級の統一をめざす闘争における共産主義インタナショナルの任務――共産主義インタナショナル第七回大会における報告　一九三五年八月二日」(『反ファシズム統一戦線』、坂井信義・村田陽一訳、大月書店国民文庫改訳版、一九六七年九月、六八〜七〇頁)。
(15) 野間宏他『座談会　わが文学、わが昭和史』(一九七三年八月、筑摩書房、一八一頁)。
(16) 桶谷秀昭「戦後文学のゆくえ——野間宏の評価について」(『新日本文学』第一八巻第一一号、一九六三年一〇月、六八頁)。
(17) 同右、七〇頁。
(18) 小澤勝美「野間宏「暗い絵」論——戦後文学の出発点を捉え直す」(『近代文学研究』第二七号、二〇一〇年四月、二八頁)。
(19) 同右、三八頁。
(20) 同右、二八頁。
(21) 平野謙「「暗い絵」の時代的背景」(『暗い絵・崩壊感覚』「解説」、一九五五年四月、新潮文庫)、引用は前掲『野間宏全集』第一巻(三四八頁)からおこなった。
(22) 同右、三四六頁。
(23) 郡定也「京都学生文化運動の問題——『学生評論』の場合」(『戦時下抵抗の研究Ⅰ　キリスト者・自由主義者の場合』、一九六八年一月、みすず書房、三一七頁)。
(24) 藤谷俊雄「小説と歴史的事実」上(『赤旗』一九七一年九月一〇日)。
(25) フロイト「喪とメランコリー」(『人はなぜ戦争をするのか』、中山元訳、二〇〇八年二月、光文社古典新訳文庫、一二一頁)。
(26) 笠井潔「過激主義の運命」(『文藝』編集部編『追悼野間宏』、河出書房新社、一九九一年五月、一九七頁)。
(27) 栗原幸夫「キムチヨンミさんに答える」(季刊『Aala』第九七号、一九九四年一二月、九〇頁)。さらに紅野謙介が「「暗い絵」がブリューゲルの「奇妙な、正当さを欠いた、絶望的な快楽に伴うがごとき印象」に始まりながら、身内を描いても他者の存在はその外延がなぞられるにとどまったことでも推測できよう」と指摘していることも、これと同じ問題をとらえていると考えられる（「近代日本文学におけるブリューゲル・素描」、「日本大学人文科学研究所紀要」第三八号、一九九三年三月、七〇頁）。

（28）瓜生忠夫「『車輪』から「暗い絵」への野間」（『野間宏全集』第一巻「月報」1、一九六九年一〇月、三頁）。

第3章　人民戦線運動と《近代主義批判》——日本とドイツの戦後文学の視点から

本章の執筆に際しては、アーネスティン・シュラント／J・トーマス・ライマー編『文学にみる二つの戦後　日本とドイツ』（大社淑子他訳、一九九五年八月、朝日新聞社）に所収されたペーター・デメッツ「『叫び』《デア・ルーフ》が生まれる——同時代人の追憶」、マルレーネ・J・マヨ「日本人再教育計画——検閲と文学」、J・ヴィクター・コシュマン「『近代文学』と日本共産党——文学論争の時代」を参照した。

（1）野間宏「孤立の抵抗」（『野間宏全集』第二一巻、一九七〇年五月、筑摩書房、四三頁）。

（2）ディミトロフ『反ファシズム統一戦線』（坂井信義・村田陽一訳、一九五五年九月、国民文庫、大月書店、六九頁）。

（3）野間の転向問題は、拙稿「野間宏「暗い絵」と《第三の途》——戦中日記にみる無意識の罪責感」（「三重大学日本語学文学」第三〇号、二〇一九年六月）で論じた。

（4）相沢啓一「二つの『ルーフ』をめぐって——アルフレート・アンデルシュに於ける政治と文学（一）」（「詩・言語」第二二号、一九八四年七月、一一頁）。

（5）早崎守俊『グルッペ四十七史——ドイツ戦後文学史にかえて』（一九八九年一二月、同学社、二九頁）。

（6）早崎守俊『負の文学——ドイツ戦後文学の系譜』（一九七二年八月、思潮社、四九頁）。

（7）同右、四一頁。

（8）同右、四九頁。

（9）同右、四三〜四四頁。
（10）前掲（5）、三二頁。
（11）前掲（4）、二五頁。
（12）前掲（4）、二七頁。
（13）前掲（4）、二六頁。
（14）ヴィクター・コシュマン『戦後日本の民主主義革命と主体性』（二〇一一年四月、平凡社、七三頁）。
（15）座談会「文化運動と民主民族戦線」（「文化革命」第二巻第一一号、一九四八年九月、三一〜三二頁）。
（16）宮本顕治「文化革命と文化活動」（「前衛」第二一号、一九四七年一一月）、引用は『宮本顕治文芸評論選集』第二巻（一九六六年一〇月、新日本出版社、七一頁）からおこなった。
（17）野間宏「近代主義批判以降」（「前衛」第一二六号、一九五七年三月）、引用は『野間宏全集』第一六巻（一九七〇年一一月、六三一頁）からおこなった。
（18）小田切秀雄『私の見た昭和の思想と文学の五十年』上（一九八八年三月、集英社、三五二頁）。
（19）宮本顕治「統一戦線とインテリゲンチャ」（「前衛」第三九号、一九四九年七月）、引用は『宮本顕治文芸評論選集』第二巻、一四二頁）からおこなった。
（20）本多秋五「解説」（『荒正人著作集』第一巻、一九八三年一二月、三五〇〜三五一頁）。
（21）座談会「近代主義をめぐって」（「思想と科学」第二号、一九四八年七月、一一七頁）。
（22）荒正人「戦後」（前掲『荒正人著作集』第一巻、三〇四頁）。
（23）前掲（1）、二七頁。
（24）前掲（1）、三一〜三二頁。
（25）イルメラ・日地谷＝キルシュネライト「日本の知的風土45〜85――戦後からみる」（『文学にみる二つの戦後　日本とドイツ』、一九九五年八月、朝日新聞社、一四一頁）。
（26）テオドール・W・アドルノ「過去の総括とは何を意味するのか」（『自律への教育』、原千史他訳、二

〇一一年一二月、中央公論新社、一二頁)。
(27) 同右、一三頁。

第4章 「顔の中の赤い月」論——復員兵の苦悩

(1) 梯明秀「告白の書——時局の精神的断層」(「展望」第四一号、一九四九年五月、五頁)。
(2) 同右。
(3) 同右。
(4) 風早八十二『労働の理論と政策』(一九三八年一〇月、時論社、一頁)。
(5) 前掲(1)と同じ。
(6) ブルース・フィンク『ラカン派精神分析入門——理論と技法』(中西之信他訳、二〇〇八年六月、誠信書房、一六八、一七八頁)。
(7) 同右、一七八、一八〇頁。
(8) 同右、一八六、七六頁。
(9) 宮内豊「自己執着の文学——初期野間宏の問題」(「群像」第二三巻第九号、一九六七年九月、一二四、一三三頁)。
(10) 本多秋五「もみ抜かれた野間宏」(『物語戦後文学史』、一九六〇年一一月、新潮社)、引用は同書(一九六六年三月、新潮社、一三三頁)からおこなった。
(11) 木村幸雄「『顔の中の赤い月』について」(「福島大学教育学部論集人文科学」第二一巻第二号、一九六九年一一月、三三頁)。
(12) 野間宏『作家の戦中日記 一九三二—四五』下(二〇〇一年六月、藤原書店、八四五頁)。
(13) 同右、八七六頁。

第5章　「崩解感覚」論――梯明秀と「虚無の自覚」

(1) 野間宏「戦後感覚の論理――〝虚無と実存の超克〟をよんで」(「理論」第八号、一九四九年四月)、引用は『野間宏作品集』第一〇巻(一九八七年一二月、岩波書店、一四三頁)からおこなった。
(2) 梯明秀「虚無と実存の超克に関する第一章――精神のこの病」(「理論」第七号、一九四八年一二月、一一五頁)。
(3) 梯明秀『全自然史的過程の思想――私の哲学的自伝における若干の断章』(一九八〇年九月、創樹社、九～一〇頁)。
(4) 同右、一〇頁。
(5) 浅田彰・柄谷行人「久野収氏に聞く――京都学派と三〇年代の思想」(「批評空間」II―4、一九九五年一月、太田出版、一〇頁)。
(6) 前掲(1)、一四三頁。
(7) 前掲(3)、三〇七頁。
(8) 奈良本辰也『師あり友あり――奈良本辰也選集第一巻』(一九八一年一一月、思文閣出版、一四三～一四四頁)。
(9) 梯明秀「告白の書――時局の精神的断層」(「展望」第四一号、一九四九年五月、一七頁)。
(10) 同右、二七頁。
(11) 前掲(3)、三六八、七四頁。
(12) 梯明秀『物質の哲学的概念』「初版序文」(一九三四年二月、政経書院)、引用は『物質の哲学的概念』(一九五六年一〇月、青木書店、一七頁)からおこなった。
(13) 前掲(3)、三八二頁。
(14) 前掲(3)、三六九頁。
(15) 梯明秀『社会の起源』「再刊序文」(一九四九年二月、日本評論社、一二頁)。

(16)前掲(9)、一四頁。
(17)長谷部文雄『資本論随筆』(一九五六年七月、青木書店、一六八〜一六九頁)。
(18)前掲(9)、一三頁。
(19)同右、一九頁。
(20)同右。
(21)同右。
(22)前掲(9)、九〜一〇頁。
(23)ヘーゲル『大論理学』下巻(武市健人訳、一九六一年三月、岩波書店、一二頁)。
(24)前掲(2)、一一八頁。
(25)前掲(9)、八頁。
(26)前掲(9)、一八頁。
(27)前掲(9)、三〇頁。
(28)前掲(2)、一二五頁。
(29)前掲(3)、一七頁。
(30)前掲(2)、一二九頁。
(31)同右。
(32)前掲(3)、一七頁。
(33)A・&M・ミッチャーリヒ『喪われた悲哀——ファシズムの精神構造』(林峻一郎他訳、河出書房新社、一九八四年一月、一九頁)。
(34)同右、二七頁。
(35)同右、九頁。
(36)同右、二〇頁。

(37) マルガレーテ・ミッチャーリヒ『過去を抹殺する社会――ナチズムの深層心理』(山下公子訳、一九八九年七月、新曜社、二～三頁)。
(38) 前掲(2)、一二八頁。
(39) 前掲(2)、一四八～一四九頁。
(40) 山下実『野間宏論――欠如のスティグマ』(一九九四年七月、彩流社、一四八頁)。
(41) 絓秀実「「死者」の形而上学――梯明秀と戦後文学の理念」(「文藝」第二四巻第七号、一九八五年七月、河出書房新社、一四八頁)。
(42) 戸坂潤『増補版日本イデオロギー論』(一九三六年五月、白楊社)、引用は『日本イデオロギー論』(一九七七年九月、岩波文庫、一六二頁)からおこなった。
(43) サルトル『存在と無』第三分冊、引用は『サルトル全集』第二〇巻(松浪信三郎訳、一九六〇年八月、人文書院、四一〇頁)からおこなった。
(44) アレクサンドル・コジェーヴ『ヘーゲル読解入門――『精神現象学』を読む』(上妻精他訳、一九八七年一〇月、国文社、三二〇～三二一頁)。
(45) 井上靖裕「精神分裂病の経過中に出現した強迫現象についての精神病理学的考察」(「神戸大学医学部紀要」第五一巻第九号、一九九〇年三月、六七頁)。
(46) ブルース・フィンク『ラカン派精神分析入門――理論と技法』(中西之信他訳、誠信書房、一八四頁)、同書によれば、ヒステリー者にとっては、「私は男か? 女か?」の問いが厳しく現前するのに対し、強迫神経症者にとって「私は死んでいるのか、生きているのか」という問いがより切迫的で侵襲的であるという。ここには神経症の異なる症候が示されている。

第6章 「真空地帯」論――「大衆と共感し、共応し合う世界」の造形

「真空地帯」に関する評論では、大西巨人と宮本顕治の論争が知られているが、作品解釈の域をこえて、

新日本文学会の運営方針にまでテーマが及ぶものなので、別稿を準備して取り扱いたい。

(1) 太田恭治への取材は二〇一八年三月三日、リバティ大阪にておこなった。

(2) 野間宏「わが体験わが文学　政治と文学Ⅰ」(「第三文明」第二二五号、一九八〇年一月、一一四頁)。

(3) 野間宏「少年の日の西宮」(『グラフにしのみや』、一九六八年三月)、引用は『野間宏作品集』第九巻(一九八八年四月、岩波書店、七頁)からおこなった。

(4) 野間宏・日高六郎「《対談》日本人の戦争体験と「真空地帯」」(「図書」第四三二号、一九八五年八月、八頁)。なお「当時差別を受けていた「夙」という地域」については、尾末奎司「野間宏と往生要集——「わが塔はそこに立つ」を中心に」(「文学」第四〇巻第三号、一九七二年三月)、酒井真右「「真空地帯」と『破戒』について」(「部落」第四一号、一九五三年四月)、紅野謙介「野間宏・〈大衆〉の原像——「真空地帯」をめぐる試論」(「文学」第五四巻第一号、一九八六年一月)他の言及がある。

(5) 野間宏「文学入門」(一九五四年一〇月、春秋社)、引用は『野間宏全集』第二〇巻(一九七〇年一月、筑摩書房、九〇頁)からおこなった。

(6) 部落解放同盟西成支部編『焼土の街から　西成の部落解放運動史』(一九九三年二月、一八頁)。

(7) 沖浦和光『「悪所」の民族誌——色町・芝居町のトポロジー』(二〇〇六年三月、文春新書、一三〜一四頁)。

(8) 北博昭編『陸軍軍法会議判例類集』第二冊(二〇一六年一月、不二出版、二四九〜二五二頁)。

(9) 荻野富士夫『よみがえる戦時体制　治安体制の歴史と現在』(二〇一八年六月、集英社新書、四五頁)。

(10) 橋本あゆみ「大西巨人『神聖喜劇』における兵士の加害/被害——野間宏「真空地帯」との関係から」(「文芸と批評」第一一巻第一〇号、二〇一四年一一月、三七頁)。

(11) 大西巨人「俗情との結託——『三木清に於ける人間研究』と「真空地帯」」(「新日本文学」第七巻第一〇号、一九五二年一〇月、一二四頁)。

(12) 兵藤正之助「解説」によれば、「真空地帯」の「全巻にわたって、その底に脈々と、しかも重く沈澱しているもの、それこそは、野間氏が、かの「人民闘争」によって、感得したものに他ならぬと考えられる」という（『野間宏全集』第四巻、一九七〇年六月、筑摩書房、四〇三頁）。

（13）沖浦和光「野間宏における〈歴史の磁場〉」（「文藝」編集部編「追悼野間宏」、一九九一年五月、河出書房新社、一〇〇頁）。

（14）対談「聖と賤の文化史——民衆文化の原郷を訪ねて」（『野間宏作品集』第一三巻、一九八八年一月、岩波書店、三三三頁）。

（15）同右、三三四頁。

（16）佐々木基一「「真空地帯」について」（「文学」第二〇巻第九号、一九五二年九月、八三五頁）。

（17）同右、五二頁。

（18）前掲（5）と同じ。

（19）杉浦明平「解説」（「真空地帯」、一九五五年二月、岩波文庫、六〇四頁）。

（20）「JACAR（アジア歴史資料センター）Ref.C01007773600、陸密綴昭和一四年（防衛省防衛研究所）」。

（21）スラヴォイ・ジジェク『ラカンはこう読め！』（鈴木晶訳、二〇〇八年二月、紀伊国屋書店、一五三頁）。

（22）スラヴォイ・ジジェク『為すところを知らざればなり』（鈴木一策訳、一九九六年一一月、みすず書房、三四一頁）。

第7章 「地の翼」論——一九五〇年代の政治と文学

（1）荒正人「アベル殺し」（「近代文学」第七巻第四号、一九五二年四月）。

（2）花田清輝「日本における知識人の役割——その功罪の歴史的展望」（「知性」第三巻第三号、一九五六年三月）、引用は『花田清輝全集』第六巻（一九七八年一月、講談社、二九頁）からおこなった。

（3）加藤周一他「座談会　今後十年を語る」（「近代文学」第一〇巻第一一号、一九五五年一一月、六頁）。

（4）前掲（2）、二二一頁。
（5）吉本隆明「戦後文学は何処へ行ったか」（「群像」第一二巻第八号、一九五七年八月）、引用は『吉本隆明』第四巻（二〇一四年九月、晶文社、四四七頁）からおこなった。
（6）大井広介「文学者の革命実行力」（「美術批評」第五〇号、一九五六年二月）、引用は『文学者の革命実行力』（一九五六年四月、青木書店、三一頁）からおこなった。
（7）日沼倫太郎「「地の翼」の問題」（「文芸首都」第二六巻第五号、一九五七年五月、一三七頁）。

第8章　地域人民闘争——雑誌「人民文学」と一九五〇年代

（1）野間宏「日本共産党の中の二〇年」（「展望」第七六号、一九六五年四月）。
（2）野間宏「実践と創作の環」（「理論」第一八号、一九五二年八月）。
（3）本多秋五「〝人民闘争〟と〝回心〟」（『物語昭和文学史』、一九六六年三月、新潮社、六二三頁）。
（4）前掲（1）と同じ。
（5）増山太助「「五〇年問題」覚書（下の一）」『運動史研究』第六巻（一九八〇年八月、三一書房、一六三頁）。
（6）花田清輝「日本における知識人の役割——その功罪の歴史的展望」（「知性」第三巻第三号、一九五六年三月）、引用は『花田清輝全集』第六巻（一九七八年一月、講談社、一九頁）からおこなった。
（7）下斗米伸夫『日本冷戦期 1945-1956（増補改訂版）』（二〇二一年六月、講談社文庫、一五九頁）。
（8）同右、一六七頁。
（9）同右、一七四頁。
（10）同右、一八〇頁。
（11）同右、二二八頁。
（12）同右、二四七頁。

(13) 同右、二八四頁。
(14) 同右、二八六頁。
(15) 同右、二八六頁。
(16) 亀山幸三『戦後日本共産党の二重帳簿』(一九七八年一月、現代評論社、二二三頁)。
(17) 前掲(11)と同じ。
(18) 前掲(1)と同じ。
(19) 秋山清『文学の自己批判――民主主義文学への証言』(一九五六年九月、新興出版社、一八八頁)。
(20) 同右、一九二頁。
(21) 鳥羽耕史「『人民文学』論――「党派的な「文学雑誌」の意義」」(『『人民文学』解説・解題・回想・総目次・索引』、二〇一一年一一月、不二出版、九頁)。
(22) 前掲(3)『物語昭和文学史』、四二九頁。
(23) 前掲(21)、二三頁。
(24) 成田龍一「「断層」の時代――一九五〇年代前半の歴史像への試み」(『思想』第九八〇号、二〇〇五年一二月)。
(25) 「『日本人労働者』の作者から」(『人民文学』第二巻第八号、一九五一年八月、三四頁)。
(26) 高橋博史は、対立していた文学団体が新日本文学会第六回大会(一九五二年三月)で再統一したが、そのとき同会が新たに決定した綱領の第一項に「あらゆる文学者、芸術家と提携して平和と民族独立のためにたたかう」ことが掲げられていることについて、「文学的実践を、現実の政治課題のためのたたかいと重ね合わせる考え方、その背後にある、作品を、思想的、政治的立場の反映とみなす文学観は温存され、改めて宣言」された。「だから何も変わらなかった。民主主義文学運動はこれ以後も、日共内部の対立に自ら繰り返しまきこまれていくのであった」と批判した(「「新日本文学」と「人民文学」の抗争」、「国文学解釈と教材の研究」三月臨時増刊号、一九八九年三月、一五九頁)。

(27)「地の翼」(「文藝」編集部編『追悼野間宏』、一九九一年五月、河出書房新社、二六〇頁)。
(28)安東仁兵衛『戦後日本共産党私記』(一九九五年五月、文藝春秋、二一四頁)。

第9章　『青年の環』論(1)——融和運動における「イデオロギー的機能」

『青年の環』の本文は初出版に拠った。『青年の環』第一部は「華やかな色どり」(「近代文学」第二巻第四、五、六号、一九四七年六、七、九月)、「魂の煤煙」(「近代文学」第二巻第七、八、九号、四七年一〇、一一、一二月)、「現実嫌悪」(「近代文学」第三巻第二、三、五号、四八年二、三、五月)、「炎に追はれて」(「文藝」第五巻第八号、四八年八月)、「小無頼」(「新文学」第五巻第九号、四八年一〇月)、「化粧」(「新文学」第五巻第一〇号、四八年一一月)、「家の中」(「丹頂」第一巻第七号、四八年一一月)、「盛り場の店」(「序曲」創刊号、四八年一二月)。第二部は「美しい夜の魂」(「文藝」第七巻第一号、四〇年一月)、「投網」(「文藝」第七巻第二号、五〇年二月)、「邪教徒」(「文藝」第七巻第二号、五〇年二月)、「跛行」(「文藝」第七巻第三、四、五号、五〇年三、四、五月)、「徴兵忌避」(「文藝」第七巻第五号、五〇年五月)、「皮の街」(「文藝」第七巻第六号、五〇年六月)である。『融和時報』は復刻版から引用した。

(1)朝治武『アジア・太平洋戦争と全国水平社』(二〇〇八年八月、解放出版社、六二頁)。
(2)山本正男「岐路に立てる融和運動」(『社会事業研究』第一〇巻第四号、一九三〇年四月)、引用は大阪人権博物館編『山本政夫著作集』(二〇〇八年三月、解放出版社、二一二頁)からおこなった。
(3)秋定嘉和『近代日本の水平運動と融和運動』(二〇〇六年九月、解放出版社、一五頁)。
(4)同右、一六頁。
(5)秋定嘉和『近代と被差別部落』(一九九三年三月、解放出版社、五二頁)。
(6)前掲(3)、四〇二頁。
(7)大河内一男「我国社会事業の現代的課題」(『総動員態勢下に於ける社会事業』、一九四〇年五月、全日本私設社会事業連盟、二四頁）。
（8）前掲（5）、五〇頁。
（9）中村福治『戦時下抵抗運動と『青年の環』』（一九八六年一〇月、部落問題研究所、一八五頁）。
（10）同右、一八六頁。
（11）スラヴォイ・ジジェク『イデオロギーの崇高な対象』（鈴木晶訳、二〇一五年八月、河出文庫、九〇～九一頁）。
（12）同右、九六頁。
（13）同右、九六頁。
（14）前掲（2）、一九一頁。
（15）前掲（2）、二一八頁。
（16）前掲（5）、三八頁。
（17）木村京太郎「忘れえぬ人びと9」（「部落」第二六五号、一九七〇年一一月、四六～四七頁）。
（18）藤谷俊雄「部落問題から見た『青年の環』――戦時下の水平運動」（「部落」第二三巻第一一号、一九七一年一〇月、三一頁）。
（19）同右、三一頁。
（20）同右、二九頁。
（21）津田孝「『青年の環』論――その革命運動批判を中心に」（「民主文学」第七二号、一九七一年一一月、一〇四～一〇五頁）。
（22）前掲（3）、三〇一～三〇二頁。
（23）大阪市社会部編『大阪市社会事業要覧（昭和十六年版）』（一九四一年五月、大阪市社会部庶務課、二一頁）。
（24）『大阪の部落史』第六巻史料編近代3（二〇〇四年二月、解放出版社、二三〇頁）他参照。

（25）前掲（1）、六三頁。

第10章 『青年の環』論（2）――大道出泉における革命主体の形成

（1）黒川みどり『地域史のなかの部落問題――近代三重の場合』（二〇〇三年三月、解放出版社、一八七～一八八頁）。
（2）ヘーゲル『精神現象学』上（熊野純彦訳、二〇一八年一二月、ちくま学芸文庫、二九八～二九九頁）。
（3）亀井秀雄「『青年の環』の結び目」（「群像」第二六巻第七号、一九七一年七月）、引用は埴谷雄高『青年の環』論集』（一九七四年三月、河出書房新社、一〇六頁）からおこなった。
（4）前掲（2）、三〇四頁。
（5）前掲（2）、五四〇頁。
（6）スラヴォイ・ジジェク「ヘーゲルの「具体的普遍」とは何か」（大橋良介『ドイツ観念論を学ぶ人のために』、二〇〇六年一月、世界思想社、二九七頁）。
（7）同右、二九八～二九九頁。
（8）ヘーゲル『精神現象学』下（熊野純彦訳、二〇一八年一二月、ちくま学芸文庫、五八九頁）。
（9）前掲（2）、二九七頁。
（10）同右。
（11）スラヴォイ・ジジェク『イデオロギーの崇高な対象』（鈴木晶訳、二〇一五年八月、河出文庫、三三七頁）。
（12）井上隆史『三島由紀夫『豊饒の海』VS野間宏『青年の環』――戦後文学と全体小説』（二〇一五年一一月、新典社、九四、九六頁）。
（13）スラヴォイ・ジジェク『もっとも崇高なヒステリー者――ラカンと読むヘーゲル』（鈴木國文他訳、二〇一六年三月、みすず書房、一七六頁）。

(14) 野間宏『サルトル論』(一九六八年二月、河出書房新社)、引用は『野間宏全集』第一九巻(一九七〇年七月、筑摩書房、二三一頁)からおこなった。
(15) 土方鉄は「また現実の野間も、この作中の矢花も、「部落解放運動に献身した」とは、どのように拡張解釈しても不可能である」と指摘している(「田口吉喜のイメージ」〔前掲(3)、一四九頁〕)。
(16) 同右、九七頁。
(17) 前掲(13)、一〇四頁。
(18) 磯貝治良「求心力としての部落「炎の場所」の構造——野間宏『青年の環』小論」(『新日本文学』第三六〇号、一九七七年八月、八四~九三頁)。

第11章　野間宏における一九六〇年代の政治と文学

(1) 窪田精『文学運動のなかで　戦後民主主義文学私記』(一九七八年六月、光和堂、二八〇頁)。
(2) 「第七回党大会中央委員会の政治報告から」(『日本共産党の五〇年問題について』、一九八一年二月、新日本出版社、三二一~三二二頁)。
(3) 「第七回党大会党規約改正についての中央委員会の報告から」(同右、三三五~三三六頁)。
(4) 同右、三三五頁。
(5) 「一部文化人党員の「要請」について」(『前衛』第二二五号、一九六四年一〇月、五五~五六頁)。
(6) 野間宏「日本共産党の二十年」(『展望』第七六号、一九六五年四月)、引用は『野間宏全集』第一六巻(一九七〇年一一月、筑摩書房、六五八頁)からおこなった。
(7) 前掲(5)、五六頁。
(8) 同右。
(9) 前掲(6)、六五七頁。
(10) 同右。

(11) 武井昭夫「今日における文学運動の課題と方向」(「新日本文学」第二〇〇号、一九六四年三月、二一四頁)。
(12) 野間宏「日本文学の現状と創造の方向」(「新日本文学」第一七六号、一九六二年三月、一一二頁)。
(13) 新日本文学会幹事会「新日本文学会第十一回大会の成果と今後の課題」(「新日本文学」第二〇七号、一九六四年一〇月、一三一頁)。
(14)「分裂進める日共幹部」(「朝日新聞」一九六四年一〇月一五日)。
(15) 同右。
(16)「プラウダ、野間氏らの声明を掲載」(「朝日新聞」一九六四年一〇月一九日)。
(17) 前掲(6)、六五九頁。
(18) 同右。
(19) 前掲(6)、六六〇頁。
(20) 鼎談「部落差別批判——矢田教育差別事件をめぐって」(「新日本文学」第二四巻第一二号、一九六九年一二月、九五頁)。
(21) 野間宏「被差別部落は変わったか」(『野間宏全集』第一三巻、一九七〇年八月、筑摩書房、四九頁)。

第12章 「わが塔はそこに立つ」論——「親鸞とマルクスの交点」

(1) 野間宏「親鸞——日本浄土教の流れ」(「在家仏教」一九六二年五月)、引用は『野間宏全集』第二三巻(一九七一年二月、筑摩書房、二四四頁)からおこなった。
(2) 同右、二四五頁。
(3) 同右、二五〇頁。
(4) 服部之総『親鸞ノート』(一九四八年九月、国土社)、引用は新版『親鸞ノート』(一九六七年二月、福村出版、一二六頁)からおこなった。

（5）近藤俊太郎『親鸞とマルクス主義――闘争・イデオロギー・普遍性』（二〇二一年八月、法藏館、三三六頁）。
（6）野間宏「服部之総の『親鸞ノート』について」（「出版ダイジェスト」第七四四号、一九七三年五月一一日）、引用は『野間宏作品集』第一三巻（一九八八年一月、一四一頁）からおこなった。
（7）野間宏「現代にいきる仏教」、引用は前掲『野間宏全集』第二二巻（七頁）からおこなった。
（8）野間宏「乱世のなかの泰平と『歎異抄』」（『歎異抄』、一九七三年三月、筑摩書房）、引用は同右書（二一九頁）からおこなった。
（9）同右。
（10）今井雅晴『親鸞聖人と東国の人々』（二〇〇九年一〇月、自照社出版、一三頁）。
（11）同右、一四～一五頁。
（12）同右、一八頁。
（13）武井昭夫「戦後文学批判の視点」（「文藝」第二巻第九号、一九六三年九月、河出書房新社、一八五頁）。
（14）沖浦和光「解説」（前掲『野間宏作品集』第一三巻、四一二頁）。
（15）野間宏「三國連太郎『白い道』の親鸞像」（『親鸞　白い道』解説、一九八六年五月）、引用は同右書（一四四頁）からおこなった。
（16）河田光夫「親鸞と被差別民（五）」（「文学」第五四巻第五号、一九八六年五月、一〇九頁）。
（17）前掲（8）と同じ。引用は前掲『野間宏作品集』第一三巻（五三頁）からおこなった。
（18）尾末奎司「野間宏と往生要集――「わが塔はそこに立つ」を中心に」（「文学」第四〇巻第三号、一九七二年三月、二七〇頁）。
（19）西光万吉「業報に喘ぐ――（大谷尊由氏の所論に就いて）特に水平運動の誤解者へ（後篇二）」（「中外日報」、一九二二年一二月二四日、四頁）。
（20）前掲（5）、七六頁。

(21) 野間宏『親鸞』(一九七三年三月、岩波新書、一八頁)。
(22) 岩井忠熊『十五年戦争期の京大学生運動――戦争とファシズムに抵抗した青春』(二〇一四年一一月、文理閣、一〇八頁)。
(23) 篠田浩一郎「幻想と現実――野間宏「わが塔はそこに立つ」」、「新日本文学」第四六巻第一〇号、一九九五年一〇月、六九頁)。
(24) 野間宏「日本共産党の中の二十年」(「展望」第七六号、一九六五年四月)、引用は『野間宏全集』第一六巻(一九七〇年一一月、筑摩書房、六六〇頁)からおこなった。
(25) 子安宣邦『歎異抄の近代』(二〇一四年八月、白澤社、二六四頁)。
(26) 林淳「一九三〇年代、マルクス主義者と宗教学者の論争」(「人間文化」第二二号、二〇〇七年九月)参照。
(27) 野間宏「歎異抄」(前掲『野間宏全集』第二二巻、六一頁)。
(28) 同右、七〇頁。
(29) 同右、七一頁。

第13章 「生々死々」論――未完の全体小説

(1) 野間宏「わが打ちくだかれた身体」(「主婦の友」第五九巻第二号、一九七五年二月)、引用は『野間宏作品集』第一〇巻(一九八七年一二月、岩波書店、三二一頁)からおこなった。
(2) 同右、三二一頁。
(3) 同右、三二六頁。
(4) 同右、三二六頁。
(5) 野間宏『サルトル論』(一九六八年二月、河出書房)、引用は『野間宏作品集』第一一巻(一九八八年九月、岩波書店、六五頁)からおこなった。

(6) 篠田浩一郎「解説」(『生成死々』、一九九一年一二月、講談社、八一六頁)。
(7) 前掲(5)、八〇頁。
(8) 同右、七三頁。
(9) 同右、八三頁。
(10) 山縣熙「サルトル、野間宏、ジル・ドゥルーズ」(『野間宏作品集』第一一巻「月報」一一、一九八八年九月、三頁)。
(11) 野間宏「現代と病気の概念」(「海燕」第一〇巻第二号、一九九一年二月)、引用は『時空』(一九九一年四月、福武書店、二二六頁)からおこなった。
(12) 同右、二一七頁。
(13) 大槻慎二「『時空』の時空」(『文学の再生へ——野間宏から現代を読む』、二〇一五年一一月、藤原書店、七〇八頁)。
(14) 高橋源一郎「野間宏と全体小説——その現代性について」(同右、七一三頁)。
(15) 宇波彰『『生々死々』論——野間宏の最後の長編」(「新日本文学」第四七巻第七号、一九九二年七月、九七頁)。
(16) 同右、九六頁。
(17) 同右、一〇一頁。
(18) 高橋敏夫「病院の光学——『生々死々』をめぐって」(「新日本文学」第四六巻第一〇号、一九九一年一〇月、一二〇頁)。
(19) 同右。
(20) 野間宏「爆破されようとする現代文学創造理論——首塚の上のアドバルーン」(「海燕」第一〇巻第一号、一九九一年一月)、引用は前掲(11)、二一〇〜二一一頁。
(21) 同右、二一一〜二一二頁。

(22) 前掲（13）、七〇七頁。
(23) 野間宏・磯田光一「対談現代という病院」（「群像」第三九巻第六号、一九八四年六月、二六二頁）。
(24) 同右、一八六頁。

主要参考文献一覧

渡辺広士『野間宏論』（一九六九年一〇月、審美社）
兵藤正之助『野間宏論』（一九七一年七月、新潮社）
埴谷雄高編『「青年の環」論集』（一九七四年三月、河出書房新社）
渡辺広士編『野間宏研究』（一九七六年三月、筑摩書房）
薬師寺章明『野間宏研究』（一九七七年三月、笠間書院）
薬師寺章明編『叢書現代作家の世界　野間宏』（一九七八年七月）
小笠原克『野間宏論――《日本》への螺旋』（一九七八年八月、講談社）
小笠原克・吉田永広『鑑賞日本現代文学　野間宏・開高健』（一九八二年四月、角川書店）
『日本文学研究資料叢書　野間宏・島尾敏雄』（一九八三年一月、有精堂）
中村福治『戦時下抵抗運動と「青年の環」』（一九八六年一〇月、部落問題研究所）
山下実『野間宏論――欠如のスティグマ』（一九九四年七月、彩流社）
小笠原克編『作家の自伝　野間宏』（一九九八年四月、日本図書センター）
野間宏『作家の戦中日記　一九三二―四五』（二〇〇一年六月、藤原書店）
張偉『野間宏文学と親鸞――悪と救済の論理』（二〇〇二年一月、法藏館）
黒古一夫『野間宏――人と文学』（二〇〇四年六月、勉誠出版）
井上隆史『三島由紀夫『豊饒の海』VS野間宏『青年の環』――戦後文学と全体小説』（二〇一五年一一月、新典社）
紅野謙介・富岡幸一郎編『文学の再生へ――野間宏から現代を読む』（二〇一五年一一月、藤原書店）

初出一覧

第1章　「野間宏「暗い絵」研究――布施杜生との《出会いなおし》」（「三重大学日本語学文学」第三四号、二〇二三年六月）

第2章　「野間宏「暗い絵」と《第三の途》――戦中日記にみる無意識の罪責感」（「三重大学日本語学文学」第三〇号、二〇一九年六月）

第3章　「野間宏における人民戦線運動と《近代主義批判》――日本とドイツの戦後文学者の視点から」（「三重大学日本語学文学」第三一号、二〇二〇年六月）

第4章　「野間宏「顔の中の赤い月」論――国家＝軍が掲げる《法》の権威」（「国文学攷」第二四五号、二〇二〇年三月）

第5章　「野間宏と梯明秀――虚無の自覚と「崩壊感覚」」（「近代文学試論」第五八号、二〇二〇年一二月）

第6章　「野間宏『真空地帯』論――「大衆と共感し、共応し合う世界」の造形」（「国文学攷」第二四〇号、二〇一八年一二月）

第7章　「野間宏『地の翼』論――一九五〇年代の政治と文学」（「近代文学試論」第五九号、二〇二一年一二月）

第8章　「一九五〇年代の国民文学論争――野間宏と蔵原惟人」（「民主文学」第六八一号、二〇二二年六月）
「野間宏と地域人民闘争――雑誌「人民文学」と一九五〇年代」（「近代文学試論」第六〇号、二〇二二年一二月）
「野間宏研究序説――「暗い絵」「崩解感覚」「真空地帯」」（「三重大学日本語学文学」第三三号、二〇二二年六月）

第9章　「野間宏『青年の環』素描――融和運動に託されていた「イデオロギー的機能」とは何か」（「三重大学日本語学文学」第三二号、二〇二一年六月）

第10章　「野間宏『青年の環』研究――大道出泉における転移関係の解消から革命主体の確立へ」（「国文学攷」第二四九号、二〇二一年三月）

第11章　「野間宏における《政治》と《文学》――一九六〇年代の状況」（「三重大学日本語学文学」第三四号、二〇二三年六月）

第12章　「野間宏「わが塔はそこに立つ」論――「親鸞とマルクスの交点」」（「近代文学試論」第六一号、二〇二三年一二月）

第13章　書き下ろし

野間宏　略年譜（一九一五〜九一）

年	年齢	野間宏の生涯	野間宏の著作
一九一五年		二月二三日、神戸市長田区東尻池に、父卯一、母まつゑの次男として生まれる。	
一九二六年	11	父卯一が肺炎により死去。	
一九二七年	12	四月、大阪府立北野中学校に入学。同学年に森繁久彌（のち俳優）がいた。夏目漱石、芥川龍之介、谷崎潤一郎などを愛読。	北野中学校校友会誌「六稜」に詩、小説、感想文等を発表。
一九三二年	17	四月、京都の第三高等学校文科丙類に入学。一〇月、竹内勝太郎の指導で、富士正晴、桑原（のち竹之内）静雄と同人誌「三人」を創刊。	同人誌「三人」に、のち詩集『山繭』『星座の痛み』に収められることになる詩や、小説、評論等を発表。
一九三五年	20	四月、京都帝国大学文学部仏文科に入学。「京大ケルン」や「人民戦線」と接触。	
一九三八年	23	三月、京大を卒業。卒論は「マダム・ボヴァリー論」。四月、大阪市役所に就職、社会部福利課に配属。融和事業を担当、被差別部落に出入りするようになる。部落解放運動の指導者松田喜一、朝田善之助らと親しくなる。	

一九四〇年	25		五月、「三人」二一号に小説『青年の環』を発表、二二号にも続稿が掲載された。
一九四一年	26	一〇月、歩兵第三七連隊歩兵砲中隊に補充兵として入隊。	
一九四二年	27	一月、臨時召集、華中の江湾集中営に出発。二月末、フィリピンに。三月、バターン、コレヒドール戦に参加。五月、マラリアのためマニラ野戦病院に入院。一〇月、帰国して原隊復帰。	
一九四三年	28	七月、治安維持法違反容疑で、大阪陸軍刑務所で服役。懲役四年・執行猶予五年を宣告され年末出所し、原隊復帰。	
一九四四年	29	二月、富士正晴の妹・光子と結婚。一〇月末、召集解除。刑余者のため市役所に復職できず、大阪の軍需会社（国光製鎖）に徴用。	
一九四五年	30	八月、長男・広道誕生。敗戦後すぐ「暗い絵」の執筆を始め、一二月、単身上京して完成。「文化タイムズ」編集者や食堂経営等に携わる。	
一九四六年	31	年末、日本共産党に入党、新日本文学会入会。	四月から「暗い絵」を「黄蜂」に連載。
一九四七年	32	六月、「綜合文化協会」設立、宣言を起草。翌月、「綜合文化」を創刊。	六月、小説「華やかな色どり」（『青年の環』第一部第一章）を「近代文学」に連載。八月、小説「顔の中の赤い月」を「綜合文化」に発表。一〇月、小説集『暗い絵』（真善美社）刊行。

年	年齢	野間宏の生涯	野間宏の著作
一九四八年	33	一月、椎名麟三、花田清輝、埴谷雄高らと「夜の会」を結成。七月、瓜生忠夫、寺田透、丸山真男らと「未来の会」を結成。この年、日本共産党地区委員として地域人民闘争に参加。この年から翌年まで明治大学文学部仏文科講師となる。	四月、富士正晴、井口浩と共著の詩集『山繭』（明窗書房）刊行。六月、小説集『崩解感覚』（丹頂書房）刊行。一二月、評論集『小説入門』（真善美社）刊行。
一九四九年	34	一二月、小田切秀雄、佐々木基一、椎名麟三、花田清輝、埴谷雄高とともに「戦後文学賞」（月曜書房）銓衡委員となる。	三月、詩集『星座の痛み』（河出書房）刊行。四月、『青年の環』第一部（河出書房）刊行。
一九五〇年	35		五月、『青年の環』第二部（河出書房）刊行。六月、長篇小説『青年の環』第二部第六章「皮の街」を「文芸」に発表、以後本作は六二年まで中絶。
一九五一年	36	三月、「人民文学」同人となり、編集委員会に参加。	四月、小説集『顔の中の赤い月』（目黒書店）刊行。
一九五二年	37	一一月、「真空地帯」で毎日出版文化賞受賞。この年、文京区小石川表町に転居。	二月、書き下ろし長篇小説『真空地帯』（河出書房）刊行。六月、小説集『雪の下の声が……』（未来社）刊行。九月、評論集『文学の探求』（未来社）刊行。
一九五三年	38		一月、評論集『人生の探求』（未来社）刊行。八月、評論集『続・文学の探求』（未来社）刊行。

一九五四年	39	二月、次男・新時誕生。 この年、「真空地帯」フランス語訳、オランダ語訳出版。	四月、評論集『現代文学の基礎』（理論社）刊行。九月、評論集『思想と文学』（未来社）刊行。
一九五五年	40	一一月、梅崎春生、武田泰淳、中村真一郎、埴谷雄高、堀田善衞と「あさって会」を結成。	
一九五六年	41	この年、「真空地帯」英語訳がアメリカで出版。	二月、評論集『文学の方法と典型』（青木書店）刊行。一一月、評論集『真実の探求』（理論社）刊行。一二月、『地の翼』上巻（河出書房）刊行。
一九五七年	42	五月、安部公房、佐々木基一、花田清輝、埴谷雄高らと「記録芸術の会」を結成。	二月、評論集『今日の愛と幸福』（中央公論社）刊行。
一九五八年	43	一〇月、伊藤整、遠藤周作、加藤周一らとタシケントの第二回アジア・アフリカ作家会議に出席。	二月、「さいころの空」を「文学界」に連載開始（～五九年一一月）。
一九五九年	44	二月、戯曲「黄金の夜明ける」が千田是也演出で青年座により上演。四月、千田是也、花田清輝、木下順二、安部公房らと新しい演劇運動「三々会」を結成。 一一月、「新日本文学」編集長に就任。	一月、短篇集『車の夜』（東京書房）刊行、評論集『感覚と欲望と物について』（未来社）、戯曲集『黄金の夜明ける』（未来社）刊行。一二月、長篇小説『さいころの空』（文藝春秋新社）刊行。
一九六〇年	45	五月、日本文学代表団団長として、大江健三郎、開高健らと中国を訪問し、毛沢東と会談（～七月）。	四月、『文章読本』（新読書社出版部）、『若い日の文学探求』（青春出版社）刊行。 一一月、「わが塔はそこに立つ」を「群像」に連載開始（～六一年一一月）。

年	年齢	野間宏の生涯	野間宏の著作
一九六一年	46	一月、阿部知二とコロンボで開かれたA・A作家会議第一回理事国会議に出席。三月、A・A作家会議東京緊急大会に日本代表の一人として出席。	四月、小説集『干潮のなかで』（新潮社）刊行。
一九六二年	47	九月、ソビエト作家同盟の招待をうけ、夫人とともに、ソ連・ヨーロッパを旅行。	三月、中絶していた『青年の環』連載再開。九月、長篇小説『わが塔はそこに立つ』（講談社）刊行。
一九六三年	48	この年、「真空地帯」チェコ語訳が出版。	一月、『文章入門』（青木書店）刊行。
一九六四年	49	一〇月、佐多稲子らと共に日本共産党から除名。	
一九六五年	50		四月、小説集『肉体は濡れて』（東方社）刊行。
一九六六年	51	七月、新版『青年の環』により第一回河出文化賞を受賞。	一月、長篇小説『華やかな色彩』（『青年の環』第一部、第二部、河出書房新社、一九四七年『華やかな色どり』全面改訂）刊行。三月、長篇小説『舞台の顔』（『青年の環』第三部、河出書房新社）刊行。六月、長篇小説『表と裏と表』（『青年の環』第四部、河出書房新社）刊行。
一九六七年	52	五月、富士正晴、竹之内静雄と編集した『竹内勝太郎全集』全三巻（思潮社）刊行開始。	五月、評論集『青年の問題　文化の問題』（合同出版）刊行。六月、評論集『人生と愛と幸福』（合同出版）刊行。七月、評論集『文学論』（合同出版）刊行。

一九六八年	53	七月、竹内芳郎と『サルトル論』をめぐって論争。	二月、『サルトル論』（河出書房新社）刊行。一〇月、『影の領域』（『青年の環』第五部、河出書房新社）刊行。
一九六九年	54	一〇月、『野間宏全集』全二二巻、別巻一（筑摩書房）が刊行開始。	一月、対話集『全体小説への志向』（田畑書店）刊行。三月、評論集『創造と批評』（筑摩書房）刊行。四月、評論集『全体小説と想像力』（河出書房新社）刊行。六月、『歎異抄』（筑摩書房）刊行。
一九七〇年	55	九月、『青年の環』六部作全五巻（八千余枚、完結までに二三年）を脱稿、完成。この年、『岩波講座　文学』全一二巻の編集会議始まる（その他の編者に猪野謙二、大江健三郎、高橋和巳、寺田透）	
一九七一年	56	六月、大阪市中之島中央公会堂で『青年の環』出版記念レセプション。一〇月、『青年の環』で第七回谷崎潤一郎賞を受賞。	一月、『炎の場所』（『青年の環』第六部、河出書房新社）刊行。
一九七二年	57	この頃から分子生物学に興味、読書に耽る。	一二月、評論集『鏡に挟まれて　青春自伝』（創樹社）刊行。
一九七三年	58	六月、『青年の環』その他の活動で第四回ロータス賞を受賞（日本人初）。九月、アルマ・アタ（ソ連）のA・A作家会議に堀田善衞、小田実らと出席。	三月、『親鸞』（岩波新書）刊行。

年	年齢	野間宏の生涯	野間宏の著作
一九七四年	59	「日本・アラブ文化連帯会議」結成後の最初のシンポジウムで議長をつとめる。 第一回「アジア人会議」に参加し詩人・金芝河の助命を訴える。	五月、評論集『心と肉体のすべてをかけて』（創樹社）刊行。
一九七五年	60	一月、編者をつとめる『岩波講座　文学』全一二巻発刊。	二月、「狭山裁判」を「世界」に連載開始。 四月、詩集『忍耐づよい鳥』（河出書房新社）刊行。九月、評論集『文学の旅　思想の旅』（文藝春秋）刊行。
一九七六年	61	五月、「差別とたたかう文化会議」結成。	六・七月、『狭山裁判』上下巻（岩波新書）刊行。一〇月、小説「生々と死々」（七八年一月「群像」連載「生々死々」原型）掲載。
一九七七年	62	五月、『青年の環』『狭山裁判』で第一回松本治一郎賞（部落解放同盟が設定）を受賞。	一二月、『現代の王国と奈落』（転轍社）刊行。
一九七八年	63		一月、長篇小説「生々死々」を「群像」に連載開始（〜八四年四月）。
一九七九年	64	五月、井上光晴、小田実、篠田浩一郎、真継伸彦と季刊「使者」を創刊。 三月のスリーマイル島原発事故を受け、五月、自ら呼びかけた「原発モラトリアムを求める会」が発足。	五月、小説「死体について」を「使者」に連載（〜八〇年七月）。

一九八〇年	65	八月、山室静、森本達雄らとともに『タゴール全集』（第三文明社）編集委員となる。	一月、「読書生活」を「すばる」に連載（〜八六年一二月）。
一九八一年	66		三月、『野間宏対談集　危機の中から』（小学館）刊行。
一九八二年	67	三月、「差別とたたかう会議」議長としてインドを訪問し、被差別カーストと交流。 一二月、日本文学者代表団団長として井上光晴、小田実らと中国を訪問。	四月、評論集『戦後　その光と闇』（福武書店）刊行。九月、評論集『新しい時代の文学』（岩波書店）刊行。
一九八三年	68	二月、「狭山事件の真相究明に努力を続ける野間宏氏を囲む会」（発起人代表・久野収）。 この年、タシケントでのＡ・Ａ作家会議二五周年大会に出席。	四月、沖浦和光との対談『アジアの聖と賤』（人文書院）刊行。
一九八五年	70		七月、沖浦和光との対談『日本の聖と賤　中世篇』（人文書院）刊行。
一九八六年	71	五月、シンポジウム「日独文学者の出会い」出席のため、小田実、李恢成らと西ドイツを訪問。 この年、播磨灘でハイテク汚染調査。	一二月、沖浦和光との対談『日本の聖と賤　近世篇』（人文書院）刊行。
一九八七年	72	六月、三國連太郎と箱根で親鸞をめぐり二十余時間にわたって対談（『親鸞から親鸞へ』一九九〇年）。 八月、日ソ作家「環境問題と文学」シンポジウム出席のため、立松和平、土本典昭らとイルクーツク（ソ連）を訪問。	一月、「時空」を「海燕」に連載開始。一〇月、評論集『東西南北　浮世絵草書』（集英社）刊行。一一月、『野間宏作品集』全一四巻（岩波書店）刊行開始。（〜八八年一二月完結）

年	年齢	野間宏の生涯	野間宏の著作
一九八八年	73	五月、日高六郎、山田國廣らと「フロンガス規制強化」の要望書を、首相、環境庁長官、通産大臣あてに提出。	
一九八九年	74	五月、シンポジウムでセヴァン湖に。一〇月、琵琶湖環境会議に。同二八日から、コーネル大学で講義のためアメリカに。	
一九九〇年	75	一月、朝日賞受賞。五月八日から取材でフィリピンに（〜一二日帰国）。一七日港区の慈恵医大病院に入院（〜八月一五日退院）。その後、自宅から通院。一二月二八日同病院に再入院。	一二月、三國連太郎との対談『親鸞から親鸞へ』（藤原書店）刊行。
一九九一年		一月二日午後一〇時三八分、食道がんにより死去（享年七五）。同四日正午より港区の光明寺会館にて密葬。	四月、評論集『時空』（福武書店）刊行。一二月、『生々死々』（講談社）刊行。

＊『文学の再生へ』（富岡幸一郎・紅野謙介編、藤原書店、二〇一五年）、『野間宏作品集第十四巻』（岩波書店、一九八八年）等を参考に編集部作成。

＊単行本は初版のみを掲載した。アンソロジーや共著は原則として省略した。

ら　行

わ　行

ま　行

や　行

な　行

は　行

さ　行

た　行

か　行

人名索引

＊作中人物は除く
＊注以降からはページをあげていない

著者紹介

尾西康充（おにし・やすみつ）

1967年兵庫県神戸市生まれ。三重大学人文学部教授。日本近代文学専攻。広島大学大学院教育学研究科博士課程後期修了。博士（学術）号取得。主な著書として『北村透谷論——近代ナショナリズムの潮流の中で』（明治書院）、『田村泰次郎の戦争文学——中国山西省での従軍体験から』（笠間書院）、『『或る女』とアメリカ体験——有島武郎の理想と叛逆』（岩波書店）、『小林多喜二の思想と文学——貧困・格差・ファシズムの時代に生きて』（大月書店）、『戦争を描くリアリズム——石川達三・丹羽文雄・田村泰次郎を中心に』（大月書店）、『沖縄　記憶と告発の文学——目取真俊の描く支配と暴力』（大月書店）他。

新《あたら》しい野間《のま》宏《ひろし》——戦後《せんご》文学《ぶんがく》の旗手《きしゅ》が問《と》うたもの

2023年11月30日　初版第1刷発行©

著　者　尾　西　康　充

発行者　藤　原　良　雄

発行所　株式会社　藤　原　書　店

〒162-0041　東京都新宿区早稲田鶴巻町523
電　話　03（5272）0301
FAX　03（5272）0450
振　替　00160-4-17013
info@fujiwara-shoten.co.jp

印刷・製本　中央精版印刷

落丁本・乱丁本はお取替えいたします
定価はカバーに表示してあります

Printed in Japan
ISBN978-4-86578-406-0